Una terrible belleza

Compromiso Molotov: Libro 1

Anna Zaires

♠ Mozaika Publications ♠

Copyright © 2024 Anna Zaires
www.annazaires.com/book-series/espanol/

Publicado por Mozaika Publications, una marca de Mozaika LLC.
www.mozaikallc.com

Traducción de Scheherezade Surià Lopez

Portada de Alex McLaughlin

Fotografía por Regina Wamba
www.reginawamba.com

ISBN-13: 978-1-63142-938-5
Print ISBN-13: 978-1-63142-937-8

Capítulo 1

Unos labios fríos me rozan la frente palpitante y llevan consigo un ligero aroma a pino, a océano y a cuero.

—Shhh… Estás bien. No pasa nada. Solo te he dado algo para aliviar el dolor de cabeza y hacer esto más fácil.

La voz masculina es profunda y oscura, y me resulta extrañamente familiar. Las palabras son en ruso. Mi mente, confusa, se esfuerza por concentrarse. ¿Por qué en ruso? Estoy en Estados Unidos, ¿no? ¿Cómo conozco esta voz? ¿Y este olor?

Intento abrir los párpados, pesados, pero se niegan a ceder. Lo mismo me ocurre con la mano cuando intento levantarla. Todo me parece imposiblemente pesado, como si mis huesos fueran de metal y mi carne de hormigón. Se me inclina la cabeza a un lado como si los músculos del cuello no pudieran soportar su peso. Es como si fuera un recién nacido. Intento hablar, pero un ruido incoherente escapa de mi garganta, mezclándose con un rugido lejano que mis oídos empiezan a distinguir.

Quizá sea un recién nacido. Eso explicaría por qué estoy tan ridículamente indefensa y no le encuentro sentido a nada.

—Ven, túmbate. —Unas manos fuertes me guían hasta una superficie suave y plana. Bueno, la mayor parte de mí. Mi cabeza acaba sobre algo elevado y duro, pero cómodo. No es una almohada —es demasiado dura para eso—, pero tampoco es una piedra. El objeto no cede mucho, solo un poco. También es extrañamente cálido.

El objeto se desplaza ligeramente y, de los nublados recovecos de mi mente, surge la respuesta al misterio. Un regazo. Mi cabeza está en el regazo de alguien. Un hombre, a juzgar por los muslos duros y musculosos que hay bajo mi cráneo dolorido.

Se me acelera el pulso. Incluso con los pensamientos lentos y abotargados, sé que esto no es normal para mí. No me apoyo en regazos y paso de los hombres. Al menos, así ha sido hasta ahora, a mis veinticinco años.

«Veinticinco». Me aferro a ese conocimiento. Tengo veinticinco años, no soy un recién nacido. Animada, rebusco entre más hilos enmarañados en busca de una respuesta a lo que está ocurriendo, pero se me escapa... y los recuerdos llegan despacio, si es que llegan.

«Oscuridad. Fuego. Un demonio de pesadilla que viene a por mí».

¿Es un recuerdo o algo que he visto en una película?

«Una aguja que se me clava en el cuello. Una inoportuna laxitud se extiende por mi cuerpo».

Esto último parece real. Puede que mi mente no funcione, pero mi cuerpo conoce la verdad. Percibe la amenaza. Mi ritmo cardíaco se intensifica a medida que la adrenalina satura mis venas. Sí. Sí, eso es. Puedo hacerlo. Con la fuerza que me da el terror, abro los párpados de plomo y me encuentro un par de ojos más oscuros que la noche que nos envuelve. Unos ojos en un rostro cruelmente apuesto que me acecha en sueños y pesadillas.

—No te resistas, Alinyonok —murmura Alexei Leonov. Su voz oscura es a la vez prometedora y amenazadora mientras me pasa suavemente los dedos por el pelo, masajeando la tensión palpitante de mi cráneo—. Así solo te lo pondrás más difícil.

Las yemas curtidas de sus dedos se enganchan ligeramente en los enredos de mi larga cabellera; extiende los dedos y curva la palma alrededor de mi mandíbula. Tiene unas manos grandes, son unas manos peligrosas. Manos que han matado a decenas de personas solo hoy. Eso me revuelve el estómago al tiempo que se deshace un nudo de tensión en lo más profundo de mi ser. Llevo diez largos años temiendo este momento y, al fin, ha llegado.

Está aquí.

Ha venido a por mí.

—No llores —me dice suavemente mi futuro

marido, secándome las lágrimas con el borde áspero de su pulgar—. No servirá de nada. Ya lo sabes.

Claro que lo sé. Nada ni nadie podrá ayudarme ahora. Reconozco ese rugido lejano. Es el motor de un avión. Estamos en el aire.

Cierro los ojos y me dejo llevar por la oscuridad brumosa.

CAPÍTULO 2

11 AÑOS Y 3 MESES ANTES, MOSCÚ

Unos golpes titubeantes suenan en la puerta de mi habitación.

—Alina, ¿estás ahí? Venga, es la hora de nuestra clase.

Que le den. Pongo en pausa el juego de la Wii y subo el volumen de mi iPod hasta que *Get Low* de Lil' Jon y de The East Side Boyz me retumba en los oídos y amortigua la molesta voz de mi profesor.

Silencio la tele, retomo el juego y guío a Mario por la carretera, ignorando los continuos golpes. No entiendo por qué tengo que dar clases de inglés durante todo el verano si he estado estudiando en un internado en New Hampshire los tres últimos años. Ahora mismo, mi inglés es tan bueno como el de cualquiera de mis compañeros estadounidenses y no queda nada de mi acento ruso. Es verdad que mi ortografía y gramática podrían ser mejores, pero estoy a punto de entrar en noveno. Ya me aprenderé todas las estúpidas reglas en algún momento.

Los golpes cesan y dejo escapar un suspiro de alivio. Con algo de suerte, Dan —Dios, cómo odio ese nombre — pasará el resto de la hora de clase buscándome en todos los rincones de nuestro ático de dos plantas en Moscú antes de rendirse por hoy. Puede que se queje a mi padre, pero me da igual. Prefiero que me grite papá a aguantar a Dan mirándome siempre de esa forma.

Me estremezco al recordar esa mirada. Ahora que me han crecido las tetas la veo todo el tiempo en los hombres. No es que sean grandes ni nada, algunas de las chicas de mi clase ya tienen una copa D o superior, pero a los chicos no parece importarles. Tampoco a los hombres adultos, sobre todo cuando mamá me hace maquillarme. Hablando del rey de Roma...

Suena otro golpe en la puerta, esta vez mucho más insistente. Reconozco esos golpes incluso con la música sonando a todo volumen en los auriculares. Pongo el juego en pausa de mala gana y bajo el sonido del iPod.

—¿Sí?

—Alinochka, soy yo. ¿Estás vestida y preparada ya?

Uf, esperaba que se hubiera olvidado de mí. Mientras me quito los auriculares, apago la tele y me levanto.

—Un segundo, mamá.

No me hace ni caso, abre la puerta y entra en mi habitación. Sus ojos se agrandan de inmediato.

—¿Qué llevas puesto?

Pillada. Me miro los pantalones de chándal y la camiseta holgada con tanta indiferencia como puedo.

—Ropa.

Ella entrecierra los ojos.

—No te hagas la lista conmigo, ya sabes a qué me refiero.

—Vale. —Suelto un suspiro exasperado—. Dame un minuto.

—Tienes treinta segundos —dice mientras corro al armario y me pongo el primer vestido que encuentro que pueda parecerle apropiado: un vestido de noche rojo tan brillante como incómodo.

No entiendo por qué tengo que llevar esta mierda cada vez que papá trae invitados a casa, pero mamá insiste. Dice que hay mostrar siempre lo mejor de nosotros o algo así. Salvo que, con este vestido, es más una cuestión de cómo enseñar más teta. En serio, ¿me han vuelto a crecer desde la semana pasada? Hago una mueca mientras intento meterlas en el corpiño tipo corsé, pero el sujetador *push up* que lleva incluido hace demasiado bien su trabajo.

—¿Qué estás haciendo? Déjalo. Tiene que ser así —dice mamá acercándose al armario para apartarme las manos—. Ahora ponte unos zapatos y después te peinaré y maquillaré.

Mátame. Me pongo un par de tacones con plataforma a juego con el vestido y dejo que me lleve hasta el espejo, donde empieza a peinarme el pelo largo tan rápido y con tanto entusiasmo como alguien decidido a arrancarlo de raíz.

—¡Ay! —me quejo mientras cepilla un nudo bastante grande, pero no me hace ni caso. Otra vez. Supongo que eso me pasa por dejarlo todo para última hora.

Por fin, mi pelo está suave y liso. Ojalá pudiera hacerme una coleta, pero a mamá le gusta que me caiga por la espalda como si fuera una cortina de color azabache. A mí no me gusta el color y sueño con el día en que me dejen hacerme reflejos. El año que viene, con suerte.

Lo siguiente es el maquillaje. Miro desanimada mientras mi cara pálida se ilumina con el colorete, los labios se transforman en unos morritos brillantes y rojos y la mirada felina de mis ojos verdes se acentúa con el delineador y la máscara de pestañas. Lo único imperfecto que queda es mi sonrisa, con ese huequito entre las paletas que mamá dice que me hacen parecer «peculiar».

—Mucho mejor —dice satisfecha cuando termina y hago todo lo posible para no poner una mueca.

La chica que me devuelve la mirada desde el espejo no me parece una desconocida, sino alguien que no me gusta. Una farsante, llena de brillos y adulta. Como soy más alta que la media y llevo el vestido pegado a mis nuevas curvas, parece que tenga, por lo menos, diecisiete años, quizá dieciocho. Si Dan me ve así se atragantará con su propia saliva, como algunos de los invitados de papá, esos viejos aduladores y piropeadores delante de los que le gusta hacerme desfilar.

Me repatea. No me gusta nada ser este objeto deslumbrante y bonito que papá y mamá sacan a relucir como si un poni de competición. Si pudiera vivir como quisiera, me pasaría todo el día en pantalones de chándal y camiseta, jugando a *Mario* y *Zelda* y escuchando a Kanye. Pero esa no es la vida de una Molotov. Somos la *crème de la crème* o, por lo menos, la capa de aceite que flota en la sopa. La alta sociedad, como le gusta llamarlo a mamá, o la punta de la jerarquía de la mafia, como yo lo veo.

Vladimir Molotov, mi padre, es asquerosamente rico. La clase de riqueza que solo puede conseguirse en Rusia a través de medios no muy convencionales. Mamá cree que no sé qué tipo de hombre es, o qué tipo de hombres ha educado a mis hermanos a ser, pero claro que lo sé. He escuchado sus peleas con papá toda la vida. Peleas que han empeorado hace poco, aunque intente no pensar en eso.

—Deberías ser modelo —dice mamá retrocediendo para examinarme y darme su aprobación y, esta vez, sí que hago una mueca.

Espero que lo diga por decir, pero conociéndola, ya les habrá mandado fotos de mí a algunas agencias.

—¿Quién viene hoy? —pregunto en caso de que todavía no haya mandado las fotos. Quizá si la distraigo se olvidará por completo de esta terrible idea—. ¿Los socios de papá?

—Sí y...

—¡Vera! —La grave voz de papá retumba desde el piso de abajo—. ¿Dónde estás? Ya están aquí.

9

Al oír su nombre, mi madre se pasa las manos por el vestido y se asegura de que los brillantes mechones de su elaborado recogido sigan en su sitio.

—¡Ya voy! —grita antes de mirarme fijamente—. Vas a bajar dentro de media hora a saludar a los invitados, ¿me oyes? Estate atenta a la hora y no te distraigas con esos estúpidos juegos. Esto es importante.

Pongo los ojos en blanco.

—Sí, sí.

—Lo digo en serio, Alina. No tengo tiempo de subir y arrastrarte.

—Que sí, lo pillo. Vete. —Hago aspavientos con las manos para que se vaya—. Papá está esperando.

Me echa una última mirada con los ojos entrecerrados y se marcha. Yo me dejo caer en el sofá y enciendo mi juego.

————

ESTOY TAN CONCENTRADA EN VENCER AL SIGUIENTE JEFE que para cuando miro el reloj ya ha pasado casi una hora. Ups. Reviso en el espejo que no se me haya corrido el maquillaje y me apresuro a salir de la habitación tan rápido como me permiten estos dichosos tacones.

Mientras recorro el pasillo, oigo un murmullo de voces y risas borrachas desde abajo. Puedo imaginarme a los hombres viejos y a sus mujeres, todos vestidos de gala y perfumados, haciendo brindis cursis mientras beben vodka y coñac a la vez que devoran la rica variedad de aperitivos que nuestro cocinero, Pavel, ha preparado. Nada de una *salat oliv'ye*; aquí es todo caviar de lujo y queso francés gurmé, cada plato elaborado con esmero para mostrar nuestro poder y riqueza.

Estoy pasando por el estudio de papá cuando la puerta se abre y aparece un hombre justo delante de mí.

Doy un traspié, sorprendida, y mi pie izquierdo aterriza en la alfombra en una mala posición. Grito, agitando los brazos mientras se me dobla el tobillo de forma dolorosa. Antes de que acabe de culo, unas manos fuertes me agarran por los codos, me equilibran, y me encuentro mirando a los ojos más oscuros que he visto nunca.

El hombre que me sujeta es musculoso y alto. Tan alto que incluso con los tacones tengo que estirar el cuello para mirarle. Y es joven. Lo suficiente como para que aún se le considere un chaval. Su altura y la anchura de sus hombros me han engañado al principio, pero no puede ser mucho mayor que mi hermano Nikolai, que acaba de cumplir veinte.

Trago saliva mientras esos ojos oscuros y profundos me examinan el rostro, deteniéndose por un momento en mis brillantes labios rojos. El corazón me late muy rápido y me noto la piel extrañamente caliente, sobre todo donde la punta de sus dedos toca mis brazos desnudos. Nunca he estado tan cerca de un hombre que no sea de mi familia, y mientras este hombre-chico no se acerca para nada a la belleza de mis hermanos, no puedo dejar de mirarle a la cara, con sus rasgos duros y masculinos. Hay algo salvaje en él, algo rebelde en los negros bucles alborotados que le caen por la frente y en las marcadas, y casi crueles, líneas de su mandíbula. Incluso su colonia, con los sutiles tonos de pino y cuero, me recuerdan a los oscuros bosques de invierno y los peligros que acechan en él.

—¿Estás bien? —pregunta con suavidad. El timbre profundo de su voz es el de un hombre, no un chico—. ¿Te has hecho daño?

Consigo negar con la cabeza y me suelta. Acto seguido, doy un paso atrás. Noto un hormigueo en los brazos, allí donde me ha agarrado, mientras el aire frío me roza la piel y siento un fuerte contraste con el calor de su tacto.

Me recorre con la mirada, una mirada claramente masculina y adulta. Por alguna extraña razón, no me molesta. Por primera vez, me alegro de aparentar diecisiete años o incluso dieciocho. Ojalá aparentara veinte. Me enderezo, echando los hombros hacia atrás, aunque un hilillo de sudor nervioso me recorre la columna vertebral por debajo del ajustado corpiño del vestido.

¿Le gusta lo que ve? Porque quiero que le guste. Lo deseo con todas mis fuerzas.

Sonríe con picardía mientras sus ojos vuelven a mi cara.

—¿Qué ocurre, preciosa? ¿Se te ha comido la lengua el gato?

¿Preciosa? ¡Le gusta lo que ve! Entonces, el significado de sus palabras recae sobre mí y me doy cuenta de que he estado mirándole en completo silencio como una boba. Un rubor caliente me arde en la cara.

—¡Claro que no!

Entrecierra los ojos, la sonrisa traviesa desaparece de sus labios y yo quiero que me trague la tierra. Menuda respuesta más inmadura. Peor aún, las palabras han salido en un chillido, haciéndome sonar como una niñita tonta en vez de una joven adulta cercana a su edad. Que es lo que seré dentro de poco. Como dentro de cuatro o cinco años.

Carraspeo, modulo el tono de mi voz para que suene más grave.

—¿Qué demonios haces aquí arriba?

Perfecto. Eso ha sonado como alguien de unos dieciocho años. Alguien con carácter. Creo que a los chicos mayores les gusta eso.

Un brillo especulativo aparece en sus ojos, mezclándose con una pizca de diversión.

—¿Qué haces tú aquí?

Resoplo.

—Buen intento. Esa de ahí es mi habitación. — Apunto con mi pulgar hacia mi dormitorio y encarno a papá en su faceta más mandona—. Ahora responde a mi pregunta. ¿Qué haces en el despacho de mi padre?

Su voz se vuelve gélida cuando responde:

—¿Tu padre? —Se le endurecen las facciones y desaparece todo ese aspecto juvenil. El hombre que me mira ahora es tan oscuro y peligroso como cualquiera de los sicarios de mi padre—. ¿Eres Alina? ¿La hija de trece años de Molotov?

—¡Tengo casi catorce! —Mierda, eso ha sonado como si tuviera diez años. Se acabó lo de convencerlo de que tengo casi su edad, sea cual sea. Recurriendo a generaciones de arrogancia Molotov, pregunto con la mayor altivez que puedo—: ¿Cuántos años tienes tú?

En realidad, no sé si sigo queriendo saberlo. O seguir cerca de él. Aunque me intrigaba el chico, el hombre que hay en él me asusta. Hay burla en sus ojos oscuros, casi negros, mientras me mira ahora. Burla y algo más… algo aterrador.

Se le suaviza voz hasta volverse letal.

—Eso no es de tu incumbencia, pequeña. Corre con tu padre y dile que su plan no ha funcionado. No voy a morder el anzuelo, por bonito que sea.

¿Anzuelo? Pero ¿qué está…?

Entonces caigo en la cuenta. Se refiere a mí.

Yo soy el bonito anzuelo.

Me ruborizo otra vez, pero esta vez de puro enfado.

—¡Que te jodan! No soy ningún anzuelo.

—¿No? —Me recorre con la mirada, curvando los labios de manera cruel—. ¿Por qué iban a ponerte delante de mí vestida así?

—¡Nadie me está usando de anzuelo! —Quiero darle una bofetada. Quiero arrancarle los ojos. A mamá le gusta que esté guapa, cierto, pero es una cuestión de estatus para ella y papá. Como el caviar y el queso de lujo. Mis hermanos también tienen que vestirse bien cuando hay visita, así es como nos han educado. Hecha una furia, le recorro con la mirada desde la punta de su pelo negro hasta las brillantes puntas de sus zapatos—. ¿Te están usando a ti de anzuelo?

También va vestido de gala. Estoy tan acostumbrada a ver hombres con esmóquines y trajes que no me había fijado bien en su ropa. Pero es bonita, tan lujosa como la que llevan mi padre y mis hermanos. La chaqueta negra de su esmoquin abraza sus anchos hombros antes de estrecharse en su delgada cintura, y los pantalones se le ajustan a la perfección a sus piernas largas y atléticas. Su camisa es de un blanco nítido y reluciente y le resalta el tono oliva de su piel y la corbata negra. Y encima de todo eso... espera, ¿es un tatuaje lo que asoma debajo del cuello almidonado de su camisa?

Suelta una carcajada corta y punzante, pero no hay diversión en el sonido, solo es una especie de burla cruel.

—Eres una niña lista, ¿eh? Una Molotov en el más puro sentido de la palabra.

Aprieto los dientes.

—No soy una niña. —Entonces proceso la segunda parte de su comentario y una peculiar sospecha brota en mi interior. Entrecierro los ojos—. ¿Quién decías que eras?

Hace una reverencia burlona.

—Alexei Leonov, para servirte.

Y con esa bomba, se da media vuelta y se dirige a las escaleras como si tuviera todo el derecho del mundo a estar ahí.

Sigo en *shock* cuando papá me presenta a los invitados que están sentados alrededor de la larga mesa mientras mamá me lanza miradas que prometen un castigo por mi tardanza. Ninguno de mis hermanos está aquí hoy. Nikolai está sirviendo en el ejército, Konstantin se niega en redondo a asistir a estos eventos y Valery está en un colegio de verano en Ámsterdam. Bien por ellos. Ojalá estuviera yo en cualquier lado menos aquí, con él.

Con Alexei Leonov.

Tampoco está aquí solo. Su padre, Boris, también es uno de los invitados de mis padres esta noche, lo cual es tan sorprendente como los Montesco recibiendo a los Capuleto. Vale, quizá eso sea demasiado dramático, no estamos en guerra con los Leonov, y yo no soy Julieta, claro, pero nuestras familias están muy lejos de ser amigas. El rencor viene de cuando el abuelo de Alexei incriminó a mi abuelo por deslealtad al régimen comunista e hizo que lo enviaran a los campos de trabajos forzados de Siberia. Mi abuelo se las apañó para salir de ahí dos años después y le dio la vuelta a la tortilla de inmediato, haciendo que lo enviaran a él a un campo de trabajos forzados con una acusación igual de falsa.

Diversión soviética en estado puro.

En cualquier caso, los Leonov no son una buena señal. Eso me lo han inculcado desde que empecé a caminar. Puede que sean tan ricos y poderosos como nosotros, pero carecen de nuestra sofisticación y elegancia. En el fondo solo son mafiosos con dinero, dinero conseguido a través de medios incluso menos convencionales que los nuestros. En el pasado, se derramó sangre entre los subordinados de nuestras familias y, en los últimos años, papá solía llegar a casa de muy mal humor por algo que habían hecho los Leonov, como vender algo más barato que él o sabotear alguna fábrica.

Así que no tengo ni idea de por qué están aquí y por qué papá me está presentando a su archienemigo como si fueran mejores amigos.

—Es la más pequeña —le está diciendo con orgullo a Boris cuando vuelvo a prestar atención—. Es preciosa, ¿verdad?

—Va a ser modelo —interviene mi madre—. Todas las agencias están interesadas en ella.

Mierda. Sí que ha enviado las fotos. Pues qué bien… No tengo ninguna intención de ser modelo. Cuando sea mayor, quiero ser desarrolladora de videojuegos. Konstantin ya me está enseñando algunos conocimientos básicos de programación.

—Sí, preciosa. —Boris asiente con voz áspera, examinándome sin emoción con unos ojos tan oscuros como los de su hijo.

Un escalofrío involuntario me recorre la columna vertebral. Si Alexei me asustaba un poco al final, este hombre me aterroriza por completo. Ahora sé qué he visto en los ojos de Alexei aparte de burla. Lo sé porque su padre lo irradia.

Crueldad. Oscuridad. Lo siento de manera tan visceral como la fría caricia de una cuchilla.

Ahora que conozco al hombre, me creo todos los rumores sobre él y sus hijos. Sobre todo los de Alexei, el mayor.

He estado intentando no mirarlo, pero hay algo que sigue atrayendo mi mirada a su rostro, un semblante tan firme e inexpresivo como el de su padre. No hay ningún rastro de reconocimiento en sus ojos fríos y oscuros, ninguna señal de que ya nos hayamos conocido y de que ha evitado que me cayera y me haya llamado preciosa.

Solo de pensar en ello, mis brazos arden allí donde me ha agarrado.

En realidad, debería decirle a papá que he visto a Alexei en su despacho, pero por alguna razón no puedo hacerlo. Todo lo relacionado con ese encuentro me ha inquietado hasta tal punto de que lo único que quiero es sobrevivir a estas presentaciones e ir a esconderme en mi habitación.

Por desgracia, no va a poder ser. En cuanto terminan las presentaciones, mamá me hace sentar a su lado en la mesa mientras papá comienza a dar un largo brindis sobre asociaciones, amistades y todo tipo de tonterías. Peor aún, tengo que luchar todo el tiempo contra el impulso de mirar a Alexei, que hace como si yo no existiera. Me ignora por completo, está conversando con un hombre de mediana edad que tiene a su derecha. Ivan algo, un político, creo. He desconectado durante la mayoría de las presentaciones.

Mamá me sirve algo de comida y una copa de vino para que pueda brindar junto con los adultos. Le doy un sorbo cuando papá por fin termina su brindis y después me dedico a remover la comida durante la siguiente media hora. No tengo apetito.

—Alinochka, ¿por qué no comes? —me pregunta mamá frunciendo el ceño cuando se da cuenta.

Me encojo de hombros.

—Quieres que sea modelo, ¿no? Las modelos no comen.

Me lanza una mirada amenazante y sé que si no fuera por todas las personas que están sentadas a nuestro alrededor me echaría la bronca. Por el contrario, sonríe como si hubiera hecho una broma y cambia de tema a nuestras próximas vacaciones en Chipre.

Sigo removiendo la comida, sobre todo en deferencia a Pavel, que ha trabajado muy duro para preparar estos platos, y después me excuso para ir al baño. Espero que nadie se dé cuenta cuando no vuelva. Por ahora, casi todos los presentes están como una cuba por tantos brindis.

Casi, pero no todos. Mientras me alejo, noto la mirada de Alexei sobre mí, gélida y oscura y sin un ápice de embriaguez.

Supongo que sí sabe que existo.

Siento una opresión en el pecho mientras me apresuro a subir las escaleras y a entrar en mi habitación. No es hasta que cierro la puerta a mis espaldas que soy capaz de respirar hondo. Me dejo caer en el sofá, me pongo los auriculares y enciendo el juego, pero no sirve de nada.

Cuando me quedo dormida dos horas después, sigo pensando en nuestro encuentro y todavía me siento inquieta y extrañamente insegura.

CAPÍTULO 3

M e despierto con un sol cegador y el sonido de las olas del mar.

Espera, ¿olas del mar? Pero ¿qué coño…?

Abro los ojos, un movimiento que resulta sorprendentemente fácil. Mis párpados ya no parecen fusionados, ni mi cuerpo se siente tan pesado, aunque tengo la boca dolorosamente seca. Sea lo que sea con lo que me han drogado parece estar perdiendo efecto.

Parpadeo contra la luz brillante y observo lo que me rodea.

Estoy en una habitación grande, iluminada por el sol a través de varias ventanas circulares. Las paredes, al igual que el techo, están hechas de madera amarilla resplandeciente. El mobiliario, del mismo material, es mínimo: una cómoda, una mesilla de noche, una butaca en la esquina y la espaciosa cama con sábanas blancas en la que estoy tumbada. Lujos escandinavos, esa es la sensación que tengo, junto con las náuseas provocadas por el balanceo suave bajo mis pies.

Un barco. Tengo que estar en un barco.

Me siento con lentitud, sosteniendo la sábana contra mi pecho. Llevo puesto algo ligero y sedoso, un salto de cama. Teniendo en cuenta que lo último que recuerdo llevar puesto es un vestido rojo de noche, alguien me tiene que haber cambiado y sé exactamente quién es ese alguien. Se me acelera el corazón y mis entrañas se contraen en un nudo, en contraste con mis pensamientos que permanecen inusualmente calmados y ordenados.

Mi primer movimiento es descubrir si de verdad estoy en un barco. Echo un vistazo alrededor y descubro, para mi alivio, un albornoz de seda color melocotón colgado en una percha en la puerta de mi izquierda. Parece algo que podría haber comprado yo misma, igual que el salto de cama melocotón que llevo puesto.

No me sorprende. Alexei conoce mis gustos.

Pongo los pies en el suelo, trago saliva contra la sequedad de mi garganta y mi mirada cae sobre la botella de agua en la mesilla de noche. La cojo y me la bebo con avidez.

Mucho mejor.

Vuelvo a colocar la botella, ahora vacía, deslizo los pies dentro de un par de zapatillas elegantes de estar en casa —de nuevo son de las que me gustan— y camino hacia la puerta para coger el albornoz. Sigo extrañamente tranquila. ¿Quizás las drogas no han desaparecido por completo?

Agarrando el albornoz, me lo ato alrededor de la cintura y camino hacia una de las ventanas.

Tal y como pensaba. Nada a la vista salvo agua.

El corazón me da un vuelco y siento que se me acumula la tensión en las sienes.

No. No un dolor de cabeza. Ahora no.

Respiro profundamente y me esfuerzo por relajar los músculos faciales. Estoy calmada. Soy todo calma y sosiego. Puede que me encuentre perdida en medio del océano con el hombre que me ha aterrorizado durante toda una década, pero eso no significa que deba tener miedo, ¿verdad? El miedo no me servirá para nada. Necesito pensar. Necesito concentrarme.

Sin embargo, mi cuerpo parece tener otros planes. El corazón me late desbocado y me están empezando a temblar las manos.

Alexei Leonov me tiene en sus manos y nada ni nadie puede salvarme.

Vuelvo a respirar profundamente y camino hacia otra ventana, por si pudiese ver algo de tierra desde allí.

No. Océano azul hasta el horizonte. Un océano algo agitado, además. Puedo ver las crestas blancas de las olas y sentir el balanceo del barco bajo mis pies. Mis nauseas se intensifican de repente y me aparto de la ventana antes de marearme.

No necesito eso. En absoluto.

Lo que sí necesito es un baño, y esa necesidad se está volviendo más urgente por segundos.

Me apresuro hacia la puerta donde estaba colgado el albornoz y giro el pomo. Bingo. Un cuarto de baño. Uno bonito y lujoso también con ese ambiente escandinavo de lujo.

Además de una ducha grande, hay una bañera con patas de garra junto a una ventana circular por la que entra una gran cantidad de luz.

Después de encargarme de mis necesidades más apremiantes, doy con un cepillo eléctrico nuevo —del mismo tipo que usé en Moscú— y me cepillo los dientes. A continuación, entro en la ducha, incluso aunque no me siento sucia lo más mínimo. Lo que es extraño, si te paras a pensarlo. Han pasado entre varias horas y varios días desde que Alexei me sacó del complejo de mi hermano, por lo que debería estar algo sucia.

Supongo que él me duchó antes de cambiarme de ropa. Es la única explicación.

Se me acelera la respiración, y tengo que esforzarme al máximo para conservar el poquito de calma que me queda. He intentado no pensar en las manos de Alexei sobre mí, desvistiéndome y cubriéndome el cuerpo desnudo con el salto de cama, pero no puedo sacarme de la cabeza las imágenes de él duchándome.

Las imágenes y la manera perturbadora en que me hacen sentir.

Con él en la mente, me apresuro a ducharme, sin

molestarme en lavarme el pelo, aunque en el estante esquinero hay champús y acondicionadores de mi marca favorita. Me enjabono el cuerpo rápidamente, me lavo la cara y salgo para secarme con una toalla mullida que, sospechosamente, también se parece a las que uso en casa.

No me quiero volver a ponerme el salto de cama, por lo que me envuelvo en otra toalla y me peino el pelo húmedo con un cepillo idéntico al que me gusta, cómo no. Inspecciono los cajones del tocador y encuentro mis marcas favoritas de cuidado de la piel, maquillaje y accesorios de peluquería. Después de un momento de duda, lo uso todo, porque me siento mejor y más poderosa si tengo puesta mi máscara de belleza.

Para cuando termino, me veo exactamente como siempre: piel impecable, labios rojos y ojos delineados. Mi pelo negro como la noche es largo y liso, y me lo he planchado de tal forma que tiene un brillo suave. Ahora solo necesito ropa de diseñador para volver a sentirme yo misma. O al menos la yo que meticulosamente he creado a lo largo de los años.

Aferrando la toalla firmemente alrededor del pecho, salgo del baño y me quedo petrificada.

Como si hubiera invocado al demonio con mis pensamientos anteriores, Alexei Leonov está plantado frente a mí, con una sonrisa cruel bailando en los labios.

CAPÍTULO 4

Odio las vacaciones de Navidad —le digo a Konstantin mientras él coloca su nuevo ordenador para juegos—, de verdad que las odio.

Su mirada no abandona la pantalla mientras sus dedos vuelan sobre el teclado.

—¿Odias verme?

—No, idiota, a ti no. —Mi hermano mayor es mi favorito, de hecho—. Hablo de eso. —Hago un círculo con el dedo para hacer referencia a los gritos que se cuelan en mi habitación a través de los conductos de ventilación.

Mis padres piensan que porque las paredes de nuestro ático son gruesas nadie puede oír sus peleas, pero se equivocan. Yo siempre las oigo.

Konstantin me mira por fin con una expresión distraída tras las gafas.

—Ah, sí, eso.

Vuelve a centrarse en instalar el *software* y yo me dejo caer sobre la cama con un suspiro. Por mucho que quiera a Kostya, su coeficiente emocional está considerablemente por debajo de su inteligencia general de genio. A veces me pregunto si tiene algún tipo de autismo, como ese chaval de mi clase: es brillante en los estudios, pero tiene problemas para socializar. Sin embargo, puede que esta sea la única forma que tiene mi hermano de lidiar con la presión de ser el hijo mayor de los Molotov: optando por no participar en el asunto. Por suerte para mis padres, tienen a Nikolai, a quien le encantan todos los tejemanejes, trapicheos y demás gilipolleces empresariales, y a Valery, quien, a pesar de sus rarezas, muestra los rasgos maquiavélicos que papá adora.

En cuanto a mí, yo solo soy la hija. De mí solo se espera que me ponga guapa y tenga un matrimonio beneficioso para que los Molotov sean aún más ricos y tengan más contactos. Un hurra por el feminismo. Puede que dentro de un siglo o así, llegue a nuestro círculo social en Moscú. Soy una hija horrible, por lo que no entra en mis planes cumplir nada de esto. Ya he rechazado la oferta estúpida de la agencia para hacer de modelo —a mamá le sentó como una patada en el culo— y definitivamente paso de casarme con ningún político irritante solo para que papá pueda asegurarse más contratos con el gobierno.

Voy a ir a la universidad en Estados Unidos, a estudiar informática y a conseguir trabajo en una empresa de videojuegos como Nintendo.

Preferiblemente en Japón o en otro sitio guay. Rusia no va conmigo.

La alarma de mi teléfono suena y me sobresalta.

Mierda. Casi se me olvida. Dan.

—¿Qué es eso? —pregunta Konstantin distraídamente y yo suspiro mientras silencio la alarma.

—Mis clases de inglés, ¿qué más podría ser?

Este es el resultado de un insignificante «suficiente» en una redacción: una hora diaria de clase con Dan durante todas las vacaciones. Tengo sobresalientes en matemáticas y ciencias, pero no en inglés, tal vez porque prefiero leer en ruso. Creo que la gramática y la pronunciación inglesas me son tan incomprensibles como el funcionamiento de la mente de Valery.

A regañadientes, me pongo la sudadera y bajo las escaleras hacia la biblioteca, donde Dan me está esperando ya. Mamá me dijo que, si me saltaba estas clases, no volvería al internado en New Hampshire el próximo semestre y me inscribiría en un instituto en Moscú, dado que, y cito textualmente «es evidente que estás desperdiciando el tiempo en Estados Unidos». No importa que mis amigos estadounidenses no puedan distinguir que soy rusa cuando hablamos, o que a la mayoría les pongan suficientes o notas peores en sus redacciones y exámenes. No, mi redacción en inglés tiene que ser perfecta, si no estoy «desperdiciando» el tiempo.

Pues vale.

En cuanto entro en la biblioteca, Dan se levanta de un salto con una sonrisa amplia en su cara llena de pecas.

—Menos mal, estaba preocupado de que te encontraras mal de nuevo.

—No, se me ha pasado el dolor de cabeza —digo, luchando contra las ganas de poner los ojos en blanco, mientras él retira una silla para que me siente, todo caballerosidad. Dado que esa silla está justo junto a él, escojo una diferente al otro lado de la mesa. De modo que solo pueda mirarme, pero no pueda rozarme «sin querer» con el codo y la mano que tanto me repulsan.

En serio, ¿por qué los hombres son tan asquerosos?

Supongo, objetivamente hablando, que Dan Sutter no es feo. Tiene veintitantos y parece la versión adulta de Ron en *Harry Potter*. Trabaja como ayudante en la Embajada de Estados Unidos y además da clases a los niños rusos ricos. Mamá lo conoció en uno de los eventos políticos a los que normalmente acuden ella y papá.

Me he planteado contarle el enamoramiento de Dan, o al menos comentárselo a Konstantin, pero no quiero que se enteren papá y Nikolai. No se me ha olvidado lo que pasó cuando tenía doce años cuando un guardaespaldas entró mientras me estaba cambiando y se quedó mirando algunos segundos más de los necesarios.

Al hombre no le dieron el alta en el hospital hasta muchos meses después.

No quiero que Dan pase por lo mismo. Aunque sea

un poco baboso. Así pues, lo que hago es saltarme las clases, como fingir dolores de cabeza o hacer que se me ha olvidado, una estrategia de la que, para mi desgracia, mamá se ha percatado. De ahí la amenaza de sacarme del internado y obligarme a vivir aquí de forma permanente.

No, gracias. Prefiero soportar a Dan una hora diaria durante las vacaciones que oír discutir a mis padres durante todo un año.

—Hoy vamos a ver los modificadores colgantes —dice Dan y yo emito un gruñido.

¿Por qué? ¿Qué importa eso? ¿A quién le importa lo que sean los modificadores colgantes?

Sin embargo, atiendo diligentemente la explicación de Dan de lo que constituye un «modificador» y por qué es una mala idea que «cuelgue». Creo que empiezo a pillarlo. Creo. Es tan aburrido que, a pesar de que Dan habla con el entusiasmo de un subastador promocionando un cuadro de incalculable valor, tengo que luchar contra las ganas de bostezar. Para intentar concentrarme, fijo la mirada en las manos salpicadas de pecas de Dan mientras este las mueve, y sobre todo en el anillo grande y chillón que adorna su dedo corazón derecho. Es uno de esos anillos de graduación o de pertenencia a un club. Dan es de una fraternidad de Yale, y debe de estar bastante orgulloso de serlo porque no se quita ese dichoso anillo.

El ruido de las voces en el pasillo me alcanza los oídos y me distrae un momento. ¿Habrá invitado papá a otra persona?

—Concéntrate —dice Dan, lo que me devuelve la atención hacia él—. A ver si encuentras los modificadores colgantes y puedes corregirlos. —Me pasa una hoja de papel por encima de la mesa.

Suspiro y empiezo a leer las oraciones impresas en él. «*Al ser una princesa, sus manos son blancas y bonitas*». Creo que es correcto. ¿A no ser… que esté implicando que son las manos las que son una princesa? Sí, puede que eso sea un modificador colgante. Hago un círculo alrededor de la parte confusa de la oración y escribo en el espacio en blanco de debajo: «*Al ser una princesa, ella tiene las manos blancas y bonitas*».

Sí, definitivamente suena mejor. Lo he clavado.

Reviso algunos ejemplos más y cuando levanto la vista, encuentro a Dan mirándome fijamente con la baba que le resbala por la barbilla. Vale, quizá no es literal, pero es básicamente lo que refleja su expresión. Y es ridículo porque no llevo maquillaje, me he recogido el pelo en un moño desaliñado y me he puesto ropa holgada. A mamá le daría un ataque si me viera así, pero le estoy haciendo un favor a Dan.

De verdad que no quiero que acabe en un hospital o en algún sitio peor.

—¿Qué? —Chasqueo los dedos mientras él me mira y parpadea como una rana asustada.

—Nada, solo que… tienes algo en la mejilla.

¿En serio? Me froto la mejilla.

—¿Mejor?

—No, en la otra, aquí. —Antes de que pueda

reaccionar, se estira por encima de la mesa y me toca la otra mejilla—. Es una pelusilla.

Oigo un débil chirrido de bisagras, la puerta de la biblioteca se abre detrás de mí y Dan se retira como si le hubiese picado una medusa. Gracias a Dios. No soy una persona violenta, pero estaba a punto de apartarle la mano de un manotazo.

Me giro en la silla, esperando ver a mi madre vigilándonos, pero, en su lugar, me topo con el par de ojos prácticamente negros que desde el verano pasado se han quedado en mi mente más tiempo del que me gustaría reconocer.

—Perdonad —dice Alexei Leonov fríamente—. No sabía que esta habitación estaba ocupada.

A diferencia de la última vez que lo vi, va vestido de calle, con un par de vaqueros oscuros y una camiseta de manga corta negra cuyo cuello redondo deja entrever un trozo del tatuaje que le cubre parte del cuello. Manga corta con el frío que hace en invierno. ¿Se ha quitado el jersey junto con el chaquetón o piensa que es inmune al frío glacial de fuera? Me fijo en sus brazos musculados y morenos, también decorados con tatuajes enrevesados. Se me acelera la respiración y mi corazón adopta un ritmo pesado y palpitante. Algo tarde, me doy cuenta de que bajo uno de esos brazos sostiene un portátil; esa debe de ser la razón por la que busca esta habitación y la comodidad de sus sillas y mesas.

Pero ¿por qué está trabajando con su portátil en nuestra biblioteca? ¿O en nuestra casa, vaya?

¿Cuán estrecha es la relación de amistad de papá con los Leonov?

Devolviendo mi mirada hacia la cara de Alexei, levanto la barbilla y le suelto tan fríamente como puedo:

—Está ocupada, como podrás ver.

Espero que me mire, pero no lo hace. Es Dan el que acapara toda su atención.

Dan, cuya cara ha adoptado un color tan rojo que apenas se le ven las pecas.

—Estamos en mi-mitad de una cla-clase de inglés —balbucea Dan con un extraño acento ruso—. Así que si no te-te importa...

Alexei no se mueve. Su cara está desprovista de cualquier emoción, pero lo que sea que Dan ve en los ojos de Alexei hace que el rostro de mi profesor pase del color de una langosta hervida al de un cadáver.

Normalmente me deleitaría ante la incomodidad de Dan, pero ahora mismo se me eriza el vello de la nuca. Porque lo siento. Siento la amenaza. Eso es lo que emana de Alexei en oleadas. Esa sensación de peligro, de violencia apenas controlada es tan palpable que casi huelo la sangre en el aire.

No tengo ni idea de lo qué está pasando ni del porqué, pero sí sé que tengo que pararlo. Ahora. Antes de que se desate la violencia. El corazón me late ruidosamente contra la caja torácica mientras digo:

—Ya puedes irte.

Mi tono es autoritario, sin embargo mi voz sale un tono demasiado alto. Alexei no se atrevería a hacerme daño —probablemente—, pero no puedo decir lo mismo de mi profesor.

¿Habrá visto cómo Dan me tocaba? ¿Es esa la razón de este numerito?

Aquellos ojos negros se centran en mí y el sudor se acumula en mis axilas. Solo han pasado seis meses desde la última vez que lo vi, pero ya no queda nada del chaval que era. Su mandíbula es aún más dura, más cruelmente definida, las mejillas más delgadas y los pómulos más prominentes. No hay ni una señal de indulgencia en sus ojos helados, ni un rastro del flirteo que marcó el inicio de nuestro primer encuentro. El hombre que tengo delante es frío y letal, tan peligroso como se dice que son los Leonov. Lo siento en mis huesos.

Echando mano a toda mi valentía, repito:

—Vete. Ya. Estamos ocupados.

Algo oscuro se asoma al rostro de Alexei, pero él inclina la cabeza.

—Como quieras.

Sale de la habitación, cerrando la puerta tras él y, por primera vez desde que ha entrado, soy capaz de respirar hondo.

No soy la única. Cuando me doy la vuelta hacia Dan, veo que su cara está recuperando algo de color. Incluso está intentando sonreír, como si no se hubiera meado en los pantalones hace un minuto. Y, de repente, me harto de todo.

Antes de pensar detenidamente todas las posibles consecuencias, esbozo una sonrisa dulce y me inclino hacia delante.

—Reza porque no vaya a contárselo a mi padre o mis hermanos. No sé cuánto has oído sobre mi familia, pero no se parece en nada a tus otros clientes.

La cara de Dan pasa del blanco, al rojo y vuelta al blanco en un espacio de cinco segundos.

—No sé de qué estás hablando.

Mi sonrisa se ensancha.

—Ah, ¿no?

Joder, qué divertido. ¿Por qué he tardado tanto en hacer esto? ¿Por qué llegué a la conclusión de que mis únicas opciones eran decírselo a mi familia arriesgando la vida de Dan o aguantar sus miradas lascivas y sus toquecitos asquerosos? Siempre ha habido una tercera opción y ahora que me he dado cuenta me siento mucho más liviana. Supongo que debería agradecerle a Alexei que me haya mostrado el poder del miedo.

Si no hubiese visto cómo Dan tartamudeaba y se acojonaba ante el pensamiento de que lo hubiesen visto tocándome habría tardado mucho más en darme cuenta de que puedo amenazarlo para que haga —o no haga— lo que me dé la gana.

Mi profesor traga saliva; la nuez le sube y le baja.

—Lo siento. No volverá a pasar.

Por supuesto que no. Me he asegurado de ello.

———————

Al día siguiente, casi estoy emocionada por mi clase de inglés. Después de nuestra pequeña charla,

Dan mantuvo a raya las manos y las miradas, hasta el punto de que tuve que llamarlo para que me mirara, e incluso entonces, palidecía y tartamudeaba.

Me gusta. Me gusta mucho. Esto debe ser lo que se siente al tener el poder, al saber que tienes el control. Es un sentimiento nuevo. Toda mi vida me han dicho lo que tengo que hacer, cómo vestir, a qué colegio ir y cómo comportarme. Mis padres, mis profesores y mis hermanos, todos tienen poder y autoridad sobre mí. También Dan..., hasta ayer. Quizás ese es el motivo por el que nunca se me ocurrió que podía hacer algo para cambiar la situación sin tener que recurrir a mi padre o a mis hermanos.

Casi bailo cuando llega la hora de ir a la clase. Hoy toca ver la llamada coma Oxford... y probar los límites de mi recién adquirido poder sobre Dan. Para eso, he cambiado las sudaderas holgadas y pantalones de chándal habituales por un par de pantalones pitillo y una camiseta ajustada con cuello en V. No es exactamente el vestido de marca que a mamá le gusta que lleve, pero tengo buen aspecto. Incluso me he puesto una ligera capa de maquillaje, que ella aprobaría.

Quiero que Dan se sienta tentado a mirar, pero le dé demasiado miedo hacerlo. Es mi pequeña venganza contra él por todas las veces en las que he tenido que darme una ducha después de nuestras clases.

Debo de haber llegado temprano por primera vez porque Dan no está en la biblioteca cuando entro.

Espero algunos minutos, echando vistazos al reloj de vez en cuando, pero no aparece.

Vaya... ¿Lo habré espantado para siempre?

Espero diez minutos más antes de ir a buscar a mamá.

La encuentro en la cocina, discutiendo con papá. Oyendo sus voces, me paro antes de entrar y escucho, por si acaso estuviese interrumpiendo algo importante. Pero no. Al parecer están discutiendo por el menú de esta noche. Eso no es tan malo. O quizá sí. Últimamente discuten por todo. Cada vez que vuelvo a casa después de estar en el colegio en el extranjero, los encuentro discutiendo. Lo triste es que estoy segura de que se quieren, o al menos papá quiere a mamá. A menudo, lo pillo mirándola como si quisiera encadenarla a su lado. Pero quizá eso no es amor. Al menos no del que se escribe en libros y el que aparece en películas. Es más como si él no pudiera vivir sin ella, y hay una parte de él que odia ese sentimiento... y a ella. Respecto a mamá, no podría decir si de verdad lo odia o todo es parte del juego cruel al que juegan. Algunas veces la sorprendo mirándolo como si él fuera todo su mundo, pero otras veces estoy segura que le gustaría que estuviera muerto.

Sí, mi familia es encantadora. Todo bondad y dulzura.

La discusión de la cocina parece estar acabando, así que decido arriesgarme. Salgo del rincón que me servía de escondite y la llamo.

—¿Mamá? ¿Ha dicho algo Dan sobre cancelar la

clase de hoy? —Me detengo junto a la isla de la cocina y parpadeo exageradamente—. Ah, hola, papá. No sabía que estabas aquí.

Que alguien me dé un Óscar.

Pavel, nuestro cocinero, amo de llaves, guardaespaldas ocasional y ejecutor más ocasional todavía, me lanza una mirada de reojo desde la encimera donde está cortando verduras para la cena. A él no lo engaño. Puede que me haya oído venir incluso antes de salir de la biblioteca.

Le lanzo una sonrisa radiante. Pavel es mi persona favorita de aquí, al menos si excluimos a Konstantin. De hecho, mi hermano mayor ya no vive con nosotros, por lo que tengo que matizar dicha afirmación. Pavel es un antiguo militar que lleva al servicio de papá incluso desde antes de que yo naciera, y todavía conserva los hábitos y costumbres que adquirió en el ejército. Dirige nuestra casa como un sargento, con horarios fijos de comida y demás. Además, tiene el tamaño de un camión pequeño, la cara de un ladrillo magullado y los sentimientos de un robot. Aunque la última parte es todo fachada. Nunca se me olvidarán todas las veces que me ha puesto tiritas en las rodillas de niña, ni todos los dulces que me trajo a la habitación cuando estaba triste por algo.

Lo considero mi gigante, mi no tan achuchable oso de peluche… que puede matar si se le ordena.

—Alinochka, estás muy guapa —exclama mamá, dirigiendo a mi atuendo una mirada de aprobación—. ¿Esa camiseta es nueva?

Papá la mira con cara de pocos amigos.

—Toda su ropa es nueva, al igual que la tuya. Ninguna de vosotras repite ropa buena de cojones más de una vez.

Está de mal humor. Casi oigo las palabras que no ha dicho, «cabronas desagradecidas», después de ese «vosotras». Antes me preguntaba la razón por la que mamá no lo dejaba, pero ahora que he crecido, he comprendido que no puede. Aunque no tuvieran esa relación de amor-odio tan jodida, ella no podría dejarlo.

Él no se lo permitiría.

—No te atrevas a usar ese tipo de lenguaje delante de nuestra hija —le espeta mamá—. ¡Si quiere ropa nueva todos los putos días, pues que la tenga!

Uf. Ya empezamos otra vez. En realidad, la camiseta no es nueva —ya la he usado muchas veces para ir a clase— pero cualquier cosa que diga solo empeorará la situación.

Papá abre la boca, seguro que para recriminarle a mi madre lo inapropiado de su lenguaje, por lo que me apresuro a decir:

—Mamá, te preguntaba por Dan. No ha venido a clase.

Ella pasa de mirar a papá a mirarme a mí con el ceño fruncido.

—¿No ha venido?

—No. ¿Te ha dicho algo de que no pudiera venir hoy? —Me siento tentada a preguntar si ha renunciado, pero eso acabaría en un interrogatorio de lo más incómodo.

—No, no ha dicho nada —responde mamá, frunciendo aún más el ceño. Se vuelve hacia papá—. ¿Tú no sabrás nada, no?

—No —responde papá y hace una mueca—. ¿Por qué debería saberlo?

—Ah, no sé. Quizá porque se trata de la educación de tu hija. Pero, claro, a ti te importa una mierda, puto egoísta.

Y esa es la señal para irme. Dirijo una mirada a Pavel, que me mira con simpatía. Salgo de la cocina y subo a mi habitación. Estoy deseando que se acaben las estúpidas vacaciones. Estar con mis padres es lo peor. Algunas veces me pregunto cómo acabaron juntos. Ya sé que papá es ridículamente atractivo, al igual que todos los hombres Molotov —incluso a su edad, las mujeres lo miran como si fuera un caramelito—, pero mamá también es preciosa y estoy segura de que tenía otras opciones.

Antes pensaba que, de alguna manera, sus peleas eran por mí culpa, pero durante los últimos años he llegado a la conclusión de que simplemente son así de tóxicos. De que su amor, si se le puede llamar así, es venenoso hasta la médula.

Algunas veces me pregunto si ese veneno me ha infectado y si mi destino es tener una relación igual de tóxica.

———

NO ES HASTA UNA HORA DESPUÉS, CUANDO ME ESTOY pasando otro nivel de *Zelda*, que mis pensamientos regresan a Dan. ¿Por qué no se ha presentado? Aunque lo hubiera asustado, ¿no tendría que haber llamado con alguna excusa? No se abandona a los Molotov por capricho, al menos si tienes dos dedos de frente.

Voy en busca de mi madre de nuevo y, esta vez, tengo la suerte de encontrarla sola en la sala de cine viendo una telenovela.

—¿Se sabe algo de Dan?

Ella apaga la tele y niega con la cabeza.

—He intentado llamarlo, pero no me lo coge. Me salta directamente el buzón de voz. He hablado con nuestros contactos de la embajada estadounidense, pero ellos tampoco saben nada de él. No ha ido a trabajar hoy.

Uy. Muy a mi pesar, mi mente vuelve a la amenaza que ayer emanaba Alexei y un escalofrío me eriza la piel de los brazos. ¿Le dijo Alexei algo a mi padre ayer? O, aún menos probable, ¿le ha hecho él mismo algo a Dan? No veo por qué haría algo así —no significo nada para él—, pero puede que el diablo no necesite ninguna razón.

Puede que Dan esté ahora mismo en el fondo del río Moscova.

—Gracias, mamá —digo tan tranquila como puedo—. Avísame si te enteras de algo.

—Por supuesto. —Vuelve a poner el programa—. Tu padre lo está investigando.

Eso es bueno. Deberíamos saber algo pronto, entonces.

Vuelvo a mi habitación y sigo jugando un poco más antes de hablar con mis amigos del internado. Eso me entretiene hasta la hora de acostarme. Es una noche sin descanso llena de sueños perturbadores sobre ojos negros demoníacos y a la mañana siguiente me levanto cansada y aletargada.

—¿Sabéis algo? —pregunto a mamá durante el desayuno y ella sacude la cabeza con expresión perpleja —. Es como si se lo hubiera tragado la tierra.

Se me encoge el estómago y la tostada de mantequilla de cacahuete que acabo de morder parece serrín. Sé los recursos que emplea papá y si aún no ha averiguado nada sobre la desaparición de Dan solo puede haber dos razones: o no está investigándolo, porque ha sido él quien lo ha hecho desaparecer, o está enfrentándose a alguien con recursos similares.

Como los Leonov.

—Voy a acercarme a casa de Natasha —digo apartando el plato—. Me duele la cabeza y un poco de aire fresco me vendrá bien.

Esta vez no estoy mintiendo. Siento una franja de presión alrededor de las sienes, una franja que se estrecha con cada segundo que pasa. Es una sensación nueva, que no me gusta nada de nada.

—Como quieras —responde mamá—. Pavel está ocupado, pero un par de guardias irán contigo.

Asiento y me apresuro a vestirme. Necesito salir de aquí antes de que me explote la cabeza. Le escribo un mensaje a Natasha mientras me pongo el abrigo. Recibo una respuesta de inmediato, tal y como esperaba. Mi amiga siempre está dispuesta a quedar y, aunque no fuera así, la usaría como excusa para salir de casa.

Hace un frío glacial cuando salgo del rascacielos en el que vivimos, y los guardias me siguen como siempre a una distancia prudencial. El viento helado me araña las partes expuestas de mi rostro, pero no me importa. En invierno también hace frío en New Hampshire, de modo que estoy acostumbrada.

La casa de Natasha está a pocas manzanas de distancia, pero, aun así, me siento mejor al final del paseo. Como esperaba, respirar aire fresco y limpio ha aliviado la peor parte de la presión que notaba en el cráneo. Puede que me esté preocupando por nada. Dan puede haber tenido alguna emergencia familiar y haberse subido al primer avión de vuelta a Estados Unidos sin avisar a nadie, ni siquiera a sus jefes.

Sí, claro. Y los extraterrestres aterrizaron en la plaza Roja ayer. Por no decir que mi padre ya habrá comprobado todos los registros de vuelos y probablemente sabría si Dan se hubiera ido a casa sin más.

Si es que lo está investigando, claro está.

Aparto ese pensamiento desagradable de mi mente, entro en el edificio de Natasha y me paso el siguiente par de horas en su casa, cotilleando sobre todos nuestros conocidos. Su piso es casi tan bonito como nuestro ático, aunque sus padres no son ni de cerca tan ricos. Son multimillonarios, pero, en nuestro círculo, eso no es nada. Algunas de las otras chicas desprecian a Natasha por ese motivo, pero a mí siempre me ha caído bien, desde que fuimos juntas a la misma guardería privada, aquí en Moscú.

—¿Estás bien? No pareces tú —dice y me doy cuenta de que no he respondido a su pregunta sobre mis planes de las vacaciones de primavera. Creo que quiere que vaya con ella a Ibiza. ¿O era a Belice?

—Sí, lo siento. No he dormido bien. —Me paso los dedos por el pelo—. Creo que sí puedo. Mamá me dijo el año pasado que podría ir cuando fuera al instituto, pero ya te confirmo cuando le pregunte.

Natasha se mordisquea un mechón de pelo rubio.

—Espero de verdad que puedas ir. Kristina va. Y Vitalik.

Cómo no. Vitalik, el amor platónico de Natasha desde tercero y que actualmente está saliendo con Kristina, la cabrona más chunga que conocemos. Sin mí como mediadora, Kristina se va a comer viva a Natasha.

—Haré lo que pueda —respondo y me levanto del sofá, preparada para salir.

—Disculpen —dice una mujer rubia y curvilínea que entra al salón. Es el ama de casa, Lyudmila, creo—. Ha llegado un paquete para Alina Molotova.

—¿Para mí? —Parpadeo—. Pero si yo no vivo aquí.

La mujer se encoge de hombros y me entrega un estuche negro de terciopelo, de los que suelen contener joyas.

—En la nota pedían que se la entregaran a usted, así que aquí tiene.

—Ábrela —me insta Natasha. Los ojos azules le brillan de la emoción—. A lo mejor es de un admirador secreto.

—¿Aquí en Moscú? Seguro. —Espero a que Lyudmila se vaya antes de abrir el estuche con cuidado.

Dentro hay un anillo.

Un anillo grande y chillón con el escudo de una fraternidad de Yale.

El estuche se me resbala de los dedos. El anillo sale de la caja y rueda por el suelo.

—¿Qué es? —pregunta Natasha, alarmada, pero ya estoy saliendo de la habitación, detrás de Lyudmila.

—La nota —digo con urgencia, alcanzándola en la cocina—. ¿Dónde está la nota?

—Ah, espere. —Ella la recoge de una pila de papeles que hay sobre uno de las encimeras—. Aquí tiene.

La cojo y la leo frenéticamente.

Solo son dos líneas:

«Para Alina Molotova.

AL».

Capítulo 5

Presente, ubicación desconocida

—¿Qué estás haciendo aquí? —pregunto, levantando la barbilla.

No me gusta nada que me tiemble la voz ni que mis manos se aferren frenéticamente a los bordes de la toalla como si fuera una doncella virginal.

Lo que soy, en realidad. Él se ha asegurado de ello.

La curva cruel de los labios de Alexei se acentúa y en el fondo de sus ojos atisbo una oscura diversión.

—Es mi barco.

—Me refiero a mi camarote. —Así, mejor, más calmada. Quizá todavía puedo salvar la situación y conseguir algo más de tiempo.

Él enarca las cejas.

—También es mi camarote.

Se me retuercen las entrañas del miedo y algo mucho más perturbador. Al mismo tiempo, se me acelera la respiración y se me eriza la piel con un calor peligroso que solo siento a su alrededor. Soy plenamente consciente de su estatura y fuerza, de la manera en la que sus músculos fornidos se flexionan bajo el algodón de su camiseta negra, de cómo sus vaqueros negros desgastados abrazan sus piernas poderosas. Y de los tatuajes que le cubren los antebrazos, y ocultan y enfatizan al mismo tiempo su fuerza vigorosa.

Ya era intimidante a los diecinueve. Ahora, a los treinta, es una fuerza que no podía pasarse por alto.

—¿Dónde estamos? —pregunto con tanta calma como puedo. No quiero ahondar más en el asunto de «mi camarote», porque no quiero pensar en lo que eso quiere decir. Tengo el presentimiento de que no tardaré mucho en averiguarlo, pero, mientras tanto, necesito averiguar dónde estoy.

—Estamos en un barco —responde; los ojos le brillan con sorna—. Mi barco.

Tenso la mandíbula.

—¿Y dónde está el puto barco?

Él exclama con desaprobación.

—Vaya boquita.

—¡Joder!

—Ah, eso espero. —Él sonríe mostrando unos dientes afilados que parecen todavía más blancos en contraste con el moreno de su piel. Los Leonov tienen algo de sangre siciliana y se le nota. Sus ojos se posan en mí y se detienen en el lugar donde mis manos agarran fuertemente la toalla—. Muy pronto.

Mi cuerpo se calienta y enfría al mismo tiempo y doy involuntariamente un paso atrás.

Es un error. Como un depredador ante la huida de su presa, me persigue, avanzando con zancadas suaves y letales hasta que se encuentra justo enfrente de mí, tan cerca que huelo su colonia con sus características notas a pino y cuero. Y a mar. El toque fresco y salado que emana de su piel es nuevo y me recuerda el sitio en el que estamos y lo ineludible que es mi prisión.

Tragando saliva con fuerza, examino las facciones duras de su rostro mientras él levanta la mano y me retira el pelo, colocándomelo detrás de la oreja. Su tacto me quema como el fuego y aumenta mi turbación.

—Bella mía —dice con suavidad—. Todavía piensas que puedes postergar esto, ¿no?

Me humedezco los labios resecos. Estoy temblando por dentro y no sé si es por temor o por el calor infernal que me está consumiendo.

—Necesito más tiempo, por favor.

Sus ojos casi son completamente negros.

—Te he dado una década.

Es cierto. Pero no es suficiente. Cien años no serían suficientes y él lo sabe. Lo que quiere es todo lo que me aterra y espanta.

—Por favor. —Vuelvo a intentarlo, y no sé si son las palabras o el temor de mi voz, pero el cabeceo con el que me responde es casi de arrepentimiento. Casi empático, incluso cuando sus palabras me matan con la misma crueldad con la que asesinó a los guardias de mi hermano.

—Se acabó la espera, Alinyonok. —Cubre mis manos cerradas con sus palmas grandes, abre delicadamente mis dedos, uno por uno, hasta que la toalla que tapa mi cuerpo se sostiene únicamente gracias a la esquinita que he arremetido entre la toalla y mi pecho. Noto cómo se desliza lentamente, desenvolviéndose por sí sola, pero él no espera. Agarra mis dos manos con una de las suyas, tira de la toalla para que esta caiga al suelo y me deja desnuda frente a él.

El aire frío fluye sobre mi piel recién lavada y, a la vez, noto una sensación como de agujitas heladas que me atraviesa la carne y, perversamente, también un calor líquido que se me acumula entre los muslos. Se me tersan los pezones, doloridos, y tengo que luchar para no inclinarme indefensa hacia él cuando agacha la cabeza y me dice al oído con su aliento cálido:

—Ya es hora de que cumplas tu parte del trato.

CAPÍTULO 6

10 AÑOS Y UN MES ANTES, MOSCÚ

Dos semanas en casa. Solo tengo que aguantar eso este verano, gracias a Dios. Ahora que he cumplido quince años, mamá me deja viajar con mis amigos —y con nuestros guardaespaldas, por supuesto—, y me he pasado todo junio, julio y agosto explorando Italia, Grecia, España y Francia. Me habría gustado continuar el viaje hacia Islandia con Natasha, pero por alguna razón, mis padres han insistido en que volviese a Moscú, seguramente para que pueda ser testigo de más de sus peleas épicas.

Intento no pensar mucho en eso, en la hostilidad que parece aumentar entre ellos cada día, pero es imposible pasarla por alto. Llevo menos de una semana en casa y ya he pillado a mamá llorando dos veces. Papá no está mucho mejor. Ha estado bebiendo. Y no bebiendo como siempre, tomándose un par de copas de coñac después de la cena o unos cuantos chupitos de vodka en una fiesta. No, todos los días este verano, papá está borracho desde el mediodía y no puedo evitar preguntarme si es por mi culpa.

Ayer, a través de las rejillas de ventilación de mi habitación, oí a mamá gritándole y oí mencionar mi nombre. El porqué, no lo sé, pero sospecho que tiene algo que ver con lo que le pasó a Dan en las vacaciones de Navidad. No le dije a nadie de mi familia que había recibido el anillo de Dan, pero mi padre y mis hermanos se acabaron enterando. Lo más probable es que Lyudmila, el ama de llaves de Natasha, le haya dicho algo a mis guardias. O a Pavel.

Al parecer, está saliendo con ella desde hace un año; me lo contó mamá ayer.

No quiero pensar en Pavel y Lyudmila, o en nada que tenga que ver con esas vacaciones de Navidad. Hace menos de un mes que ya no me despierto empapada de sudor frío por pesadillas en las que el cadáver de Dan emerge del río Moscova y camina torpemente hacia mí, agitando las manos, sin el dedo del anillo. No es que tenga ninguna razón para pensar que esté en el río. No han localizado su cadáver, aunque tampoco sé si alguien lo ha buscado de verdad.

Después de que mi padre se encarara conmigo por lo del anillo y la nota, no tuve más remedio que contarle toda la historia, incluyendo la parte sobre las insinuaciones de Dan. Papá se enfadó muchísimo. Puede que volase un jarrón en un momento dado. Por desgracia, la mayor parte de su rabia no la dirigió contra mí, sino contra mi madre, por contratar a Dan y hacerme dar clases con él. Por mucho que protestase que era *yo* quien tenía la culpa por no haber dicho nada, papá no me hacía ni caso.

Ese día, su pelea fue tan terrible que la he bloqueado de mi mente. Por desgracia, no puedo bloquear el aplastante hecho de que un hombre que conocía está muerto por mi culpa.

Lo mató Alexei Leonov.

Aún no entiendo sus motivos. Ni por la nota ni por nada. Tampoco entiendo la reacción de papá a la intervención de Alexei. Mis tres hermanos se cabrearon al enterarse de que Alexei se había tomado la justicia por su mano en lugar de dejar que se ocupara mi familia, pero papá estaba extrañamente tranquilo.

—Hablaré con él —se limitó a decir, y eso fue lo último que supe sobre el tema.

Ojalá yo pudiera estar así de tranquila, pero no puedo. Saber que Alexei fue el que hizo desaparecer a mi profesor me atormenta casi tanto como mi culpabilidad por la muerte de Dan. Sí, Dan era un baboso, pero no se merecía lo que sea que le sucediera a manos de Alexei. Porque *fue* a manos de Alexei; esa nota lo dejó bien claro.

¿Por qué la mandó junto con el anillo? Incluso aunque pensase que Dan mereciese morir por haberme tocado, ¿por qué lo hizo él mismo en lugar de simplemente decírselo a mi familia?

La única explicación que me viene a la cabeza es tan descabellada que la aparto cada vez que invade mis pensamientos. Me niego a plantearme siquiera esa posibilidad. Es cierto que en nuestro mundo los hombres hacen todo tipo de cosas cuando otros hombres allanan su territorio, ya sea en los negocios o con las mujeres. Pero eso es ridículo.

Es imposible que Alexei me considere su territorio.

Sin embargo, mi subconsciente ha debido de aferrarse a la idea porque en mis otras pesadillas —de las que me despierto sintiéndome extrañamente acalorada e incómoda— aparece un demonio de ojos negros que viene a reclamarme, estrechándome con sus manos manchadas de sangre y sonriendo satisfecho con sus perversos labios mientras me arrastra hacia su aterrador infierno.

———

ME QUEDAN SOLO TRES DÍAS DE VACACIONES DE VERANO cuando mi madre entra en mi habitación. Su bonito rostro está extrañamente pálido, sus ojos rojos e hinchados bajo el maquillaje. Supongo que ha vuelto a tener otra gran bronca con papá.

—Alinochka, hay algo de lo que queremos hablarte tu padre y yo —me dice con una voz más aguda de lo habitual—. Vístete y reúnete con nosotros en la biblioteca dentro de media hora, ¿vale?

Me incorporo en el sofá, sacudida por los latidos de mi corazón.

—¿Por qué? ¿Qué pasa?

Ella esboza un intento de sonrisa.

—Nada. Hablaremos cuando bajes, ¿de acuerdo? Y

ponte uno de tus mejores vestidos, por favor. Tenemos compañía.

Sale, cierra la puerta tras ella y yo me quedo mirándola con la mirada perdida, hasta que me levanto de un brinco. No tengo ni idea de lo que está pasando, pero tengo un nudo en el estómago y el pecho frío. Esto no es normal. Mis padres no se reúnen para hablar conmigo. Si quieren algo, mamá siempre habla conmigo ella sola. Debe de ser algo grande. Pero ¿qué? Si no hubiese mencionado lo de la compañía, habría pensado que mis padres por fin se iban a divorciar, pero no querrían testigos en esa conversación, ¿no? A no ser que se trate de abogados. Pero ¿por qué querrían que me pusiera guapa para eso?

Me muevo en piloto automático y me pongo un vestido. No es uno de mis lujosos vestidos de noche —solo son las once de la mañana—, pero es mono, algo que me pondría para una fiesta en la piscina con mis amigos. También me maquillo un poco, para no parecer tan pálida y asustada. Antes no me gustaba nada el maquillaje, pero estoy empezando a entender su utilidad, a apreciar su capacidad para esconder las señales del estrés y de las noches de insomnio.

Ea. Estoy decente. Ojalá no tuviera las manos tan heladas. Por suerte, aún tengo algunos minutos antes de bajar, así que me meto en el baño y las coloco bajo un chorro de agua caliente.

Al fin, es el momento de bajar a la biblioteca. Me pongo unos tacones de plataforma que hacen juego con el vestido y bajo las escaleras. El corazón me golpea en los oídos y la cabeza me da vueltas con todo tipo de posibilidades desagradables.

¿Y si me quieren sacar del internado para que vaya a uno de la zona?

O —ay, Dios— ¿y si le ha pasado algo a alguien de nuestra familia?

No. Imposible. Mamá me lo diría sin más. No montaría un escándalo por ello. Cuando mi abuela —la madre de papá— murió de un ataque al corazón hace cinco años, mamá me lo dijo enseguida. No, esto es otra cosa, algo que tiene que ver específicamente conmigo.

Cuando me acerco a la biblioteca y llamo a la puerta, estoy de los nervios.

—Adelante —dice papá.

Entro. Inmediatamente, dirijo la mirada hacia los dos invitados y el pulso se me dispara hasta la estratosfera.

Son Alexei Leonov y su padre.

Están sentados a la mesa delante de mis padres, observándome con dos pares de ojos idénticos, fríos y oscuros.

—Alinochka, siéntate con nosotros, por favor —dice mamá, algo insegura—. Tenemos buenas noticias.

Me obligo a moverme. Siento las extremidades extrañas, como si no me perteneciesen. Es como si llevase un traje de carne y hueso en lugar de habitar mi cuerpo.

Sin embargo, el traje obedece mis instrucciones y me siento al lado de mamá, con la mirada fija en Alexei, que está sentado directamente delante de mí. Él me observa a su vez con una expresión impenetrable, con sus grandes manos entrelazadas frente a él encima de la mesa.

Trago saliva con dificultad, reprimiendo el impulso de apartar la mirada como una cobarde. De nuevo, su presencia me hace sentir primero calor y después frío. ¿Su rostro ha sido siempre tan firme y marcado o ha madurado aún más en los seis meses desde que lo vi por última vez? He estado curioseando en redes, por eso sé que acaba de cumplir veinte años. Por una extravagante coincidencia, compartimos cumpleaños —el 24 de julio—, con lo que es exactamente cinco años mayor que yo. Si mi abuela estuviera viva, diría que eso significa que nuestros destinos están entrelazados, los hilos de nuestras vidas entretejidos desde el nacimiento, pero es absurdo. Yo no creo en ninguna de esas supersticiones rurales.

Papá carraspea y yo desvío mi atención hacia él, agradecida de tener una excusa para apartar la vista de la mirada oscura y magnética de Alexei.

—Alina —dice papá con aire solemne—. Ya conoces a Boris Sergeyevich Leonov y a su hijo, Alexei.

Años de práctica en cortesía propulsan mi respuesta.

—Sí, claro. Hola otra vez. Me alegro de verlos a los dos.

Leonov padre inclina la cabeza con una sonrisa desganada que me da escalofríos, pero la expresión de Alexei no cambia en absoluto, ni tampoco dice nada.

Solo se limita a observarme con esa mirada indescifrable en sus ojos negros.

—Como sabes, nuestras familias tienen una historia muy larga —dice papá—. Y una relación que, en ocasiones, ha sido... conflictiva. —Lo que en realidad quiere decir es que es un milagro que estemos todos aquí sentados sin que corra la sangre.

Parece que procede algún tipo de respuesta, de modo que asiento, apretando las manos por debajo de la mesa. Sigo sin tener ni idea de qué va todo esto, pero vuelvo a tener los dedos helados.

—El mundo hoy es diferente al de nuestros padres —prosigue papá—. Es más pequeño y a la vez más grande. Presenta nuevos retos y nuevas oportunidades. Sería insensato dejar que una enemistad de décadas obstaculizase el camino para aprovechar esas oportunidades, ¿no crees?

¿Me lo está preguntando a mí? Le lanzo una mirada a mamá, pero ella mira al frente, con los labios apretados. Sin saber qué otra cosa hacer, asiento de nuevo con cautela.

—Bien —dice papá—. Entonces lo entiendes. Nuestras familias necesitan empezar de cero, una manera de enmendar viejas discordias y construir fuertes cimientos para el futuro. Un futuro en el que, en lugar de ser rivales, los Leonov y los Molotov sean socios, manteniéndose unidos ante este mundo vertiginosamente cambiante.

Dirijo otra mirada sigilosa a mamá. No comprendo por qué estoy aquí ni por qué parece que papá esté dirigiéndome este discurso a mí. ¿No debería estar aquí más bien Nikolai, que es a quien papá está preparando para que se haga cargo del negocio? ¿O incluso Valery, que puede que solo tenga diecisiete años, pero que ya sabe llevar de manera alarmante todo tipo de negocios sucios?

Mamá sigue sin mirarme, así que devuelvo mi atención a papá, que no para de hablar sobre las ventajas de una colaboración Leonov-Molotov, desde una perspectiva financiera y política. Todo se reduce a que nos volveríamos aún más ricos y poderosos, como si los mil millones que ya tenemos no fuesen suficientes.

—Entonces —concluye papá—, Boris Sergeyevich y yo lo hemos hablado, y se nos ha ocurrido una solución que beneficiará a todos. La mejor manera para superar viejas discordias es construir un puente sobre ellas, uno que nos uniría en las décadas venideras.

Mira a Alexei y a su padre, y me obliga a hacer lo mismo. El rostro de Alexei permanece impenetrable, mientras que Boris sigue sonriendo de esa manera inquietante.

Una sospecha extravagante aparece en mi mente y se me encoge el estómago. Pero no. No es posible. Ni siquiera nuestras familias son tan retrógradas como para…

—Nuestros hijos son nuestro futuro —dice papá, y es como si una profunda fisura se abriese debajo de mí, apartando la tierra con un rugido que casi ahoga las siguientes palabras que pronuncia. Casi, pero no del todo. Aun así, llegan a mis oídos, cada una tan imposible de creer como la siguiente—: Tú, tus hermanos, Alexei y sus hermanos, todos estaréis aquí mucho después de que Boris y yo no estemos. Y vuestros hijos estarán aquí después de vosotros. Por eso es importante que tú y Alexei os caséis, que el vínculo que forjen nuestras familias no sea solo un contrato de negocios, sino de sangre.

—¿Casarme? —La pregunta surge de mis labios entumecidos al encontrarme con la mirada impasible de Alexei. No parece sorprendido. Sabía lo que venía. Arranco la mirada de él y me vuelvo hacia papá, con la voz cada vez más aguda—: ¿A qué te refieres con «casarme»? ¡Tengo quince años!

—No ahora, obviamente —dice Boris, su áspera voz araña mis terminaciones nerviosas—. Los dos sois demasiado jóvenes. Será dentro de algunos años. Mientras tanto, os iréis conociendo.

—No. Ni hablar. —Mi mirada fluctúa entre Boris y mis padres, buscando una señal de que están bromeando, que esto es una horrible broma que han decidido gastarme por alguna razón que no llego a entender. Boris y papá me miran sin pestañear, mientras mamá mantiene la mirada fija en la mesa. Le agarro la mano, obligándola al fin a mirarme—. ¿Mamá? Dime que esto no es…

—Alina. —El tono de papá se endurece—. Esto no es negociable.

—Pero…

—Es por tu bien, Alinochka. —A mamá le tiembla la

voz, lo que contradice sus palabras. Los ojos se le inundan de lágrimas al mirarme—. De verdad que sí.

Aumenta el zumbido en mis oídos. Lo dicen en serio. No es una broma. Pretenden casarme con Alexei. Mis ojos aterrizan en su rostro, que sigue con esa puta máscara impenetrable, y tengo que contenerme para no estirar los brazos sobre la mesa y zarandearlo, decirle que hable y que diga que esto es una locura, que esto no va a pasar de ninguna de las maneras. Pero el chico no dice nada, lo que significa que depende de mí. Me pongo en pie de un salto.

—¡No! Ni de puta coña. No pienso hacerlo.

Papá se levanta con expresión cada vez más severa.

—He dicho que no es negociable.

Me río con sorna.

—Ah, ¿sí? A la mierda. —Me doy la vuelta, pero antes de que pueda salir de la habitación, papá me agarra de la muñeca.

—Siéntate. —Con la cara roja de la ira, me ciñe tan fuerte que me hace daño—. Y ten cuidado con esa puta boca.

—¡Déjame! —Me retuerzo para intentar soltarme, pero es demasiado fuerte. Enfurecida, retuerzo aún más el brazo, sin sentir tanto el dolor a causa de la adrenalina—. ¡Suéltame el puto brazo!

—Déjala. Ya. —La voz de Alexei es peligrosamente neutra. Es la primera vez que habla hoy, y sus palabras tienen el mismo efecto que el golpe del mazo de un juez en una sala indisciplinada.

Instintivamente, me quedo quieta y papá me suelta la muñeca como si fuera una serpiente.

—Dejadnos —dice Alexei, levantándose y pasando una mirada imperiosa por la habitación—. Alina y yo tenemos que hablar.

Por un segundo, solo hay silencio. No espero que ninguno de los adultos obedezca, pero para mi desconcierto, Boris Leonov se levanta y mi madre hace lo mismo.

—Nos reuniremos de nuevo dentro de diez minutos —dice papá, con los ojos entornados hacia mí—. Compórtate, ¿me oyes?

Acto seguido, sale con varias zancadas de la habitación y mamá se apresura detrás de él. Boris es el último. Su oscura mirada permanece sobre su hijo durante un largo momento y luego se marcha también, y nos dejan solos en la biblioteca.

De pronto, me tiemblan las rodillas y me hundo en la silla, frotándome la muñeca dolorida. Estoy temblando de la adrenalina y el pulso me retumba en los oídos. Nunca me había enfrentado a este lado violento de mi padre. Sabía que existía, pero nunca antes me había hecho daño. Aunque pensándolo bien, yo nunca le había desafiado abiertamente hasta hoy.

Alexei se sienta a su vez y extiende una mano hacia mí, con la palma hacia arriba.

—Déjame ver —ordena.

Sorprendida, obedezco y le enseño mi muñeca, atravesada por marcas rojas. Para mi sorpresa, él toma mi mano delicadamente, frunciendo el ceño mientras la gira hacia un lado y otro. Su tacto me sorprende con su calidez. Su mano es oscura en contraste con mi piel pálida, sus dedos son largos y poderosamente masculinos. Mi estrecha palma y delgados dedos parecen los de una niña junto a los suyos. Un hormigueo excitante me recorre el brazo mientras él frota con el pulgar la piel irritada, aliviando el dolor, y se me acelera la respiración mientras la intensa sensación se propaga por mi cuerpo, culminando en un dolor palpitante y extrañamente placentero entre las piernas.

Joder. ¿Así es como se siente al estar cachonda? ¿Es excitación lo que he estado experimentando cerca de él?

No desconozco lo que es el sexo —hemos tenido Educación Sexual en el instituto y he visto porno por internet—, pero nunca he salido con nadie ni he tenido novio. Nunca he querido, a pesar de lo mucho que se han burlado mis amigos de mí por haber terminado el tercer año de instituto sin haber besado a un chico. Natasha ya se ha dado el lote con su novio de seis meses y unos cuantos de mis amigos del instituto ya han mantenido relaciones sexuales completas. Pero yo no estoy preparada. No quiero chavales de instituto con esos morreos húmedos y sus ávidas caricias. Igual es porque he aguantado las miradas embobadas de hombres de todas las edades desde que cumplí doce años, pero nunca he tenido ganas de que se me acerque nadie con un cromosoma Y. Aún no las tengo, pero por primera vez entiendo por qué otras chicas sí las tienen.

Si besarse se parece a las sensaciones que el tacto de Alexei despierta en mi cuerpo, puede que quiera probarlo más pronto que tarde.

Pero no con él. Nunca con él. Incluso aunque no hubiese matado a mi profesor, la reputación de los Leonov por sí sola hubiese bastado para abortar la misión.

Aparto el brazo de un tirón.

—Estoy bien.

Alexei levanta la mirada repentinamente hacia mí.

—Te saldrá un moratón.

—Le pondré hielo.

Su expresión se suaviza.

—Como quieras. Ahora, hablemos de…

—¿De esta locura? Sí, hablemos. —Me levanto de un salto mientras la adrenalina recorre de nuevo mi cuerpo. No me importa qué clase de reacción tenga hacia su tacto o su cercanía. No me casaré con él, ni con nadie que mi padre escoja para mí.

Mi marido, si alguna vez tengo uno, lo elegiré yo y nadie más.

Empiezo a caminar de un lado a otro frente a la mesa.

—Esto es una gilipollez y tú tienes que decírselo. Parece que a ti te hacen caso, así que tienes que hablar y decirles que ni de coña, que es una idea ridícula y bárbara que se les ha ocurrido y que ninguno de los dos lo quiere. —Miro a Alexei y veo su mirada persiguiéndome con esa expresión indescifrable—. ¿Verdad?

No contesta.

Me detengo, de pronto mucho menos segura.

—¿Verdad?

—Siéntate —dice él, haciendo un gesto hacia mi silla—. Hay algo que debes saber.

—¿Qué?

Él enarca las cejas y vuelve a hacer el gesto.

Resoplando, me dejo caer sobre la dichosa silla.

—¿Qué?

—El acuerdo de compromiso ya está firmado.

—¿*Qué*? No. No, no puede ser. No pueden hacerlo sin nuestro consentimiento. No… —Me callo al ver su sonrisa sarcástica—. ¿Pueden?

—Nuestras familias pueden hacer cualquier cosa —dice con suavidad—. Ya lo sabes.

Un escalofrío me recorre la piel. Tiene razón. Sé que tiene razón. En Rusia, los Molotov y los Leonov son prácticamente omnipotentes. Quizá si estuviéramos en Estados Unidos o en algún sitio como Alemania, podría tener la esperanza de encontrar a un juez o a un jefe de policía que no estuviese comprado por una o ambas de nuestras familias, pero no aquí en Moscú. Ni en ningún lugar de Europa del Este, seguramente.

—No te asustes —dice Alexei, leyendo acertadamente la expresión en mi cara—. Esto no va a pasar ni hoy ni mañana. No tengo interés en una quinceañera, ni para casarme ni como pareja. Por ahora, seguiremos como siempre, viviendo nuestra vida por separado.

—Salvo que estaremos prometidos. —La sola palabra es extraña en mi boca, tan medieval como toda esta situación.

—Así es. —Me observa a través de sus párpados caídos.

—¡No, nada de «así es»! Diles que se vayan a la mierda. —Oigo que levanto la voz como una niña quisquillosa, así que cierro la boca. A pesar de que no quiero esto, saber que él me considera una niña tonta con quien no merece la pena ni salir me duele de una forma perversa.

Una curva sarcástica aparece de nuevo en sus labios.

—Sigues sin entenderlo. Ya está hecho. Estamos prometidos. Romper el acuerdo ahora solo provocaría una nueva discordia entre nuestras familias. No querrás eso, ¿verdad?

Yo parpadeo.

—No, pero...

—Entonces lo aceptaremos —dice él con rotundidad—. Viviremos el presente. ¿Quién sabe dónde estaremos en unos años? La vida no es una imagen estática en una pantalla. Cambia todo el tiempo, de formas que no podemos siquiera empezar a imaginar. Puedes desperdiciar todas tus energías luchando contra el futuro hoy o puedes esperar a ver si merece la pena luchar. —Se inclina hacia adelante con los ojos brillantes—. De hecho, cuando llegue el momento, puede que te des cuenta de que has cambiado completamente de opinión respecto a ese futuro.

CAPÍTULO 7

PRESENTE, UBICACIÓN DESCONOCIDA

«Ya es hora de que cumplas tu parte del trato». Las palabras de Alexei resuenan en mí y me ponen la piel de gallina. O tal vez sea la calidez de su aliento contra mi cuello y la certeza de que no tengo adónde huir y de que, después de todos estos años, al final voy a perder este juego tan arriesgado al que hemos estado jugando. Pero quizá sea lo mejor. Estoy cansada de huir, cansada de luchar.

Ahora entiendo que este hombre siempre estuvo destinado a destruirme.

Estaba escrito en las estrellas el día en que ambos nacimos, con cinco años de diferencia.

—Ya está. Deja de resistirte —me murmura al oído, aflojando un poco la presión en mis muñecas y, perversamente, son sus palabras las que me dan fuerzas para resistir el insidioso deseo que bulle en mi interior; la traicionera excitación que me debilita las piernas. Puede que ya no sea aquella quinceañera ingenua y estúpidamente valiente, pero una parte de ella sigue dentro de mí.

Con un movimiento brusco, me zafo de él y echo a correr, retrocediendo hacia el centro de la espaciosa habitación. El corazón me late con frenesí y me cuesta la vida no abrazar mi cuerpo desnudo y mantenerme erguida mientras sus ojos recorren mis pechos y mi vientre desnudos antes de volver a mirarme a la cara.

Su propio rostro está tenso por el deseo salvaje; le aparecen unas manchitas rojas en los pómulos. Su voz es grave y áspera.

—¿Así es como quieres hacerlo?

Me humedezco los labios.

—Tengo hambre. —Es mentira, en realidad estoy algo mareada, pero es lo único que se me ocurre para ganar tiempo.

Ensancha las fosas nasales y noto los instintos contradictorios que luchan en su interior. A su manera, se preocupa por mí, le preocupa mi comodidad y mi bienestar. También me desea. Me desea desde que nos conocimos, aunque yo no lo supe hasta años después. Me clavo las uñas en las palmas de las manos mientras espero a ver qué parte de él gana.

Viene hacia mí con unos pasos lentos y deliberados.

—Tienes hambre.

Esta vez no me echo atrás. ¿De qué me serviría? Estoy completamente a su merced en esta habitación, en este barco. Mis hermanos me están buscando, estoy segura, pero a pesar de todos los recursos a su disposición, no me encontrarán pronto. Un barco no es más que un punto en movimiento en un gran océano.

Aun así, hago todo lo posible por no acobardarme cuando se detiene frente a mí y me levanta la barbilla con los dedos curvados. Soy plenamente consciente de mi desnudez, de mi vulnerabilidad, sobre todo porque él sigue vestido con las ropas oscuras que tanto le gustan, y no es menos intimidante sin ellas. Mi estatura es superior a la media, pero él me saca una cabeza, sus hombros son más del doble de anchos que los míos y sus músculos son de acero.

Puede hacerme lo que quiera, y ambos lo sabemos.

Pesimista, clavo la vista en su mirada oscura como el carbón y espero a que él decida mi destino.

_____

CAPÍTULO 8

«Baile de graduación» reza un cartel brillante al entrar en el gimnasio del instituto, que han transformado en un salón de baile digno de un palacio. Suena a todo volumen lo último en música pop y la atmósfera rebosa de hormonas y drama adolescente. De vez en cuando se percibe un olorcillo a hierba, a pesar de que los adultos que vigilan tratan de evitarlo.

Yo no debería estar aquí porque soy estudiante de penúltimo curso, pero dos de mis mejores amigos son de último año y me han suplicado que los acompañase; así que aquí estoy.

—Nos haces de cebo con los tíos monos —me dijo Risha—. Te necesitamos.

Menuda trola. Risha, una estrella de Bollywood prometedora, es guapísima donde las haya. Lo que pasa es que está preocupada por mí, igual que nuestro amigo Giles. A él no le parece normal que yo, con casi de diecisiete años, no haya salido nunca con nadie.

—¿Crees que eres asexual? —me preguntó él hace un par de meses. Su acento británico confirió cierta afectación a las palabras—. Si lo eres, no pasa absolutamente nada, ¿eh?

—Ojalá —le dije con una mueca—. Por desgracia, me gustan los tíos, igual que a ti.

—¿Y por qué no te enrollas con uno?

—Lo haré. Algún día.

«Cuando ya no esté prometida». Pero no podía decirle eso. Mis amigos del instituto no tienen ni idea del contrato medieval que se cierne sobre mí y ensombrece todos los aspectos de mi vida.

Aunque no haya visto a Alexei desde aquel día en la biblioteca de mis padres, no me olvido de él y de la amenaza que supone para mi futuro. Me dan pavor mis cumpleaños porque, aunque no se han fijado fechas exactas, sé que probablemente sea a los dieciocho cuando me consideren lo bastante mayor. Si no para casarme, mínimo para empezar a salir. Y no me quiero ni imaginar lo que debe de ser salir con un hombre como Alexei Leonov.

Me opuse al compromiso, por supuesto. Dijese lo que dijese Alexei, no podía aceptar la situación sin rechistar y quedarme de brazos cruzados esperando a ver cómo terminaba en un futuro. Lloré y supliqué durante tres días seguidos y les hice el vacío a mis padres durante meses. Les decía una y otra vez que no lo haría y que no podían obligarme. No sirvió de nada.

El contrato sigue en pie y, aunque Alexei no esté en mi vida todavía, sé que pronto lo estará.

—Ahí estás —grita Risha desde la pista de baile al verme. Me saluda alegremente con la mano—. ¡Ven con nosotros!

Le devuelvo el saludo.

—Voy primero a por algo de beber.

Me abro paso a empujones entre la multitud hasta el puesto de bebidas. Hay ponche, por supuesto, pero también hay agua con gas, zumo de uva, *kombucha* y todos los cócteles sin alcohol que una se pueda imaginar, preparados por un camarero de verdad.

En las fiestas de los niños ricos se necesita algo más que las básicas aguas azucaradas de colores.

Me pido un vaso de *kombucha* por el microbioma y después le gorroneo discretamente un porro a un tipo que conozco. El año pasado descubrí que me gusta fumar hierba. Calma la preocupación que ahora me atormenta continuamente.

Me voy a los baños para echar unas caladas sin ser vista y, de repente, una figura alta se planta delante de mí.

—Hola.

Uf, este otra vez.

—Hola, Josh —digo poniendo los ojos en blanco.

Sabía que vendría; todo el mundo cree que lo elegirán rey del baile. Aun así, tenía la esperanza de que estuviese ocupado con su novia y no intentase ligar conmigo. Pero no. Ha hecho un hueco.

—¿Has venido sola o acompañada? —pregunta

alargando las palabras mientras se pasa la mano por su largo pelo rubio. Sin duda, para dirigir mi atención a lo suave y brillante que está. Mira mi cuerpo, de los tacones plateados a los tirantes del vestido Givenchy que llevo puesto, y la forma en que me miran sus ojos azules me hace querer subirme el escote.

Reprimo el impulso con determinación.

—He venido con mis amigos.

—Ah, ¿sí? —Se acerca con una sonrisita—. ¿Quieres que te enseñe todo esto?

—No, gracias. Tengo que ir a hacer pipí. —Si eso no le enfría el ardor, nada lo hará.

Antes de que responda, lo esquivo y voy directa a los baños. Como es temprano, aún no están abarrotados de chicas que buscan echarse alcohol en los cócteles sin que las vean. Entro en un baño y me pongo a fumar. Disfruto del calor con sabor acre y a hierba que siento en la garganta mientras el humo se adentra en los pulmones. Acalla el inquieto murmullo de mis pensamientos casi de inmediato y me relaja la tensión acumulada en las sienes. Otra calada y se me queda la mente en blanco. Por un momento, se me olvida que queda poco para que se acabe el curso y que, entonces, tendré que volver a Moscú, a casa con mis padres, que cada día discuten más… Se me olvida que este verano cumplo diecisiete y que me queda un año menos para cumplir la edad que me hace sentir pavor y para estar con el hombre al que temo.

Y lo que empeora el asunto es que tengo la certeza de que Alexei no ha pensado en mí ni en el dichoso contrato ni un solo momento desde aquel día. No lo he visto ni he tenido noticias de él desde hace casi dos años, y está claro que no ha hecho el menor intento de conocerme. Eso me alegra. Con un poco de suerte, se habrá olvidado de mí por completo y, cuando llegue el momento, les dirá a nuestros padres que se vayan a la mierda.

Esa idea debería tranquilizarme —y me tranquiliza —, pero a veces mi imaginación me juega malas pasadas. Juraría que percibo su presencia cerca de mí, como si fuese un fantasma que me acecha y me vigila. Y lo peor es que cada vez que tengo la tentación de decir que sí a un chico que me pide salir, me acuerdo del anillo de Dan y termino rechazándolo.

¿Se enteraría Alexei si saliese con alguien del instituto? Y si se enterase, ¿le importaría?

Me gustaría creer que no, pero no puedo arriesgarme.

No quiero ser responsable de la desaparición de otra persona.

Doy un par de caladas más y me acabo el porro. Siento que me pesa la cabeza y al mismo tiempo que no, y mis pensamientos se vuelven inconexos de una forma que solo consiguen la hierba o mucho alcohol. No soy muy fan de lo segundo por culpa de mi padre, pero sí que me gusta colocarme. Me gusta la sensación de no estar consciente del todo.

A veces, cuando las peleas de mis padres se ponen feas, me pregunto cómo sería desaparecer.

Abro la puerta, salgo, me lavo las manos y me

aseguro de que no se me ha corrido el maquillaje. Después me dirijo a la pista de baile, donde encuentro a Risha y a Giles restregándose con sus respectivos ligues.

Claro, debería haberme dado cuenta de que todo el rollo de «ven con nosotros, necesitamos compañía porque no tenemos pareja» solo era una estratagema para hacer que viniese. Tienen la esperanza de que me ponga borrachilla, me coloque un poco y, antes de que me dé cuenta, esté enrollándome con un jugador de fútbol en la parte de atrás de la limusina de su padre.

Buen intento, chicos.

Estoy un poco colocada. Bueno, vale, bastante; así que me dejo arrastrar por la multitud de cuerpos que bailan sensualmente. Tengo la mente tan confusa que el ritmo de la música me resulta seductor y me recuerda a lo que siento cuando me despierto de esas pesadillas en las que aparece Alexei y alivio con la mano el calor que siento entre las piernas. Si aprieto lo suficiente y froto durante un rato, la sensación se vuelve cada vez más dulce e intensa hasta que me supera. Y, entonces, me detengo.

Me detengo porque, al llegar a ese punto, veo su rostro y se me olvida la razón por la que ser suya sería una idea malísima.

La música cambia; empieza a sonar una canción distinta. Es una de mis favoritas. Cierro los ojos y dejo que la voz modificada con *autotune* me invada mientras un ritmo que me resulta familiar domina los movimientos de mi cuerpo. Alguien empieza a rozarme el trasero, desliza las manos por mis brazos desnudos y luego me agarra de las caderas para apretar mi trasero contra su erección. Es un tío. Noto su calor. Su respiración es pesada, y está sudando, pero por una vez no siento repulsión. Estoy como flotando en la neblina de mi cabeza y dejándome llevar por el ritmo hipnótico.

—¡Sí, vamos, Alina! —Oigo la voz animada de Risha por encima de la música y me río. De repente, me siento mareada. ¿Por qué no he hecho esto nunca? ¿Por qué me he encerrado y he vivido como una monja por un papelucho absurdo que no me pueden obligar a cumplir?

No estoy prometida.

Me niego.

—¡Dale, tía! —grita Giles.

Y es lo que hago. Es como si algo se hubiese liberado dentro de mí. No tengo ni idea de quién se está restregando conmigo, pero me da igual. No es por el chico. Lo hago por mí. Mientras muevo las caderas al ritmo de la música, abro los ojos y veo que se mezclan las luces de colores y el humo que sale de las máquinas, lo que intensifica la sensación de irrealidad que me envuelve. Ya no soy yo misma. Soy otra persona, otra persona a la que no reconozco. Alguien salvaje y libre.

El chico que está detrás de mí se roza con más fuerza. Se vuelve más atrevido. Mueve las manos de mis caderas a mis costillas y las lleva más y más arriba...

—¡Joder! —exclama, y se pone tieso de repente.

Y, muy a mi pesar, reconozco la voz de Josh. Antes de poder reaccionar, alguien me coge con fuerza del brazo, me hace dar media vuelta y me saca de la pista de baile.

Estoy tan aturdida y desorientada que, en un primer momento, no forcejeo. Para cuando lo hago, ya estoy en un rincón oscuro del gimnasio, apartado de la multitud, y oculta tras las gradas decoradas con carteles. Una figura alta, ancha de hombros y con esmoquin se yergue frente a mí.

—¿Qué...? —empiezo a decir, parpadeando.

El cuerpo se me paraliza al reconocer los ojos oscuros y las duras facciones del hombre que está frente a mí.

Alexei Leonov.

Mi prometido.

Y está muy enfadado.

—¿Qué leches estás haciendo?

Su voz es un gruñido oscuro y apenas audible.

—¿Cómo?

Me esfuerzo por dar algo de coherencia a mis pensamientos inconexos. ¿Esto está pasando de verdad o he fumado demasiado? Es imposible que Alexei esté aquí, en el baile de graduación de mi instituto. En New Hampshire.

Me suelta el brazo, me agarra por la mandíbula y me vuelve la cara a un lado y después al otro, escudriñándome los ojos.

—Joder, estás colocada.

Parece indignado e incrédulo.

—Bueno, sí.

Espera, ¿debería haberlo negado? Joder. Esto está pasando de verdad. ¿Pero cómo? ¿Por qué? ¿Qué hace aquí? Se me ocurre preguntarle esto último.

—¿Qué haces aquí?

Casi consigo que parezca que estoy bien. Pero no lo estoy. Estoy colocada, y nada de esto es normal. Estaba bailando con Josh —¡puaj!— y después… Ay, mierda. La adrenalina disipa parte de la neblina que siento en la cabeza y el terror la inunda cuando Alexei me aprieta la mandíbula, estrujándome las mejillas, y se acerca, mirándome con los ojos encendidos como brasas.

—No puedes bailar con otros tíos, joder. —Las palabras me retumban en los oídos como truenos—. No los puedes mirar y, bajo ninguna circunstancia, puedes dejar que te toquen, joder. Por contrato y de cualquier otra manera, eres mía. ¿Te queda claro?

Estoy tan aturdida que solo puedo pestañear a modo de respuesta. Le debe de parecer que no es suficiente porque acerca la cara hasta que nuestras narices están a apenas unos centímetros de distancia. Las fosas nasales se le ensanchan de forma amenazante.

—Di que te ha quedado claro de una puta vez.

La manera en la que me tiene cogida por la mandíbula me impide decir nada, así que respondo haciendo un sonido con la garganta. Percibo la violencia que reprime en su interior, la furia que está a punto de estallar, y se me dispara el corazón, lo que disipa aún más la neblina que siento en la cabeza.

Esto no es una pesadilla, ni mi imaginación me está

jugando una mala pasada. Está pasando de verdad. Él está aquí en carne y hueso.

Y contrariamente a lo que esperaba, no se ha olvidado de mí.

Mi intento de respuesta ha debido de calmarle porque deja de sujetarme la cara con tanta fuerza. Pero no me suelta ni aparta la mirada. Me mira los labios, que forman un mohín por la presión de sus dedos en mis mejillas, y una tensión distinta invade su imponente figura. Lo percibo. Su cuerpo está caliente y su respiración se vuelve más pesada e irregular. Suelto el aliento que contenía. Una cálida laxitud se apodera de mí, me debilita las rodillas y funde algo en lo más profundo de mí. De repente, todos los sueños y todas las pesadillas que he tenido sobre él se reproducen en mi mente con todo detalle, al igual que esas sensaciones dulces e intensas que me niego a llevar a término. Porque él es el responsable. Él es la única persona que me ha hecho sentir así.

—¿Ibas a dejar que te besara? —pregunta con voz áspera. Baja la cabeza hasta dejar la boca suspendida sobre la mía. Noto su cálido aliento a canela en los labios—. ¿Ibas a dejar que te follase?

—No… —balbuceo.

No sé ni lo que estoy diciendo. Daría lo que fuese por sentir sus labios sobre los míos. Tiemblo de puro deseo y solo oigo mis latidos porque es como si mi corazón tronase. Mi primer beso. Nunca pensé que fuese posible desear algo tanto. Y él también lo desea. Estoy segura. Seguro que en cualquier momento va a…

Me suelta y retrocede de forma tan repentina que me sobresalto.

—Bien. Pues no lo hagas. —Su tono es frío y duro—. Eres mi prometida y yo no comparto a mi mujer. Jamás.

Tras ese cometario, se gira y se marcha. Me deja aturdida. No vuelvo a verlos ni a él ni a Josh en lo que queda de noche.

De hecho, a Josh no lo vuelve a ver nadie nunca más.

Simplemente desaparece, igual que mi profesor.

CAPÍTULO 9

PRESENTE, LOCALIDAD DESCONOCIDA

Alexei me mira con unos ojos negros como el cielo por la noche, con la mandíbula tensa y, mientras el silencio se prolonga, estoy segura de que sus deseos más básicos acabarán dominándolo. Pero me equivoco. Me suelta y retrocede, bajando la mano.

—Vamos a darte de comer, entonces —dice. Su tono seco me dice que sabe que es solo otra táctica dilatoria más por mi parte.

Pero me da igual. He ganado más tiempo.

—Necesito ropa —digo, orgullosa de lo tranquila que sueno—. ¿Dónde puedo...?

Me señala una puerta corredera.

—En ese vestidor tienes todo lo que necesitas.

Vale, así que no pretende dejarme desnuda. Yuju. En ocasiones hay que celebrar las pequeñas victorias.

Corro hacia el armario antes de que cambie de opinión. Me arde la cara mientras siento sus ojos clavados en mis nalgas desnudas. Tengo un culo bien tonificado; en los últimos meses he hecho bastante senderismo y entrenamientos en el gimnasio. Sin embargo, no puedo evitar pensar que probablemente los haya visto mejores. Que los haya tocado mejores. No tengo razones para pensar que me haya sido tan fiel como yo me he visto obligada a serle.

Es una idea que, cada vez que la pienso, me hierve la sangre.

Me contengo, abro la puerta corredera y accedo a un vestidor que es casi tan grande como el que tenía en el complejo de Nikolai, aunque ninguno es comparable a la espaciosa habitación que alberga toda mi ropa y accesorios en Moscú. Sin embargo, el surtido de aquí es de buena calidad. Hay vestidos y zapatos de mis diseñadores favoritos, además de casi un millón de bañadores, vestidos de verano informales, pantalones cortos, camisetas, y una gran colección de sandalias y chanclas.

Me tienta ponerme algo informal y cómodo, pero al final me decanto por un vestido de noche. Es de seda verde gruesa con un corpiño ajustado y escotado y una falda acampanada hasta la rodilla; con él me veré y me sentiré bien. Me sentiré que lo tengo todo bajo control.

Es algo que necesito ahora mismo desesperadamente.

Encuentro ropa interior adecuada (un conjunto verde de sujetador sin tirantes y tanga) en el armario empotrado de una esquina y me visto rápido. Completo el look con unos tacones beis.

Cuando salgo, Alexei está mirando por la ventana, con las manos entrelazadas detrás de la espalda. Cuando me oye caminar, se gira y me recorre todo el cuerpo con la mirada, despacio, comiéndome con los ojos.

—Preciosa, como siempre.

He oído versiones de ese piropo mil veces, pero las palabras pronunciadas con su voz ronca suenan distintas viniendo de él. Más oscuras. Más aterradoras. Hay cierta posesividad en su tono que me da escalofríos. No se refiere a mí con cariño, sino con satisfacción, esa con la que el dueño de una obra de arte carísima se refiere cuando la observa colgada en la pared.

Y eso es básicamente lo que soy para él. Una posesión. Un trofeo listo para exponerlo en la pared. Un trofeo que ha ganado sacrificando a decenas de personas solamente esta semana.

—Gracias —le digo tranquilamente, conteniendo un estremecimiento—. Bueno..., ¿dónde vamos a comer?

En sus labios se forma una sonrisa burlona mientras me ofrece su mano a modo de clara invitación.

—Ven, te lo enseñaré.

Me está poniendo a prueba, es un reto. Me está desafiando a resistirme, a luchar contra él en este pequeño juego para tener una excusa y así comportarse lo peor que puede. Pues esta vez la jugada le sale mal. Mantengo la cabeza bien alta cuando me acerco y le doy la mano. Tengo el corazón en la garganta mientras me agarra fuerte con los dedos, de manera cálida y electrizante, pero mantengo una expresión inexpresiva y no le dejo ver cuánto me afecta cuando me toca mientras me conduce fuera de la habitación.

Afuera hay un pasillo de algo más de un metro de ancho con varias puertas a cada lado. Más adelante hay una escalera de caracol. Camino con cuidado mientras vamos directos a la escalera, ya que el balanceo del barco bajo mis pies hace que parezca que es la primera vez que me pongo unos tacones.

Puede que por eso haya tantos pares de zapatos planos. Como el mar se agite más, los voy a necesitar.

Sujetándome por el hombro, Alexei me guía por las escaleras. Aparecemos en una larga y enorme cubierta. El sol me ciega por un instante —tendría que haber cogido unas gafas de sol del vestidor—, pero él me lleva hasta la sombra debajo de un saliente, y mis ojos se ajustan justo para contemplar lo que hay alrededor.

Como ya me temía, estamos en mar abierto. El agua azul oscura nos rodea y se extiende hasta donde alcanza la vista. Sobre nosotros, cerca de la proa del barco, hay otra cubierta más pequeña. Al parecer, estamos en un yate, uno grande y lujoso, pero no en plan exagerado. Muy inteligente por su parte. Si mis hermanos buscan un barco, este es poco probable que pite en su radar porque irán a por un megayate supercaro.

Más abajo, bajo el saliente, hay una mesa redonda con un mantel, dos pares de cubiertos y dos sillas. Alexei me lleva hasta allí y arrastra una silla para mí; un gesto caballeroso que oculta la verdad de nuestra

UNA TERRIBLE BELLEZA

situación. La sarcástica curva de sus labios me dice que lo sabe.

—Gracias —le digo. Porque... ¿por qué no? Si quiere jugar al gentil anfitrión tras secuestrarme violentamente y drogarme, ¿quién soy yo para impedírselo? Me siento con elegancia, cojo de la mesa una servilleta de tela blanca esmeradamente doblada y me la pongo en el regazo, como si estuviéramos en una cita en un bonito restaurante. Mientras tanto, él da la vuelta y se sienta en la otra silla.

Oigo pasos a mi izquierda y, al girarme, veo a un hombre acercándose. Alto, delgado y canoso, lleva un uniforme blanco y azul, y tiene el bronceado propio de alguien que se pasa la mayor parte de la vida al aire libre. Ya en la mesa, el recién llegado se quita la gorra y hace una reverencia.

—Es un placer conocerla, señorita Molotova.

Disimulo mi sorpresa cuando oigo ese acento estadounidense. Suponía que los matones de Alexei serían rusos.

—Soy Jack Larson, capitán del navío —continua el hombre—. Si hay algo que necesite, por favor, no dude en pedírmelo.

—Gracias, Larson —dice Alexei antes de que pueda contestar yo. Aunque no estudió en Estados Unidos, su inglés tiene tan poco acento como el mío —. Dile a Vika que estamos listos para comer, por favor.

¿Comer? Entorno los ojos hacia el sol brillante. ¿Significa eso que es más o menos mediodía? ¿Dónde

85

estamos exactamente? ¿Cuánto ha pasado desde que Alexei me raptó del complejo de Nikolai en Idaho?

Larson hace una reverencia de nuevo.

—Sí, señor. —Se aleja y me deja a solas con Alexei.

—No me has dicho dónde estamos —le digo en cuanto desaparece Larson—. ¿Qué aguas son estas?

Alexei sonríe sarcástico, enseñando los dientes.

—¿Qué más te da? Tampoco puedes contárselo a nadie, vaya.

—Por eso mismo. ¿Por qué no me lo dices, entonces?

Se encoge de hombros, exasperado.

—¿Por qué tendría que decírtelo?

Aprieto los dientes.

—¿Tal vez porque es cortesía básica cuando secuestras a alguien?

—No te he secuestrado. —Se le endurece la mirada—. Viniste conmigo por voluntad propia, ¿no te acuerdas? Justo ayer dijiste, y cito: «Iré contigo. Cumpliré el contrato de compromiso». ¿O esa promesa también era mentira?

Respiro entrecortadamente y con las manos estrujo el mantel. ¿Cómo se atreve a darle la vuelta a la tortilla y hacerme quedar a mí como si fuera la mala de esta dichosa película?

—Yo no te he mentido. Sabes que nunca he querido esto.

Él se inclina y me cubre las manos con las suyas.

—Mentirosa —dice suavemente. Sus ojos brillan en un negro intenso—. Ahora mismo me estás mintiendo... y a ti misma también. Me querías incluso antes de cumplir los catorce y estoy convencido de que me querías a los dieciocho. Y todavía me deseas, por mucho que te esfuerces en negarlo. Pero ¿sabes qué? —Me aprieta las manos y su voz se vuelve áspera mientras clava los ojos en mí—. Ya no tienes adónde huir ni dónde esconderte. Antes de que acabe el día, Alinyonok, te enfrentarás a la verdad. Y sabrás que ahora y siempre has sido mía.

Capítulo 10

Es mi decimoctavo cumpleaños.

Se me revuelve el estómago solo de pensarlo. Mis padres van a dar una gran fiesta esta noche, a la que asistirá todo el mundo en Moscú. Mi madre lleva meses planeándolo, quiere que sea el acontecimiento del verano. La celebración tendrá lugar en un enorme salón de baile del hotel de lujo más nuevo, y lo peor es que he oído por casualidad a mis padres hablar sobre si anunciar allí mi compromiso con Alexei.

—Ni siquiera han salido todavía —decía mamá en tono chillón cuando pasé por delante de la biblioteca hace unos días—. ¿Y si no se gustan? ¿Y si él se niega en el último momento? Hace años que no le dirige la palabra siquiera.

—Porque era una dichosa niña —replicó bruscamente papá—. Dijo que no se acercaría a ella hasta que fuera mayor, y no lo ha hecho. Pero ahora tiene dieciocho años. ¿Qué coño hay que esperar? Boris está de acuerdo.

—¿Qué pasa con nuestra hija, monstruo egoísta? ¿No crees que ella también debería estar de acuerdo?

—¿Qué coño sabe ella de lo que quiere? Entró en Columbia ¿y qué quiere estudiar allí? Puta mierda de informática. Como si necesitáramos otro retrasado social en la familia.

—¡No hables así de Kostya!

—¡Es mi puto hijo y hablaré de él como me dé la puta gana!

Un estruendo acompañó a las palabras —una silla volando, seguramente— y ya no pude aguantar más escuchando. Escapé a mi habitación, donde me refugié en un videojuego durante horas, pero no bastó para evitar que se me revolviera el estómago y sintiera como si me martillearan el cerebro. Los dolores de cabeza que solía fingir se han vuelto demasiado reales en el último año y me asaltan en los momentos más aleatorios. O quizá no tan aleatorios, porque aparecen cada vez que pienso en mis padres y en el futuro que me espera con Alexei.

Un futuro que me depara un matrimonio que cada vez estoy más convencida de que será un desastre tan monumental como el de mis padres.

La semana pasada, le vi un moratón a mamá en el brazo. Era un moratón grande y feo. Dijo que se había golpeado con un armario de la cocina, pero tengo mis dudas. Papá ha estado bebiendo mucho este verano y siento que no tiene el control de sí mismo la mitad del tiempo. Se lo conté a Konstantin y me dijo que ha estado intentando convencer a mamá de que se vaya, de que se divorcie por fin de papá. Ella le aseguró a Konstantin que se lo está pensando, pero yo también tengo mis dudas al respecto.

Incluso ahora, cuando su odio mutuo envenena el aire que los envuelve, mis padres parecen atraídos el uno por el otro, encadenados por una fuerza impía que supera etiquetas simples como amor u odio. Juntos son tóxicos, pero parecen incapaces de separarse.

Un dolor punzante me asalta de nuevo las sienes, que se suma al malestar estomacal. Me dan ganas de meterme en la cama y taparme con las sábanas para aislarme completamente del mundo. Pero no puedo. Tengo que prepararme para la fiesta.

Trago saliva contra las náuseas, abro un bote de Excedrin y me tomo dos pastillas con un vaso de agua. Las pastillas no suelen ayudarme mucho, pero son mejor que nada. La semana que viene tengo cita con el médico de mis padres. Espero que me recete algo más fuerte. Mientras tanto, quizá consiga algo de maría en la fiesta. No es la panacea tampoco, pero ayuda más que el Excedrin.

Un golpe en mi puerta me saca del ensimismamiento. Luego alguien pregunta:

—¿Alina? Pavel quiere saber si tienes hambre…

Uf, qué bien. Es Lyudmila, la antigua ama de llaves de Natasha. Trabaja para nosotros desde que ella y Pavel se casaron, y no es santo de mi devoción. Nikolai y Valery creen que es porque estoy enamorada de Pavel o algo así, pero se equivocan.

Es porque no la he perdonado por su papel en que mis padres se enteraran del anillo de Dan y de la nota de Alexei.

Tal vez sea injusto culparla por el compromiso, pero no puedo evitar pensar que si mi padre no se hubiera enterado de la implicación de Alexei en la desaparición de mi profesor, no se le habría ocurrido la idea de unir a nuestras familias de esta manera tan bárbara. Si Lyudmila no me hubiera delatado, él no se habría enterado de que Alexei tenía interés en mí y, tal vez, todo esto no habría sucedido.

—¡No tengo hambre! —grito, incapaz de ocultar la irritación en mi voz. El fuerte dolor de cabeza no ayuda a mejorar mi humor de perros—. Me estoy preparando para la fiesta.

—Muy bien —responde Lyudmila rápidamente—. Se lo haré saber.

Oigo que se alejan sus pasos y siento una punzada de culpabilidad. Sea o no una bocazas, Lyudmila no se merece mi actitud. Debería intentar ser más amable, aunque solo fuera por el bien de Pavel. Sé que él la quiere y ella parece que también a él. Y a diferencia del matrimonio tóxico de mis padres, el suyo parece ser una unión sencilla y directa, aunque Pavel comparta la crueldad y la propensión a la violencia de mi padre.

Casi me hace creer que es posible encontrar la felicidad con un hombre peligroso; «casi» es la palabra clave.

Sumida en mis cavilaciones, me visto, me peino y me maquillo con el piloto automático. Cuando termino, el dolor de cabeza ha remitido un poco y es hora de ir al hotel. Mamá ya está allí, supervisando el cáterin y todo lo demás, y papá se dirige directamente desde una reunión de negocios, así que yo voy con mis hermanos.

Konstantin y Valery me esperan en el salón cuando bajo, y Nikolai llegará en cualquier momento. No sé por qué mamá ha decidido que necesito que me acompañen los tres —o alguien que no sean nuestros guardaespaldas, en realidad—, pero no me importa. No suelo ver a mis hermanos, y menos juntos como ahora. Cada uno de nosotros asistió —o asiste— a distintos internados y universidades en el extranjero, y mis tres hermanos han servido en el ejército en distintos momentos de los últimos años. De hecho, Valery aún no ha terminado su servicio militar; solo viene para celebrar mi cumpleaños.

Sonrío cuando se levanta del sofá para saludarme.

—¿Cómo te trata la vida militar?

Se inclina para besarme la mejilla como corresponde a un buen hermano, pero cuando retrocede, su sonrisa de respuesta no llega a sus fríos ojos verde ámbar.

—Tan bien como cabe esperar. —Me recorre con la mirada—. Tienes buen aspecto. Nuestros padres estarán encantados.

Sí, lo estarán. Pero me pregunto por qué ha dicho eso. Si fuera cualquier otra persona, diría que es un cumplido inocente, pero Valery no es así. Él no dice ni hace nada sin algún doble sentido. Es así desde que tengo memoria.

Aunque es el más cercano a mí en edad, y tiene solo veinte años, Valery es el hermano que menos conozco y entiendo. Incluso Nikolai, que comparte demasiados rasgos de nuestro padre, me resulta más comprensible. Con Valery, todo son matices y capas, significados ocultos y objetivos encubiertos.

Me agota, sinceramente.

—Deberíamos irnos —dice Konstantin mientras levanta la vista de la pantalla de su teléfono y se levanta del sofá. Como de costumbre, es ajeno a la necesidad de cualquier tipo de saludo—. El tráfico nos retrasará quince minutos y medio.

Le sonrío. Quince y medio, por supuesto. Así es Kostya. Si pudiera, cuantificaría y digitalizaría hasta el último aspecto de nuestra vida, lo convertiría todo en ceros y unos. A Papá no le gusta nada, pero creo que eso es lo que hace a mi hermano mayor tan brillante. Nikolai y Valery también agradecen sus habilidades. A diferencia de nuestro padre, que sigue atrapado en la mentalidad de los noventa de que el poder hace el bien, ellos entienden la importancia de la tecnología para nuestro futuro. Serán las empresas de Konstantin en la red oscura y similares las que harán crecer el poder y la influencia de nuestra familia en los próximos años, no nuestros activos inmobiliarios ni nuestros yacimientos de petróleo y gas.

Pero ¿yo qué voy a saber, verdad? Según mis padres,

la única forma de contribuir a la fortuna de nuestra familia es estar guapa y casarme con Alexei.

Se me agría el humor al pensarlo y apenas puedo mantener la sonrisa cuando Nikolai entra en el salón y también me saluda con un beso en la mejilla. Cuando se retira, sus labios están curvados en una de sus características sonrisas arrebatadoras. Mis tres hermanos son sorprendentemente guapos y se parecen lo suficiente como para ser trillizos, pero Nikolai —o Kolya, como le llamo desde la infancia— tiene un algo adicional. ¿Magnetismo animal, tal vez? Personalmente, no lo siento, pero las mujeres se sienten atraídas por él como los ratoncitos al queso. Por desgracia para ellas, él solo juega con ellas una o dos noches, luego pasa de ellas y las deja con el corazón roto. Pensándolo bien, tal vez debería decir «por suerte».

Bajo ese bello exterior, es tan oscuro e intensamente obsesivo como nuestro padre, y me compadecería de cualquier mujer con la que se obsesionara de verdad.

—Mi limusina me espera fuera —me dice, ofreciéndome el brazo—. Llevemos a nuestra Cenicienta al baile.

—Ojalá pudiera conocer allí al príncipe azul —murmuro en voz baja mientras paso el brazo por el pliegue de su codo.

Nikolai me oye. Me lanza una mirada penetrante mientras me lleva hasta la puerta que da al vestíbulo del ascensor.

—Sabes que nuestros padres esperan anunciar el compromiso esta noche, ¿verdad?

Me vuelven las náuseas.

—He oído algo en ese sentido, sí.

Valery se pone a nuestro lado.

—Puedo hablar con ellos si no es lo que quieres y conseguir que frenen de momento. —Su tono es frío y carente de emoción, pero la mirada que me dirige es inquietantemente penetrante.

El corazón me da un brinco, esperanzado.

—¿De verdad?

Él asiente, como si no fuera gran cosa, y Nikolai dice:

—Yo lo respaldaré. Eres demasiado joven para casarte. Y menos todavía con un Leonov. —Impregna la última palabra con burla.

—En realidad, yo ya he hablado con nuestro padre —dice Konstantin desde detrás de nosotros. Todos nos detenemos y nos volvemos para mirarlo, sorprendidos. Se ajusta las gafas con calma, imperturbable—. Está de acuerdo en que, a partir de ahora, Alina y Alexei decidan el momento del anuncio y todo lo demás. Mientras el acuerdo de compromiso siga en pie, ellos podrán decidir cómo proceder a partir de ahora.

Me quedo con la boca abierta, y no soy la única con esa reacción. Me hago una idea de cómo Valery habría conseguido su objetivo —es capaz de burlar y manipular a cualquiera, incluido nuestro padre— y no me habría sorprendido que Nikolai, como heredero favorito, también hubiera ejercido bastante influencia.

Pero ¿Konstantin? ¿Cómo narices ha hecho algo así? Papá lo ha despreciado desde que era pequeño, cuando quedó claro que era diferente de los demás niños y que no tenía ningún interés en aprender lo que papá tenía que enseñarle.

—Kostya... —digo en un tono irregular; me hinco las yemas de los dedos en las palmas—. ¿Estás seguro? ¿Podrías haberlo entendido mal...?

Ladea la cabeza, pensativo.

—No —dice después de un largo momento, durante el cual mis emociones oscilan salvajemente, debatiéndose entre la esperanza y el temor—. Papá ha sido muy claro. Comprende la alternativa.

Se me corta la respiración de alivio cuando Valery pregunta:

—¿Qué alternativa?

De los tres, él es el menos sorprendido por todo esto. Me hace preguntarme si esto formaba parte de su plan B. Porque Valery siempre tiene un plan B. Y un plan B para el plan B.

Konstantin se saca el móvil y vuelve a mirar la pantalla.

—Tenemos setenta y tres segundos de margen con el estado actual del tráfico. Si no nos ponemos en marcha, llegaremos tarde.

Me muero por seguir interrogándole, y seguro que Nikolai y Valery también, pero tiene razón. Tenemos que irnos o no llegaremos a tiempo a la fiesta, una fiesta que de repente me da mucho menos miedo.

Si Konstantin dice la verdad, y no tengo motivos

para pensar lo contrario, esta noche no tiene por qué significar mi perdición.

No dejo de darle vueltas a todo mientras subimos al ascensor y bajamos al aparcamiento subterráneo donde nos espera la limusina de Nikolai. Tengo un millón de preguntas para mi hermano mayor, pero sé que no debo hacérselas fuera de la intimidad de nuestro ático, donde nuestro equipo de seguridad hace barridos diarios en busca de dispositivos de escucha y cosas así. Este es un ascensor privado, que solo sube a nuestro ático, pero aun así es menos seguro. Sea cual sea el argumento que utilizó Konstantin para convencer a papá de que se mantenga al margen, lo más probable es que nuestros enemigos puedan utilizarlo contra nosotros. Ahora que se está desvaneciendo la impresión inicial, se me ocurren varias maneras en las que Konstantin podría haber obligado a nuestro padre a hacer lo que él quiere, y todas tienen que ver con lo que papá considera la debilidad de Konstantin: su pasión por los ordenadores y la tecnología.

Con la capacidad de pirateo de Konstantin y su profundo conocimiento de los negocios de nuestra familia, es muy fácil imaginarle desconectando una fábrica importante con cuatro teclas, o congelando nuestros activos líquidos en las Islas Caimán. O haciéndolos desaparecer por completo.

A su manera, Konstantin podría ser el más peligroso de mis tres hermanos.

Por fin estamos en la limusina, y en cuanto se levanta la mampara que nos separa del chófer de

Nikolai, no puedo contenerme más. Me dirijo a Konstantin y empiezo:

—Kostya, ¿cómo…?

—Aún tienes que hablar con Alexei —dice, y me olvido por completo de lo que haya usado para convencer a papá—. Papá no forzará la situación, pero puede que los Leonov insistan en que el anuncio se haga según lo previsto.

Siento el pecho como un globo que acaban de pinchar. La esperanza que me animaba hace un segundo se desvanece y arrastra consigo la mayor parte del aire de mis pulmones. Supongo que he pasado por alto la primera parte de la frase, la parte en que decía que papá estaba de acuerdo en dejarlo en mis manos… y las de Alexei.

No solo las mías.

Tengo que contar con él también.

Toda la ansiedad contra la que he estado luchando vuelve, multiplicada por diez, y me vuelven a palpitar las sienes. «Habla con Alexei». Este es el motivo que me quitaba el sueño y las ganas de esta fiesta.

Porque Alexei va a estar allí.

No lo he visto desde el baile de fin de curso, pero sé que ha estado cerca, observándome. Esa sensación de una presencia fantasmal que se cierne sobre mí, la sensación a la que no hice caso antes de aquel fatídico baile, me acompaña todo el tiempo. De algún modo, me vigila, siempre preparado para intervenir si me paso de la raya. No sé si me desea de verdad o si actúa por algún extraño instinto territorial, pero desde aquella noche no he vuelto a sonreír a un miembro del sexo opuesto. No me atrevo.

Dos muertes en mi conciencia son suficientes.

Todos mis amigos están convencidos de que soy asexual o lesbiana todavía en el armario, pero no podrían estar más equivocados. Quiero una intimidad sexual con un hombre. La deseo. La mitad de las veces, cuando me despierto por la mañana, es con las sábanas enredadas alrededor de las piernas y las manos presionando entre los muslos en un esfuerzo inútil por calmar el dolor que late en lo más profundo.

Tengo dieciocho años y nunca me han besado, nunca me han tocado aparte de ese breve baile con el pobre Josh... que sus restos descansen en paz dondequiera que estén.

—Puedo hablar yo con Alexei —dice Nikolai cuadrando la mandíbula—. No hay razón para que ella trate con ese capullo. Entrará en razón. Yo le obligaré.

—No es una buena idea —dice Valery, tan tranquilo como siempre—. Nos odia a los tres y seguirá adelante con el anuncio solo para fastidiarnos. Necesitamos una buena baza antes de hablar con él. —Mira a nuestro hermano mayor—. Konstantin, tal vez puedas...

—Está bien —digo y tomo aire—. Yo misma hablaré con Alexei.

Por mucho que quiera dejar que mis hermanos libren mi batalla, sé que Valery tiene razón. No hay una buena relación entre nuestras familias, nunca la ha habido, y no haría falta más que una chispa para echar por tierra el frágil trato que papá ha establecido con

Boris Leonov. No me preocupa la agenda de papá ni nada de eso. Solo me preocupa que si Nikolai o Valery tratan de presionar a Alexei con la ayuda de Konstantin, el tiro podría salirnos por la culata, y en lugar de posponer el anuncio del compromiso, podría encontrarme secuestrada y casada mañana mismo.

Los Leonov son capaces de todo.

—¿Estás segura? —pregunta Konstantin, frunciendo el ceño—. Está...

—No pasa nada. —Claro que sí, claro que pasa, pero no quiero arrastrar a mis hermanos a mis problemas. Al menos, no si puedo manejarlo yo solita con un par de ovarios.

¿Y qué si Alexei es el hombre que atormenta mis sueños y pesadillas? ¿Aquel en quien no puedo dejar de pensar cada vez que me acerco al borde del éxtasis para luego echarme atrás? Aún puedo hablar con él, hacer que entre en razón. Independientemente de cómo se comportara la noche del baile, puede que tampoco quiera casarse conmigo y quiera tener la oportunidad de posponer el anuncio indefinidamente, si me acerco a él de la forma adecuada.

—De acuerdo —dice Nikolai—, pero si se pone chunga la cosa, dínoslo.

—No os preocupéis. —Me paso las palmas húmedas sobre el vestido y levanto la barbilla, tratando de no hacer caso a los fuertes latidos de mi corazón—. Yo me encargo.

Al fin y al cabo, yo también soy una Molotov.

La fiesta es como mis padres esperaban que fuera: un espectáculo tan exagerado del que se hablará en Moscú durante años. Las estrellas han acudido en masa. Además de altos cargos del gobierno y magnates de la economía local, asisten actores de cine y supermodelos internacionales, multimillonarios estadounidenses del sector tecnológico, diseñadores de moda italianos y artistas famosos de todo pelaje. En el cuello y los lóbulos, todas las mujeres lucen piezas de joyería que valen más que las casas de la mayoría de la gente, y los glamurosos vestidos y esmóquines que atestan el gigantesco salón de baile superan con creces lo visto y codiciado en los Oscar. El espectáculo es igualmente impresionante. Una famosa banda rusa actuará en directo durante toda la noche y, a medianoche, Beyoncé aparecerá para cantar uno de sus éxitos, seguida de otras estrellas internacionales del pop. También habrá un baile a cargo del Bolshoi y un espectáculo de acrobacias aéreas de una hora de duración a cargo del Cirque du Soleil.

En otras circunstancias, disfrutaría de todo eso, pero con la conversación con Alexei rondándome la cabeza, me cuesta horrores sonreír, estrechar manos e intercambiar besos al aire con los invitados. Parece como si todo el mundo quisiera hablar conmigo, comentar mi vestido, mis joyas, mi aspecto. Atiendo a preguntas jocosas y no tan jocosas de amigos y desconocidos sobre mi vida sentimental —parece ser que todos piensan que ya debería tener pareja— y respondo a todo tipo de preguntas inquisitivas sobre mis planes para después de graduarme.

«Pues sí, empiezo en Columbia este otoño. No, no me planteé ir a una universidad de París. Gracias, pero no tengo interés en Diseño de Moda como especialidad. ¿Economía y Ciencias Políticas, como Nikolai? No, tampoco es lo que más me gusta. Me interesan más las Ciencias de la Computación, como Konstantin».

Incluso mientras digo todo esto, no puedo evitar preguntarme si es cierto. ¿Empezaré en Columbia dentro de unas semanas? ¿Podré estudiar lo que quiero? ¿Vivir en Nueva York como quiero? Porque hay una posibilidad muy real de que todos mis planes estén a punto de irse al traste. He estado tomando decisiones sobre mi futuro como si el contrato de compromiso no existiera y mi vida fuera mía, pero no es así. Sobre el papel, pertenezco a Alexei, y él podría insistir en que asistiera a una universidad en Moscú para estar más cerca de él, o incluso no ir a la universidad siquiera. Por supuesto, no tengo ninguna intención de dejar que él dicte mi vida, pero si mis padres no se ponen de mi parte —y no han dado ninguna señal de que vayan a hacerlo—, sería difícil, si no imposible, hacer que lo de Columbia se haga realidad.

Es otra razón por la que necesito hablar con Alexei esta noche. Quiero saber qué opina de este dichoso compromiso, si se opone a él tanto como espero.

Después de todo, él también es joven, solo tiene veintitrés años y yo dieciocho. ¿Qué chico de esa edad quiere casarse? ¿O apalabrar este compromiso siquiera? Es cierto que Alexei no es un veinteañero cualquiera —se rumorea que lleva un par de años dirigiendo la organización Leonov entre bastidores—, pero seguro que aún le gustan las fiestas y no querría que una prometida (o peor aún, una esposa) entorpeciera su estilo de vida.

De hecho, es posible que ahora mismo esté calentando su cama con alguna belleza que le ayude a celebrar su cumpleaños esta noche.

Se me retuerce el estómago al pensarlo y escapo de la multitud con la excusa de que tengo que ir al baño. Por mucho miedo que me dé el enfrentamiento con Alexei, me molesta no haberle visto aún en la fiesta. Todavía es temprano, pero es mi puto prometido. ¿No debería haber sido uno de los primeros en desearme feliz cumpleaños? No es que quiera que lo haga, ojo, pero habría sido lo más educado y civilizado. Pero ¿qué sabrán los Leonov de cortesía y comportamiento civilizado?

Son salvajes, siempre lo han sido.

Voy al baño y me lavo las manos antes de secármelas con una toalla suave que me ofrece un empleado uniformado. Para mi alivio, el espejo del suelo al techo que hay detrás del lavabo flotante de estilo moderno y artístico refleja a una mujer joven llena de esplendor, con una sonrisa fría que oculta la confusión que lleva dentro. Nadie que me mire adivinaría que soy un manojo de nervios con un dolor de cabeza que se intensifica rápidamente, o que lo único que quiero es volver a mi habitación y quedarme dormida después de echar unas caladitas que necesito desesperadamente.

Hablando de eso... Salgo del baño de mujeres y cruzo el pasillo hasta el de hombres. Como esperaba, Vova está merodeando por la entrada, con su elegante esmoquin a medida. No aparenta para nada el traficante de maría de lujo que es.

—¿Lo de siempre? —me pregunta al acercarme, y yo asiento con la cabeza, pasándole un par de billetes de mi bolsito a cambio de un porro enrollado y completamente preparado—. ¿Seguro que no quieres algo más fuerte? —me pregunta cuando estoy a punto de darme la vuelta—. Esta noche tengo algo especial.

No debería. Sé que no debería, pero siento como si me taladrara la sien derecha un dentista sin licencia.

—¿Como qué?

La sonrisa de Vova le hace parecer el gato de Cheshire.

—Éxtasis, coca y otros accesorios de fiesta.

Arrugo la nariz.

—No, gracias.

—¿Qué tal unos analgésicos? —Abre la palma de la mano y me enseña un par de pastillas blancas—. Es mierda buena y fuerte, pero mi abuela ya no la necesita. Falleció la semana pasada.

—Vaya, lo siento.

Se encoge de hombros mientras yo miro las

pastillas, indecisa. Nunca he probado este tipo de cosas, pero si son para el dolor, ¿no deberían aliviar los martillazos que siento en el cráneo? ¿Y calmar la ansiedad que me retuerce por dentro? Quizá sea exactamente lo que me recete el médico de mis padres la semana que viene. Antes de que pueda disuadirme a mí misma, cojo las dos pastillas y me las trago a palo seco.

—Vaya —dice Vova riendo mientras le pongo tres billetes más en la palma de la mano a modo de pago—. Una es la dosis inicial.

Mierda. Ahora puede que esté colocada en vez de quitarme el dolor de cabeza. Pues vale... Tal vez haga que la fiesta sea más tolerable.

Dejo a Vova con sus temas y vuelvo al salón de baile, donde enseguida me rodea un grupo de amigos, conocidos y gente a la que antes solo había visto en la televisión y en las revistas de cotilleos de sociedad. Todos quieren hacerle la pelota a la cumpleañera y, a la que me doy cuenta, ha pasado una hora y mi dolor de cabeza es un recuerdo lejano. En su lugar hay un resplandor difuso que suaviza los bordes de la realidad y me hace sentir que lo observo todo y a todos desde una pequeña distancia.

Me gusta. Mucho. Estas pastillas son incluso mejores que la maría para domar mi ansiedad. Estoy tan tranquila que estoy prácticamente catatónica.

Me dirijo a los aseos para preguntarle a Vova si tiene más pastillas que pueda comprar cuando un hombre alto y ancho se cruza en mi camino.

Sobresaltada, levanto la vista y mi estómago da una voltereta que enorgullecería al Cirque du Soleil.

Alexei.

Por fin está aquí.

—Feliz cumpleaños —me dice, con su voz grave y audible a pesar de la música y el barullo de las cientos de conversaciones a nuestro alrededor. Sus ojos oscuros brillan mientras me mira despacio—. Estás preciosa, como siempre.

Y mi calma... desaparece. Mi corazón da un bandazo dentro del pecho, aunque aumenta el estado de confusión general.

—Gracias —digo sin aliento—. Feliz cumpleaños a ti también. Espero que hayas tenido ocasión de celebrarlo.

Joder, espero que lo que digo tenga sentido. Nunca me había sentido así, tan completamente fuera de mí, al límite. Mi corazón se acelera enloquecidamente, me sudan las palmas de las manos y mis ojos no dejan de recorrer su cara, su cuerpo... cada centímetro fuerte y vital de él. ¿Es posible que se haya vuelto aún más terso y duro, más intimidante, en los quince meses transcurridos desde mi baile de graduación?

Con veintitrés años o sin ellos, el hombre poderoso y seguro de sí mismo que tengo delante parece más que capaz de gobernar un imperio oscuro... o la organización Leonov, que viene siendo lo mismo.

—Todavía lo estoy celebrando —dice él mientras me repasa con la mirada de nuevo y a mí se me pone la piel de gallina y la sangre me arde bajo la piel—. La noche aún no ha terminado. Y dentro de veinte minutos tendremos otro motivo para celebrarlo.

Parpadeo y mi cerebro funciona con una lentitud enloquecedora. Tardo un momento en darme cuenta de que se refiere al anuncio del compromiso, la razón por la que necesito hablar con él cuanto antes. Estoy a punto de soltarle exactamente eso cuando mete la mano en el bolsillo interior de su chaqueta y saca un estuchito de terciopelo negro.

Las palabras se me congelan en los labios y mis pulmones dejan de funcionar. Paralizada por el horror, miro fijamente la cajita mientras mi mente recuerda la otra que me dio, la que contenía el anillo de Dan. Frenéticamente, intento pensar si hay alguien más, algún otro hombre en mi vida que pudiera haberle dado a Alexei la impresión errónea de que...

Abre la caja con un movimiento casual del pulgar y veo un precioso diamante talla princesa rodeado de esmeraldas. Engarzado en un delicado círculo de platino con incrustaciones de diamantes, es inconfundiblemente un anillo de mujer... y exactamente lo que yo habría querido para mi compromiso, si es que lo quisiera de verdad.

Debería sentirme aliviada de que no sea otro regalo horripilante del tipo que un gato podría traer a su dueño, pero otro tipo de horror se apodera de mí cuando Alexei ordena en voz baja:

—Dame la mano —y saca el anillo del estuche, que luego vuelve a guardarse en el bolsillo. Paralizada, veo cómo estrecha mi mano izquierda entre las suyas y me desliza el anillo en el dedo, sin dejar ninguna duda de lo que se supone que significa este regalo.

Posesión. Propiedad.

El fin de mi libertad.

«No. No, no, no».

Ni siquiera me doy cuenta de que estoy diciendo la palabra en voz alta hasta que la mano de Alexei se estrecha dolorosamente alrededor de la mía.

—¿Qué coño quieres decir con no? —Su voz es grave y peligrosa, tiene la mandíbula rígida—. Eres mi prometida.

Le arranco la mano de un tirón.

—¡No, no lo soy!

Algunas personas se giran y nos miran con los ojos muy abiertos por la curiosidad. Debo de haber hablado más alto de lo que pensaba.

La cara de Alexei se ensombrece aún más y, con una sensación de hundimiento, me doy cuenta de que estoy metiendo la pata hasta el fondo. Se suponía que iba a ser una conversación privada en la que le explicaría con calma mis motivos para no querer el compromiso y apelaría a su probable deseo de libertad. No teníamos que pelearnos y yo no iba a avergonzarlo en público tampoco.

Ya puestos, podría haber dejado que Nikolai hablara por mí. El resultado no podría haber sido peor.

Quizá aún pueda arreglarlo. Respiro entrecortadamente, me acerco a él y le estrecho la mano en señal de disculpa, ignorando el cosquilleo que me produce su calor en la piel.

—Lo que quería decir es… gracias. Me encanta el anillo, pero ¿podemos hablar en privado?

Los pequeños músculos alrededor de sus ojos se tensan, pero asiente con la cabeza.

—Vamos.

Me lleva de la mano, ignorando las cabezas que se giran para vernos pasar. Oigo los murmullos animados a nuestro paso y una sensación de malestar me invade el estómago. Anuncio o no, ahora estamos unidos en la mente de todas estas personas, nuestros nombres serán acicate para el fuego de los chismes durante las semanas o los meses que vendrán.

No solo es la primera vez que alguien me ve de la mano con un hombre, sino que encima es un Leonov. Las lenguas se moverán tan fuerte que correrán peligro de caerse.

Salimos del salón de baile por el pasillo que lleva a los aseos, pero Alexei gira en dirección contraria y alarga la zancada hasta que casi corro para seguirle. Se detiene frente a una de las puertas del otro extremo del pasillo, la abre de un empujón y me arrastra al interior antes de cerrarla tras nosotros. Solo entonces me suelta la mano.

Inmediatamente retrocedo unos pasos. Estamos en otro salón de baile, mucho más pequeño y vacío, donde las sillas están apiladas con las patas hacia arriba sobre una decena de mesas redondas. Detrás de nosotros hay un escenario con una gran pantalla desplegable, probablemente para conferencias y presentaciones. Asumo todo esto con el piloto automático, ya que Pavel me ha enseñado a reconocer cada situación a lo largo de los años. También me ha enseñado a disparar y a combatir cuerpo a cuerpo, algo que espero no necesitar esta noche a pesar de la oscura ira que se refleja en la expresión de Alexei.

—Habla —dice sombríamente—. Tienes diez minutos antes de que tengamos que volver para el anuncio.

—Bueno, mira, sobre eso... tengo buenas noticias. —Respiro hondo en un esfuerzo por controlar mi pulso desbocado. Lo único bueno de toda la adrenalina que inunda mi organismo es que está contrarrestando el mareo y confusión de las pastillas. Ahora empiezo a pensar con mayor claridad. O eso creo. A pesar de todo, sigo adelante—. Mi padre está de acuerdo en posponer el anuncio.

Alexei entrecierra los ojos.

—¿Qué?

—Sí, ¿no es genial? —Cierro las manos delante del torso para evitar que me tiemblen las costillas. El anillo me aprieta la piel, todo frío metal y duro diamante—. Deja que decidamos nosotros el momento, que es lo mejor, ¿no te parece? Así podemos posponer el anuncio por ahora y...

—¿Por ahora?

—O durante un tiempo. —Trago saliva—. ¿Qué prisa hay, verdad? Seguro que tienes mejores cosas que hacer en esta etapa de tu vida que lidiar con una prometida que te han impuesto. Nuestros padres son tan medievales en su forma de pensar...

—No vamos a posponer una puta mierda. —Aprieta la mandíbula peligrosamente—. Si tu padre cree que puede incumplir el acuerdo y...

—No, no, nadie habla de eso. —Al menos, todavía no. Respiro otra vez y dejo caer las manos a los lados, separando conscientemente los dedos. Tengo que parecer tranquila y racional, no asustada y a la defensiva—. Por favor, Alexei, escúchame. Ahora podemos elegir, tú y yo. Podemos decidir lo que queremos, no nuestros padres.

Ensancha las fosas nasales.

—¿Y lo que quieres es posponer el anuncio?

Joder. Esto va mucho peor de lo que esperaba. No consigo hacerme entender.

—Los dos queremos eso. Estoy seguro de que no quieres comprometerte conmigo. Ni siquiera me conoces.

Enarca las cejas.

—Ah, ¿no? —Avanza hacia mí y me recuerda al decidido paso acechante de un lobo—. Llevo tres años recibiendo informes diarios sobre ti. Sé lo que comes y cuánto duermes, qué ropa te pones y a qué videojuegos juegas. Lo sé todo sobre tus amigos y tus profesores... y tu pequeña afición al cannabis. —Deteniéndose frente a mí, sonríe sombríamente ante mi atónita reacción—. Sí, es verdad. No tienes secretos para mí, Alinyonok. Lo sé todo, incluso las dos pastillas que te has tomado hace una hora para el dolor de cabeza.

Debería montar en cólera por esta atroz invasión de mi intimidad y sus implicaciones aún más horribles, pero mi mente se fija en el detalle más insignificante de todos: la forma en que ha dicho mi nombre. La mayoría de los nombres rusos, incluido el mío, tienen varias variaciones informales, pero nadie me ha llamado nunca Alinyonok. Suena muy parecido a *olenyonok*, cervatillo, y en labios de cualquier otra persona, me haría sentirme cálida y confundida por dentro.

Pero no en los suyos. En los suyos no.

No puede llamarme algo tan suave y tierno, no cuando no hay ni una pizca de ternura en su alma negra y asesina.

Quiero echárselo en cara cuando me doy cuenta de que la droga aún puede estar enturbiando mis pensamientos. No hay razón para que me importe cómo me llama. Lo que importa es que me ha estado espiando de la forma más invasiva posible, y el hecho de que haya podido hacerlo a pesar de todas las precauciones de seguridad de mi familia —y lo que es más importante, que le importe lo suficiente como para hacerlo— es más que escalofriante.

—¿Por qué? —me limito a preguntar mientras lo miro fijamente. El corazón me da un vuelco en el pecho mientras sigo procesando las implicaciones. Tengo la horrible sensación de que ya conozco la respuesta, pero insisto—. ¿Por qué has hecho eso?

Me acaricia la cara, el borde áspero de su pulgar me roza la mejilla mientras su sonrisa se ensombrece aún más.

—¿Por qué crees, bella mía?

Porque no está en contra del compromiso. Me

desea. Como me dijo en el baile, ya me considera suya. He intentado convencerme de que su comportamiento de aquella noche no fue más que un instinto territorial desbocado, que sus declaraciones posesivas no significaban que realmente me quisiera como esposa, pero en cierto modo, siempre he sabido la verdad.

—El compromiso... —Trago saliva mientras él baja la mano para acariciarme la garganta con los nudillos, su tacto ligero como una pluma pero demoledor en su impacto—. Quieres el compromiso...

—¿Te sorprende? Te he deseado desde el momento en que te vi. —Sigue bajando la mano, rozándome la clavícula con los nudillos y luego la parte superior de los pechos, levantados por el corsé de mi vestido. De nuevo, su roce es apenas un roce, pero siento como si dejara una estela de fuego en mi piel y llegara a lo más profundo de mis venas para encender mi sangre. Trago saliva de nuevo cuando añade secamente—: Sé que no eres ajena a tu aspecto.

Mi aspecto. Pues claro, ¿cómo no? Él no me quiere. En realidad nadie me quiere. Quieren la bonita carcasa exterior; el rostro y el cuerpo y la combinación única de genética que ha dado a los Molotov esta fachada engañosamente atractiva. Las manzanas de Eva, nos llamaba mi abuela, una tentación insoportable que atrae a los inocentes a un mundo de violencia y pecado. Aunque Alexei no es para nada inocente.

Como yo, nació en este oscuro mundo nuestro.

A diferencia de mí, él lo ha adoptado plenamente.

Recordarlo es como recibir un cubo de agua helada. Enderezo la columna y me alejo de su alcance.

—Bueno, pues yo no quiero este compromiso. ¿Eso no te importa?

Para mi consternación, me tiembla la voz, el calor persistente de su tacto me inquieta casi tanto como el hambre ardiente con que observa mi retirada. Igualmente inquietante es saber que estamos solos en esta habitación y que si decide que me quiere ahora mismo, poco podré hacer para detenerlo.

Efectivamente, viene a por mí. Retrocedo como por instinto, pero él sigue acercándose hasta que tengo la espalda contra la pared y no tengo adónde huir. Pero aún no está satisfecho. Pone sus manos a ambos lados de mí, aprisionándome mientras se acerca.

—¿Por qué no? —Su voz es peligrosamente suave—. ¿Por qué no quieres nuestro compromiso?

Lo miro fijamente, estupefacta por la pregunta.

—Porque... porque no. —Nunca lo había pensado en profundidad, pero ¿por qué iba a hacerlo? No hace falta una razón para no querer que se desate un huracán... o para no verse obligada a casarse con un hombre cuya familia se rumorea que es aún peor que la mía. Boris Leonov es famoso por la creatividad de sus métodos de tortura, y dado lo que pasó con Josh y mi profesor, sé que Alexei no es distinto.

Si alguna vez me casara —y eso es una gran suposición—, querría un marido que fuera todo lo contrario a mi padre, no alguien aún más oscuro y brutal.

Alexei se inclina aún más, hasta que su cara está a escasos centímetros de la mía y puedo oler esa sutil colonia masculina que lleva, la que me hace pensar en bosques invernales en la profundidad de la noche.

—Esa no es una respuesta. ¿Qué es lo que no te gusta? ¿Yo o la idea de casarte?

—A-ambas co-cosas. —Mierda, ¿por qué tartamudeo? Luchando contra el impulso de encogerme ante su intensa mirada, añado con voz más firme—: No quiero casarme y desde luego no te quiero a ti.

—¿No? —Dobla el codo para apoyarse en un antebrazo y levanta la otra mano de la pared para pasar las yemas de los dedos por mi mandíbula. En sus labios se dibuja una curva cruel cuando se me corta la respiración y mi cuerpo vuelve a encenderse por su contacto—. ¿No me deseas en absoluto, Alinyonok? ¿Ni siquiera un poquito?

No confío en que me funcionen las cuerdas vocales, así que intento sacudir la cabeza. El corazón me late tan fuerte que estoy segura de que puede oírlo, y la piel me arde donde la ha tocado y por todas partes. Peor aún, siento una traicionera sensación de humedad que me empapa por dentro y moja el sedoso tejido de mis braguitas. Ese dolor vacío y palpitante que me atormenta con tanta frecuencia estos días es más agudo que nunca, y me dan ganas de apretar los muslos para aliviarlo. Pero sé que eso no serviría de nada, como tampoco serviría presionar con la mano el lugar donde se origina el dolor. Necesito más, ansío más, como su mano ahí, pero incluso con las pastillas que me nublan la mente, sé que no puedo ceder a las urgencias de mi cuerpo.

No si quiero mi libertad.

Su sonrisa se vuelve aún más cruel, aunque en sus ojos arda un hambre salvaje.

—Demuéstralo, entonces. Demuéstrame que no me quieres y te dejaré marchar. Para siempre, si quieres.

¿Para siempre? ¿Romperá el compromiso, incluso?

El corazón me palpita en la garganta mientras lo miro fijamente, abrumada por una mezcla salvaje de emociones. Si es verdad, si lo dice en serio...

—¿Cómo lo puedo demostrar?

Su mirada se posa en mis labios.

—Con un beso. —Su voz se vuelve áspera—. Un beso de verdad, nada más.

Ay, Dios. La cabeza me da vueltas mientras una violenta oleada de calor me inunda y aumenta el dolor entre las piernas. Un beso. No debería ser para tanto... y no lo sería para ninguna otra chica de mi edad, pero para mí es el Everest.

Sería mi primer beso, algo con lo que había soñado y fantaseado durante años.

También jugaría a su favor porque, por inexperta que sea, sé lo que significan las reacciones de mi cuerpo. Físicamente, lo deseo. Por mucho que intente resistirme, su rostro es el que siempre veo en mis fantasías, sus labios los que sueño cuando imagino mi primer beso.

No.

No puedo.

No lo haré.

Al menos eso es lo que pienso decir, pero él no me deja. Me coge la cara con una gran palma, se abalanza sobre mí y me quita lo que no he dado todavía.

Mi primer beso.

Sus labios son cálidos y suaves contra los míos, su aliento perfumado con un toque de canela. Jadeo cuando me pasa la lengua por el surco cerrado de los labios, y él se aprovecha sin piedad, invadiendo los recovecos de mi boca, abrumándome con su sabor, su aroma, su tacto... con sensaciones tan íntimas y novedosas que mis ojos se cierran de golpe y mi nebuloso cerebro se apaga por completo, dejándome a merced de mi cuerpo y del calor abrasador que palpita entre mis piernas. Olvido que debo odiarle, que es el enemigo que pronto podría privarme de mi libertad. Olvido que es una prueba que no puedo permitirme fallar y lo que ocurrirá si lo hago.

Me olvido de todo y le devuelvo el beso.

Le rodeo el cuello con los brazos, mi cuerpo se aprieta contra el suyo con una necesidad irrefrenable y respondo con todo el anhelo que he estado reprimiendo, toda la pasión que me he estado negando. Noto el bulto de su erección contra mi vientre y eso aviva el frenesí de mi interior, alimentando la excitación que lleva años gestándose.

Un gruñido grave retumba en la garganta de Alexei al notar mi respuesta, y su beso se vuelve violento, casi torturador. Porque él también me ha deseado todo este tiempo, me doy cuenta aturdida. Porque su deseo es tan fuerte como el mío. Me agarra del pelo y me echa la cabeza hacia atrás, me deja el cuello al descubierto. Un gemido ahogado se me escapa de la garganta cuando arrastra su boca abierta sobre él y sus besos calientes y mordaces me queman la tierna piel. Al mismo tiempo, me recorre el cuerpo con la otra mano, la palma deslizándose sobre el hombro, la caja torácica, la cintura, la cadera... Me aprieta con los dedos la parte más carnosa del trasero y luego me aprieta la falda del vestido con el puño, tirando de ella hacia arriba.

Una lejana señal de alarma resuena en mi mente cuando el aire fresco me baña las piernas desnudas, pero enseguida queda ahogada por una nueva y abrasadora oleada de sensaciones cuando sus dedos se introducen entre mis muslos, localizando la fuente de mi palpitante dolor bajo la seda empapada de mi ropa interior.

—Joder, sí. Qué mojada estás... —me dice al oído, y la vergüenza me invade, lo que aumenta perversamente mi excitación.

Esto es todo lo que he fantaseado y más, y saber que es él quien toca mis pliegues resbaladizos, que son sus dedos los que tocan mi carne, no los míos, hace que esto esté tan mal como excitante resulta.

Tengo que poner fin a esto ahora mismo, pero no puedo pensar con esos dedos astutos haciéndome cosas perversas, no puedo expresar una protesta coherente con sus dientes rozándome el cuello y su lengua acariciándome la parte inferior de la oreja. Lo único que puedo hacer es jadear y gemir, agarrándome a los hombros de su chaqueta, mientras la tensión en mi interior crece y crece hasta convertirse en un resorte. Sus dedos se mueven ahora en círculo, intuyendo de algún modo el ritmo adecuado, y mi corazón se acelera enloquecido mientras las sensaciones se intensifican de forma insoportable. Se me bloquea hasta el último músculo de mi cuerpo, se me entrecorta la respiración a través de los dientes apretados mientras lo que siento como un tsunami se eleva dentro de mí. Oscuro y potente, me lleva cada vez más alto hasta que estoy segura de que voy a morir.

—Eso es. Déjate llevar, bella mía. —Su voz es un suave gruñido en mi oído mientras me pellizca el clítoris palpitante, con fuerza, y la ola del tsunami alcanza su cresta y se desploma, llevándome al límite del que he estado cerca pero que nunca había cruzado. Separo la boca en un grito mudo mientras mis músculos internos se contraen y se liberan con pulsaciones cataclísmicas y violentas, y un éxtasis al rojo vivo me hace estallar. Solo su mano entre mis piernas y lo fuerte que le agarro por los hombros evitan que me desplome en el suelo mientras se me doblan las rodillas; mis músculos ya no son capaces de sostenerme mientras un espasmo tras otro sacude mi cuerpo.

Me muerde suavemente el lóbulo de la oreja, deja de ejercerme presión en el clítoris y me estremezco cuando otra onda expansiva, esta vez más pequeña, vuelve a sacudirme las entrañas.

Respiro entrecortadamente y abro los ojos cuando levanta la cabeza, mirándome con una satisfacción salvaje mezclada con un deseo ardiente.

—¿Es tu primera vez? —me pregunta en voz baja y áspera, y yo asiento con el piloto automático, mis neuronas aún no funcionan correctamente. Distante, me doy cuenta de que estoy temblando, de que mi piel sobrecalentada se enfría rápidamente en la habitación climatizada mientras él saca la mano de entre mis piernas y se la lleva a la boca. Se chupa los dedos poquito a poco y me hace estremecer con otra sacudida mucho más débil... acompañada de la vergüenza y el horror.

¿Qué he hecho? ¿Cómo he podido permitir que me hiciera esto?

Me chupo los labios hinchados y saboreo el leve toque de canela. Al darme cuenta de que sigo agarrada a sus hombros, me suelto y apoyo las palmas de las manos en la pared; necesito sentir algo sólido en un mundo que se tambalea.

Alexei me ha besado y no se lo he impedido.

Ha hecho que me corra, aquí mismo, en este salón de baile vacío.

La enormidad de esto me supera, no puedo procesarlo. Solo sé que he fallado su prueba de la peor y más vergonzosa manera posible. Y él también lo sabe.

La victoria brilla en sus ojos oscuros como el carbón mientras me pasa la yema del pulgar por los bordes de los labios y me dice suavemente:

—Quizá quieras arreglarte el pintalabios antes de

que volvamos a salir, Alinyonok. Todos los ojos estarán puestos en nosotros cuando hagamos el anuncio. Más tarde, esta noche, podremos retomar esto.

Se separa de la pared y retrocede, liberándome de la jaula de su cuerpo, y una oleada de pánico sustituye la vergüenza cuando el significado de sus palabras acaba por filtrarse, al fin, en mi cerebro.

El compromiso.

Piensa anunciarlo ahora mismo... y luego llevarme a la cama.

Mi vida, tal como la conozco hasta ahora, terminará esta noche.

—¡Espera! —exclamo cuando se vuelve hacia la puerta. Ahora tiemblo aún más, tan abrumada por lo que acaba de ocurrir que me cuesta horrores no echarme a llorar—. Alexei, por favor, espera.

Se vuelve para mirarme, con las cejas arqueadas burlonamente, y sé que no hay nada que pueda decir para convencerle de que pare, para hacerle creer que no quiero esto. Me ha dado una oportunidad y la he jodido.

He echado al traste mi libertad por un beso y un orgasmo.

—¿Y bien? —Se mira el reloj—. La música ya ha parado y los invitados se están acercando ya al escenario para escuchar el gran anuncio. No deberíamos hacerles esperar demasiado.

—Alexei, por favor. —Me aparto de la pared y me tambaleo hacia él. Las sienes me palpitan agónicamente y el dolor de cabeza que había reprimido reaparece con una súbita violencia que agrava mi agitación interior. El estómago se me revuelve y le digo con urgencia—: Por favor, ¿no podemos hablar de esto? Dentro de unas semanas empiezo la universidad. En Nueva York. Y…

—Lo sé. —Aprieta la cuando me detengo frente a él—. Tenemos que hablar de eso, pero no ahora. Sea como sea…

—Por favor. —Le agarro una mano con las dos mías, mi desesperación crece por momentos. «Sea como sea», acaba de decir. Significa que tal vez no pueda ir a Columbia. Significa que, a partir de este momento, espera tomar todas las decisiones por mí.

Como en la bobina de una película de terror, me pasan por la mente escenas del matrimonio de mis padres, solo que en lugar de la cara de mi madre, veo la mía. Y en lugar de mi padre, veo a Alexei. Lo veo dirigiendo mi vida con amenazas y chantajes, mientras manipula mi cuerpo y mis emociones con la impía atracción que ya ha utilizado contra mí esta noche. Veo un desfile interminable de fiestas y eventos en los que se espera que esté guapa y sonría, aunque todo lo que soy se marchite y muera por dentro. Veo a nuestros hijos creciendo a sabiendas de que sus padres se odian y transmitiendo ese odio a las generaciones futuras, perpetuando así el horrible ciclo.

Lo veo todo, y un sollozo me desgarra la garganta mientras las lágrimas que he estado intentando contener se derraman y resbalan por mis mejillas en calientes riachuelos. Su rostro se desdibuja, los martillazos golpean con más fuerza mi cráneo y me tapo la boca con las dos manos mientras las náuseas se intensifican bruscamente. Pero no sirve de nada.

Lo único que me da tiempo a hacer es tambalearme unos metros antes de caer de rodillas y vaciar el estómago sobre el reluciente mármol.

Si antes pensaba que me moría de la vergüenza, no es nada comparado con lo que siento cuando unas manos fuertes me agarran por los hombros y me estabilizan mientras más temblores sacuden mi cuerpo.

—Eso es. Sácalo todo —murmura Alexei, apartándome de la cara algunos mechones que se han escapado del recogido y se me han pegado a la frente húmeda—. Pronto te sentirás mejor.

No, no me sentiré mejor. ¿Cómo podría, cuando me ha visto en plan repugnante total? En algún lugar de mi mente, soy consciente de que las pastillas son las culpables, solas o combinadas con el dolor de cabeza que me hace sentir como si me implosionara el cerebro, pero eso no ayuda. Ni siquiera tengo una servilleta para limpiarme la boca. Gimiendo de dolor y vergüenza, intento arrastrarme para alejarme de la escena del crimen, pero Alexei me pone en pie y me levanta contra su pecho.

Sobresaltada, me agarro a sus hombros mientras me lleva hasta una de las mesas, donde empuja una de las sillas con el codo y la levanta hábilmente con el pie antes de sentarme en ella.

—Espera aquí, ¿vale? Enseguida vuelvo —me dice suavemente, apretándome el hombro, y antes de que pueda replicarle, sale del salón dando grandes zancadas.

Como una muñeca obediente, me siento, demasiado débil y temblorosa para moverme. Un minuto más tarde, reaparece con varias toallitas de papel húmedas, una botella de agua, un enjuague bucal de tamaño de viaje y un vaso de plástico vacío, provisiones que sin duda ha robado del baño de caballeros más cercano. Se agacha frente a mí, me da suaves palmaditas en los labios con las toallitas húmedas, con la imparcialidad de una enfermera, y me indica que haga gárgaras con el enjuague y escupa en el vaso. Cuando termino, ya ha abierto la botella de agua y me la tiende. Agradecida, me la bebo de un trago, sintiéndome más humana con cada trago.

—¿Mejor? —me pregunta mientras bajo la botella vacía a mi regazo y asiento con la cabeza, incapaz de mirarlo a los ojos.

Me quita la botella y la deja en el suelo

—¿Cómo va ese dolor de cabeza?

—No muy bien —murmuro, deseando tener el poder de desaparecer. Como en las películas de Harry Potter: ¡puf! y hasta nunca.

Me levanta la barbilla con los dedos curvados y me obliga a mirarlo.

—¿Quieres que te lleve a casa? —me pregunta con suavidad.

Parpadeo, sorprendida por la mirada cálida y casi compasiva de sus ojos oscuros.

—Quieres decir…

—Podemos irnos ahora mismo y te acuestas en la cama con una bolsa de hielo en la frente. Mañana a primera hora, te llevaré a ver a un neurólogo para que te haga algunas pruebas.

—Ah, no, gracias, tengo cita con el médico de mis padres la semana que viene y... espera, no. —Me aprieto las sienes con las palmas de las manos—. No puedo irme sin más. Es mi fiesta toda esa gente ha venido a...

—Y seguirán de fiesta sin ti. ¿A quién coño le importa?

Le miro fijamente, con el corazón latiéndome erráticamente mientras dejo caer las manos.

—¿Y qué pasa con el anuncio? Pensaba que...

—Seis meses —replica con un tono más duro; todo rastro de calidez desaparece de su mirada mientras se incorpora—. Te daré seis meses más para que te hagas a la idea de lo nuestro. Ve a Columbia, estudia lo que quieras y, cuando vuelvas a casa para las vacaciones de Navidad, elegiremos dos fechas: una para el anuncio y otra para la boda propiamente dicha.

Por un momento, tengo la certeza de que he oído mal lo de los seis meses. Atónita, estoy a punto de pedirle que repita lo que ha dicho, pero aún no ha terminado de hablar.

—Eso sí, te lo concedo con dos condiciones —continúa—. Primera: verás a un médico por los dolores de cabeza. Inmediatamente. Y segunda: no más hierba ni drogas ilegales, sean con o sin receta. —Se inclina sobre mí y agarra los brazos de la silla mientras me mira fijamente—. ¿Me lo prometes?

—¡Sí! Absolutamente. —Por seis meses más de libertad, le prometería cualquier cosa.

—Bien. Y hay una cosa más... —Sus ojos son como diamantes negros, se acerca a mí y su voz irradia amenaza mientras dice suavemente—: Diviértete todo lo que quieras con tus amigos en la Gran Manzana, pero que te quede bien claro: cualquier hombre que intente tocarte lo lamentará durante el resto de su muy corta y muy dolorosa vida.

Capítulo 11

Me arden las mejillas mientras miro fijamente a Alexei a los ojos, incapaz de apartar las manos de donde sus palmas sujetan las mías a la mesa; el sol radiante hace que sea imposible esconderse de la verdad de sus palabras.

Lo deseaba de adolescente, aunque entonces no lo entendiera. Y cuando cumplí dieciocho años, ya era lo bastante madura. Para él. Por mucho que temiera un matrimonio forzado, no habría podido resistirme a acabar en su cama después de la fiesta si las pastillas no me hubieran sentado tan mal.

Solo que ahora no lo puedo reconocer. No puedo darle aún más munición contra mí.

—Aquella noche no era yo misma —digo con desgana—. Estaba colocada. Ya lo sabes.

Tensa la mandíbula y me suelta las manos para reclinarse en su silla.

—Lo estabas, sí. Drogada y enferma. Y como un

idiota, me apiadé de ti y te di esos seis meses extra. —
Hace una mueca—. No sabía lo mucho que me iba a
costar.

Que se apiadó, dice. Así que esa era su motivación.
Me lo he preguntado durante años. Incluso después de
que mi mundo se hiciera añicos aquel invierno, una
parte de mí seguía sintiendo curiosidad por los
motivos de aquella noche, por saber si me había
concedido el indulto por algún atisbo de bondad o
porque me encontrara repulsiva o algo así.

Ahora lo sé. Y no sé cómo me siento al respecto o si
eso cambia algo. Porque otra parte de mí, una de la que
me he dado cuenta hace poco, siempre ha estado
resentida con él por esos pocos meses extra... ese
poquito de libertad adicional que tan cara fue para
ambos.

Si hubiera seguido adelante con el anuncio del
compromiso en mi decimoctavo cumpleaños, ¿habría
estado yo en casa aquella horrible noche de invierno o
habría estado en su casa, en su cama, lejos del ático de
mis padres?

Si ya hubiera sido oficialmente suya, ¿habrían
tenido lugar los acontecimientos de aquella noche?

Se me hace un nudo en la garganta, como siempre
que recuerdo aquella noche aciaga, y la tensión me
oprime las sienes como una tenaza implacable. Trago
saliva contra una nueva oleada de mareo y miro hacia
la mesa, donde ahora tengo las manos apretadas y los
nudillos blancos... tan blancos como la tenue cicatriz
blanca de mi antebrazo derecho. Con esfuerzo,

despliego los dedos, observando con un rincón de mi mente que el esmalte rojo de mis uñas sigue intacto, sin rasguños. No como yo.

Levanto la mirada hacia el rostro de Alexei y las lágrimas que no derramo me arden como ácido tras los párpados. No debería decirlo, lo sé, pero el reproche brota de mis labios, tan ilógico como revelador.

—Tendrías que haberme secuestrado aquella noche, justo después de la fiesta.

—Sí —dice, y por primera vez, su mirada de ónice refleja dolor. Mi dolor. Con una voz cargada de pesar, dice—: Tendría que haberte llevado conmigo entonces, por muy enferma que estuvieras. O, por lo menos, debería haber impedido que volvieras a casa aquella tarde de invierno, aunque aún no hubieran pasado los seis meses.

CAPÍTULO 12

Mamá, voy a casa de Natasha —digo en un tono falsamente alegre mientras meto la cabeza en la sala de cine, donde mi madre está pegada a otra telenovela—. Llegaré tarde a casa.

Me mira con los ojos enrojecidos e hinchados. Le noto la voz pastosa y ronca de tanto llorar cuando dice:

—Pero si has llegado esta misma mañana.

—Lo sé, pero hice planes con Natasha hace semanas. Tiene muchísimas ganas de verme. —Y yo de salir pitando de aquí.

—Entonces llévate guardaespaldas. —Vuelve a girarse hacia el televisor.

—Sí, claro.

Ya puedo irme, pero me quedo en la puerta sin saber qué hacer. Me muero por escapar de la atmósfera tóxica del ático de mis padres, pero nunca he visto a mamá tan alterada, ni a papá tan enfurecido y borracho. Se rumorea que ella se ha echado un amante, algún funcionario del gobierno de tan alto rango que ni siquiera mi poderoso padre puede eliminarlo sin consecuencias. No tengo ni idea de si es verdad o no, pero si lo es, espero que eso signifique que mis padres finalmente tomarán un camino por separado.

Hace mucho, mucho tiempo que tendrían que haberlo hecho.

Ella sigue con la mirada perdida en la pantalla mientras yo me muerdo el labio inferior, dividida entre las ganas de marcharme y las de consolarla. Sé que a ella no le gustaría esto último —le gusta fingir que nadie sabe nada de sus desencuentros con papá—, pero no sé si puedo dejarla así. Si al menos Pavel y Lyudmila estuvieran aquí, podrían cuidarla, pero los dos tienen la tarde libre.

Vacilante, entro a la sala.

—Mamá…

—Vete —dice ella con un tono neutro y sin apartar los ojos de la pantalla—. Quiero estar sola.

Quiero cumplir su deseo, pero el instinto me impulsa a adentrarme en la sala. Me acerco a la butaca y me arrodillo frente a ella.

—Mamá, ¿seguro que estás bien?

Me mira con los ojos vidriosos y esboza una sonrisa forzada con los labios aún pintados.

—¿Por qué no iba a estarlo, Alinochka?

Mientras habla, sus dedos delgados y de manicura perfecta juegan con su collar, un colgante de diamantes en forma de corazón sobre una fina cadena de oro que papá le regaló cuando nació Konstantin. Es una de sus joyas favoritas y suelo vérselo puesto después de sus peleas. Sospecho que es una forma de recordar los buenos tiempos, antes de saber cómo era de verdad el hombre con el que se casó.

Con cuidado, digo:

—Pareces un poco triste. ¿Pasa algo?

Le tiemblan los labios.

—No, no. Solo… —Se lleva la mano a la nuca y tantea el cierre de la cadena—. Toma. Me coge la mano y me pone el collar en la palma. —Quiero que te lo quedes.

—Ah, mmm… gracias, pero ¿por qué?

—Ya no lo necesito. —Vuelve a esbozar una sonrisa temblorosa—. Yo ya lo he usado bastante.

O se ha cansado de intentar fingir que los buenos tiempos —suponiendo que los hubiera— merecen la pena para soportar el infierno en que se ha convertido su matrimonio.

Los rumores deben de ser ciertos. Ella y papá se van a divorciar, y no puedo decir que sienta nada más que alivio.

—Gracias, mamá —digo en voz baja, cerrando el puño sobre el collar mientras me pongo en pie—. Lo guardaré como un tesoro.

—Ah, no es más que una baratija —dice, quitándole importancia con un ademán—. Estoy segura de que Alexei te regalará cosas mucho más bonitas.

Me quedo petrificada mientras me pongo el collar.

—¿Alexei?

Asiente con la cabeza, un poco avergonzada.

—Se me ha olvidado decírtelo. Vendrá a recogerte mañana a primera hora. Quiere que paséis el día juntos. ¿No te lo ha dicho? Iba a venir hoy, a verte en cuanto llegaras a casa, pero el vuelo desde Hong Kong se ha retrasado.

—No —digo con la voz entrecortada, dejando caer las manos—. No me ha dicho nada.

La última vez que interactuamos fue en mi fiesta de los dieciocho, o mejor dicho, cuando me dejó en casa tras echarme el sermón y pedirme que descansara para que me encontrara mejor. Al menos eso creo que me dijo. Durante el trayecto en coche estuve casi inconsciente por la migraña y los efectos persistentes de las pastillas. De hecho, toda aquella noche está borrosa. Lo que sí recuerdo con claridad es que Alexei me prometió seis meses, y seis meses desde finales de julio no es finales de diciembre. Tengo casi cuatro semanas más de libertad. Aunque, ahora que lo pienso, ¿dijo también que en las vacaciones de Navidad decidiríamos el calendario de todo?

Joder. Es verdad… y yo lo he bloqueado totalmente de mi mente, aferrándome a los seis meses como si fuera una fecha grabada a fuego.

Qué idiota. No sé en qué estaba pensando. No, más bien no estaba pensando. Estaba tan eufórica por el inesperado indulto que me lancé a la vida universitaria con el abandono temerario de alguien a quien le quedan seis meses de vida. Fui a todas las clases, me planté en todas las fiestas, hice todas las actividades extracurriculares que pude, y el tiempo libre que me quedaba en mi apretada agenda lo dediqué a explorar todos los rincones de la ciudad de Nueva York, desde los museos más conocidos hasta los recitales de poesía en los sótanos del Lower East Side.

Durante la mayor parte de los últimos cinco meses, he estado ocupada desde que abría los ojos al amanecer hasta que me dormía de puro agotamiento pasada medianoche, y el único momento en que los pensamientos sobre Alexei podían invadir mi mente era por la noche, en mis pesadillas y sueños. Incluso durante el trayecto en avión, estuve arreglando desesperadamente un error en la aplicación que escribí para mi clase de Introducción a la Informática, para poder enviársela a mi profesor y conseguir algún crédito más.

Para mamá, debo de parecerle un cervatillo indefenso, porque me dice con una falsa alegría:

—Bueno, pues ahora ya lo sabes. Diviértete en casa de Natasha, ¿vale? Saluda a su familia de mi parte.

—Lo haré, gracias. —En piloto automático, salgo de la sala y me dirijo a la puerta principal; todos los nervios que he estado manteniendo a raya con mis actividades universitarias me invaden de golpe.

Alexei.

Quiere pasar un día entero conmigo.

Mañana.

¿Qué coño voy a hacer?

Me empieza a doler la cabeza. Con la esperanza de que el aire helado evite un ataque de migraña de los fuertes, me pongo las botas más cálidas, el gorro, los guantes y el abrigo, y envío un mensaje a los guardaespaldas que me esperan abajo para decirles que quiero ir andando a casa de Natasha y que, por tanto, no necesito coche.

Ya estoy a medio camino del ascensor cuando el corpulento cuerpo de papá aparece en la puerta.

—¿Vas a salir?

Habla arrastrando las palabras, tiene la cara hinchada y sin afeitar. Su pelo negro, ahora salpicado de canas, está desaliñado, al igual que su ropa, con la camisa blanca manchada y abotonada al revés, los faldones metidos en los pantalones medio desabrochados. No lleva corbata ni zapatos, solo un calcetín en el pie izquierdo.

Nunca había visto a mi poderoso y apuesto padre con este aspecto, ni siquiera cuando se ha puesto como una cuba en el pasado.

—¿Estás bien, papá? —pregunto en voz baja, con una piedad desconocida en mi interior.

El hombre que tengo delante nunca ha sido el tipo de padre que sale en las películas, el que te abraza, tiene charlas importantes contigo y, en general, actúa como si fueras algo más que un objeto con el que comerciar. Aun así, es mi padre y está dolido. Por muy rota y tóxica que se haya vuelto su relación con mamá, estoy segura de que en algún momento la ha querido. Tal vez todavía la quiera, a su manera retorcida.

Resopla y se pasa los dedos por el pelo, un gesto inusualmente errático.

—¿Por qué coño no iba a estarlo? —Se tambalea hacia mí y sus movimientos me recuerdan a los de un zombi que se ha pasado con la cafeína—. ¿Así que te vas o qué?

Retrocedo medio paso recelosa y levanto la mano para ocultar el colgante que llevo al cuello.

—Sí, a casa de Natasha. Volveré dentro de un par de horas. ¿Te parece bien?

Señala la puerta con la barbilla.

—Sí. Lárgate de aquí.

Grosero, pero vale. No necesito que me lo pida dos veces. Me apresuro a subir al ascensor y, cuando salgo al vestíbulo, cuatro guardaespaldas me acompañan. Cuando salimos a la calle, se retiran para seguirme discretamente, y me quedo a solas con mis pensamientos, pensamientos que inmediatamente giran en torno a Alexei.

Le han retrasado el vuelo en Hong Kong, me ha dicho mamá. ¿Ha ido allí por negocios o por placer? Pasé unos días allí el verano pasado, visitando a un amigo del instituto, así que puedo imaginarme las glamurosas discotecas y clubes nocturnos, y también todas las mujeres hermosas. Mujeres a las que no me cuesta imaginar en la cama de Alexei; esos cuerpos ágiles retorciéndose contra él, con los labios carnosos alrededor de los suyos...

Joder. Basta. No me importa. Puede follarse a todas las bellezas de Hong Kong que quiera, lo que sea mientras no se me acerque. No hay motivo para hacerme venir ganas de vomitar pensar que está tocando a otra mujer. Debería alegrarme si su atención está en otra parte. Debería esperar que esté en otra parte.

Tal vez, y solo tal vez, en este preciso momento esté con una mujer que le haga olvidar nuestro estúpido compromiso y me libere para siempre.

La idea debería animarme, pero me siento aún peor y tengo un dolor de cabeza que se intensifica por momentos. Ni siquiera me ayuda el aire fresco del invierno. Esta noche hace frío, al menos veinte grados bajo cero, y los cristales de hielo crujen bajo mis botas cuando una ráfaga de viento gélido me azota la cara; me echo a temblar y empiezo a desear haber cogido el coche. O hasta haberme quedado en casa, a pesar del ambiente tóxico. Podría haber pasado olímpicamente de mis padres, haberme tomado las pastillas para el dolor de cabeza, haberme metido en la cama y haber recuperado las horas de sueño, que me hacían falta.

Bueno, ahora ya es demasiado tarde. Sigo caminando, tratando de no pensar en ver a Alexei mañana a primera hora, y al doblar una esquina, un coche negro se detiene en la acera junto a mí.

Sobresaltada, doy un salto hacia atrás —todos mis instintos gritan peligro—, pero mis guardaespaldas ya están allí, formando un semicírculo entre el coche y yo. Se llevan las manos a las armas cuando baja la ventanilla tintada de la parte trasera y deja ver un par de ojos oscuros que me resultan familiares, en un rostro de rasgos duros.

Unos ojos que brillan con una cruel diversión.

—Tranquilos, chicos —bromea Alexei mientras yo le miro, paralizada por la sorpresa—. No vengo a hacer daño.

Abre la puerta de un empujón y sale, desplegando toda su estatura con un movimiento grácil y suave mientras yo lo miro boquiabierta, incapaz de pronunciar palabra.

¿Cómo es posible que esté aquí, delante de mí, cuando se supone que está en Hong Kong?

Atónita, me fijo en su rostro, de facciones duras y afiladas, y luego en su cuerpo, cuyos poderosos músculos se aprecian incluso bajo la cazadora de cuero gris que lleva sobre un jersey negro. Unos vaqueros oscuros se ciñen a sus largas y atléticas piernas, y unas botas negras de motorista le cubren los pies y le confieren un aspecto aún más peligroso.

—¿Me echabas de menos, Alinyonok? —pregunta, acercándose a mí, y mis guardaespaldas retroceden, perdiéndose de vista una vez más. Supongo que los han notificado sobre nuestra relación.

Estoy a punto de pedirles que vuelvan, pero no quiero que Alexei sepa el miedo que me da. En lugar de eso, enderezo la columna y esbozo una sonrisa fría.

—¿Qué haces aquí? Creía que tu vuelo se había retrasado.

—La tormenta ha amainado un poco y el piloto ha decidido arriesgarse —dice, deteniéndose frente a mí. Las luces de la calle se reflejan en sus ojos, que parecen espejos negros. Esboza una sonrisa burlona—. Sabía que estabas nerviosa por verme.

Lucho contra la reacción de estremecerme cuando levanta una mano para meterme un mechón de pelo bajo el gorro. A diferencia de mí, no lleva guantes, pero sus dedos están calientes a pesar del frío que hace fuera. Son tan cálidos que me queman la piel helada y me hacen sentir como si llevara demasiadas capas de ropa… como si necesitara estar desnuda en este clima gélido para enfriar el fuego que arde dentro de mí, y a pesar de eso, pudiera quemarme viva.

—Nerviosa, sí. Por verte, no —me obligo a decir cuando aparta la mano. Se me acelera el corazón, pero no quiero que me lo note. Tengo que proyectar una actitud fría y tranquila, para que no se dé cuenta de lo mucho que me inquieta. Y lo poco preparada que estoy para enfrentarme a él y a todo lo que me depara el futuro.

La sonrisa burlona no abandona sus labios.

—Me has herido, bella mía. Aquí estoy yo, arriesgando mi vida volando en plena tormenta de nieve para verte, y tú ni siquiera puedes esperarme en casa.

Aprieto la mandíbula.

—Tengo planes con Natasha esta noche. —Cosa que él, como el acosador que es, probablemente ya sabe.

Su sonrisa se ensancha.

—Tendrás que cancelarlos, me temo. Como he llegado a casa a tiempo, tú y yo tenemos planes para esta noche. Grandes planes.

El corazón me late desbocado. No creo que se refiera a…

—¡Me quedan cuatro semanas más! —Avergonzada, las palabras me salen entrecortadas. Con esfuerzo, consigo controlarme y digo con un tono más tranquilo —: No tengo que verte hasta finales de enero. —En ese momento, estaré de vuelta en Nueva York y, con suerte, él estará demasiado ocupado para ir a verme.

Se le borra la sonrisa y entrecierra los ojos en un gesto peligroso.

—¿De qué coño estás hablando?

—Pues que tú... —Trago saliva; el corazón me martillea más deprisa al ver su expresión—. Me diste seis meses.

—Te di hasta las vacaciones de Navidad.

—¡Eso no son seis meses!

Un músculo se le tensa violentamente en la mandíbula.

—Pero no era literal. Te dije que hablaríamos cuando volvieras a casa y que entonces decidiríamos todas las fechas.

Sí, me lo dijo, pero yo solo oí lo de los seis meses. Y necesito ese mes extra. Lo necesito con urgencia. Levanto la barbilla y le digo imparcial:

—Que se te den mal las matemáticas no es problema mío.

Ensancha las fosas nasales y una fuerte ráfaga de viento desprende cristalitos de hielo de un tejado y nos los arroja a la cara.

—Claro que sí. —Me agarra del codo—. Vámonos. Hablaremos de esto en el coche.

—¡No! —Hinco los talones en el suelo mientras

me arrastra hacia su coche. Al instante, mis guardaespaldas nos rodean y su presencia me infunde valor. No van a dejar que me lleven en contra de mi voluntad, ni siquiera mi supuesto pretendiente. Levanto la voz para que me oigan con claridad—: No pienso irme a ningún lado contigo.

Se detiene, con una furia que le enciende la mirada, cuando uno de los guardaespaldas —Vankov— se abre la chaqueta y deja al descubierto una funda de pistola, y dice:

—Por favor, suelte a Alina Vladimirovna. —Incluso en una situación tensa, no olvida mostrar respeto utilizando mi nombre y apellido. Con la mandíbula firme, continúa—: No desea ir con usted.

Eso es. ¡Vamos, Vankov!

Sin embargo, Alexei no obedece. Tampoco parece intimidado en lo más mínimo.

—Es mi prometida —dice con voz dura— y tenemos cosas de las que hablar. Apártate o te arrepentirás.

Los demás guardias se miran, preocupados, pero Vankov saca la pistola de la funda y apunta a Alexei.

—Mis órdenes son proteger a la familia Molotov. Suéltela y retroceda, señor.

Alexei entrecierra los ojos, pero me suelta el codo. Gracias a Dios. Por un momento, temí que intentara cogerme de todos modos, a pesar de los cuatro guardias armados.

Por si acaso, retrocedo, y me repasa con la mirada

cual gato que observa cómo un ratón se le escapa de las garras.

—Una noche más —dice sombrío mientras dos guardias se interponen entre nosotros y me protegen con sus enormes cuerpos. Su mirada se clava en mí a través del hueco entre sus hombros, y el calor que desprende me hace arder a pesar del viento helado—. Te dije seis meses por error, así que te daré una noche más para que te acostumbres a la idea de nuestra relación. Pero nada más. Me he cansado de esperar, Alinyonok. Mañana a primera hora, iré a por ti, y nada ni nadie me detendrá.

———————

TODAVÍA ESTOY TEMBLANDO DEL FRÍO Y DE LA adrenalina que me corre por las venas cuando se abren las puertas del ascensor y entro en el ático de mis padres. Al final no he ido a casa de Natasha. No podía ir después del altercado. Me he dado media vuelta y he regresado a casa; necesitaba la seguridad de esas cuatro paredes, por ilusoria que sea.

Una noche más. Solo me queda eso. Mañana vendrá y mis padres no moverán un solo dedo para detenerlo. A diferencia de mis guardaespaldas, no les importará si me secuestra. De hecho, papá probablemente lo ayudará.

Oigo voces mientras me quito el abrigo y lo cuelgo en el armario junto a la puerta antes de quitarme los zapatos, el gorro y los guantes. Tardo un rato porque tengo los dedos tan entumecidos por el frío que no los siento. Las voces aumentan de volumen mientras camino hacia la escalera; la cabeza me palpita muy fuerte. Necesito tomarme las pastillas, una duchita caliente y mi cama, en ese orden. Lo que no necesito es que mis padres vuelvan a pelearse.

Dios, espero que se separen pronto.

—Mira que eres puta... —grita mi padre en el salón mientras me acerco a la escalera a hurtadillas, desesperada por esconderme en mi habitación antes de que se den cuenta de que estoy en casa—. ¡Yo lo mato!

—¡Inténtalo y verás lo que pasa! ¡Me voy y no puedes detenerme! —La voz de mi madre es aguda, histérica. Se oye un estruendo: alguna pieza de valor incalculable ha salido volando, seguro. Hago una mueca y me tapo los oídos, pero ni siquiera eso bloquea la voz de mamá cuando grita—: ¡Y me llevo a Alina conmigo! A la mierda tus alianzas. Ella lo odia, igual que yo te odio a ti.

Me detengo a mitad de la escalera y suelto las manos para escuchar bien. ¿Lo dice en serio o es solo para hacerle daño a mi padre? Y si lo dice en serio, ¿sería capaz de alejarme de las garras de Alexei? Tal vez si mis hermanos se pusieran de su lado...

Otro estruendo me hace saltar.

—¡Es mi puta hija! Como intentes llevártela, te mato. ¡Os mataré a las dos, junto con ese hijo de puta al que te estás follando!

A otro golpe le sigue el grito de dolor de mamá. Se me sube el corazón a la garganta. Nunca he oído a mi

143

padre decirle eso, ni he sido testigo de que le hiciera daño físicamente, aunque sospecho que ha ocurrido.

Temblando, me saco el teléfono del bolsillo y marco el número de Nikolai. Ahora mismo es el único que está en Moscú. Konstantin está en Dubái por temas de negocios y Valery está con el ejército en algún lugar cerca de Crimea.

El teléfono suena mientras se oye otro golpe, seguido de un grito de dolor más fuerte.

«Por favor, contesta, por favor, contesta. Vamos, por favor, contesta».

—¿Sí? —La voz de Nikolai retumba en mi oído y casi me dejo caer del alivio que siento.

Mi hermano mediano vendrá. Él sabrá qué hacer.

—Kolya, se están peleando otra vez —digo, casi tropezándome con las palabras—. La cosa es chunga. Muy chunga. Creo que le está haciendo daño.

—¡Joder! —No parece tan sorprendido como me hubiera gustado—. Aléjate de ellos. No intervengas. Enseguida voy.

La línea se corta y vuelvo a guardarme el móvil en el bolsillo con dedos temblorosos mientras me dirijo al salón. Quiero hacer lo que ha dicho Nikolai y esconderme en mi habitación hasta que llegue, pero no puedo. No cuando le están haciendo daño a mamá.

Otro ruido, otro grito de dolor de mi madre, más insultos. Empiezo a correr, con los latidos del corazón rugiéndome en los oídos.

—¡Papá, mamá! —grito al doblar la esquina del salón—. ¡Parad ya, los dos!

Pero soy yo quien se detiene en seco, paralizado de horror ante la escena que tengo delante. Mi padre está a horcajadas sobre mi madre en el suelo y ella ya no grita de dolor. Está callada, inconsciente, mientras él le golpea la cara con su enorme puño, una y otra vez.

Un rostro tan ensangrentado y magullado que apenas reconozco.

«Para. Para. Para».

Noto cómo mis labios forman la palabra, pero no me sale ningún sonido sale de la garganta mientras mi mirada pasa frenéticamente por la habitación, en busca de algo, cualquier cosa… ¡ahí! Un cuchillo, justo ahí, en el suelo, junto a mis padres.

No cuestiono su presencia. Simplemente actúo. Salto hacia delante, lo cojo con la mano derecha y agarro el codo de mi padre con la izquierda, justo cuando está a punto de golpear de nuevo a mamá con el puño.

—¡Para! —Esta vez, la palabra surge en un grito—. ¡Papá, para! Por favor, ¡para!

Me tumba de un manotazo con su fuerte brazo y vuelve a golpearla. Me levanto de un salto, sin importarme el dolor, e intento pararlo otra vez. Me golpea con el puño en el plexo solar y me hace saltar por los aires, y vuelve a golpearle en la cara. Choco de espaldas contra el brazo del sofá y se me nubla la vista, respirando con dificultad, pero me levanto de un salto y vuelvo a atacarle con el cuchillo que llevo agarrado en el puño.

No quiero hacerle daño a papá, pero tengo que

detenerlo. Tengo que alejarlo de mamá, cueste lo que cueste.

Está tan consumido por la rabia que no se da cuenta de que vuelvo a agarrarlo del brazo y muevo el cuchillo, apuntándole al hombro. No es lo que Pavel me ha enseñado, pero se trata de papá, no de un desconocido en un callejón. Quiero hacerle entrar en razón, no matarlo.

El cuchillo se hunde superficialmente en el grueso músculo del hombro y solo cuando se gira hacia mí con un rugido y le veo los ojos me doy cuenta de mi error.

Tiene las pupilas tan dilatadas que le cubren la mayor parte del iris.

No solo está borracho. Se ha tomado algo mucho más fuerte.

En un abrir y cerrar de ojos, lo tengo encima, agarrándome violentamente del brazo en el que tengo el cuchillo. Noto que me cruje la muñeca cuando me arranca el cuchillo de las manos, pero el grito de dolor se me corta en la garganta cuando me golpea con el puño en las costillas, y me hace retroceder tambaleándome y resollando. Tardo unos segundos en volver a ver bien y, entonces, me abalanzo sobre él con un grito.

—¡No! ¡Para!

No lo hace.

A horcajadas sobre el cuerpo inconsciente de mamá, le hunde el cuchillo en el pecho, una y otra vez. La sangre salpica por todas partes, sobre los muebles blancos y los relucientes suelos de madera.

Desgañitándome, me abalanzo sobre él a toda velocidad y consigo hacerle caer. Rodamos por el suelo y, no sé cómo, acabo encima. Salto y me pongo en pie, pero él me sigue de cerca. Con un rugido, viene a por mí, lanzando cuchilladas salvajes, y siento que el fuego me consume el antebrazo mientras lo uso frenéticamente para protegerme la cara.

Va a matarme, me doy cuenta distante mientras levanta de nuevo el cuchillo, y entonces una fuerza descomunal me golpea el estómago y todo se vuelve negro.

———

UN OLOR A COBRE, MEZCLADO CON ALGO ASQUEROSO, me invade las fosas nasales mientras me despierto con el sonido de hombres gruñendo y muebles rompiéndose. Abro los ojos con la vista nublada y tengo que parpadear varias veces para enfocar bien las imágenes. Me arde el antebrazo, siento las costillas y el estómago como si tuviera un hematoma gigante y la cabeza me da vueltas, pero nada de eso importa cuando me doy cuenta de lo que estoy viendo.

Nikolai y nuestro padre están enzarzados en una pelea mortal.

La sangre los cubre a ambos mientras ruedan por el suelo, luchando por el control del cuchillo.

La adrenalina me corre por las venas y me impulsa a ponerme en pie. La cabeza me da vueltas, la vista se me oscurece de nuevo, pero avanzo a trompicones a pesar de todo.

—Parad —grazno, tambaleándome hacia ellos—. Por favor, basta.

Tropiezo con algo y caigo. Me duele muchísimo la muñeca derecha y me pongo de rodillas, acunándomela instintivamente contra el pecho. Me doy cuenta, aturdida, de que estoy cubierta de sangre. La sangre me gotea del brazo y mancha el suelo hasta donde alcanza la vista. No me había dado cuenta de que tenía tanta sangre, de que nadie tiene tanta sangre dentro, ni siquiera... un momento, yo iba a alguna parte...

Levanto la cabeza y veo que Nikolai está encima de papá, inmovilizándolo. También tiene el cuchillo.

Por fin. Se acabó.

Salvo que... el rostro de Nikolai es una máscara de rabia oscura y ciega, empuña el cuchillo con una fuerza letal que reconozco de mis clases con Pavel.

La bilis me sube por el esófago.

«No, por favor, no».

—Kolya, para, por favor. —Las palabras no son más que un susurro. Lo intento de nuevo, con una desesperación creciente—. ¡Kolya, por favor! — Empiezo a arrastrarme hacia él de rodillas y con la única mano que me queda ilesa—. Para. Para ya.

No me hace caso.

Cuando papá levanta la mano para agarrar el cuchillo, mi hermano esquiva su mano y baja la hoja en un movimiento mortal rápido como el rayo.

Sangre y más sangre. Salpica por todas partes, sobre

Nikolai y sobre mí. Un grito me trepa por la garganta y acaba estallando, y ahora… ahora Nikolai mira hacia mí, con el rostro salpicado de sangre, pálido y ya no sumido en la rabia.

Pero ya es demasiado tarde.

Debajo de él yace inmóvil el cadáver de nuestro padre, con las tripas derramándose a través de la abertura a lo largo del torso que le ha infligido la hoja letal de su hijo, mi hermano.

Otro grito me sube por la garganta, pero no sale. Muere en mi interior porque mis ojos se posan en el otro cadáver de la habitación.

Mamá.

Al menos, creo que es mamá.

También podría ser un trozo de carne ensangrentado con forma de persona y la ropa hecha jirones.

«No. Por favor, no».

Me arrastro hacia ella, haciendo caso omiso al dolor que me sube por el brazo y, cuando llego, me doy cuenta de que es ella. O mejor dicho, era ella. Lo que queda ni siquiera puede considerarse humano. Papá la ha destrozado hasta dejarla irreconocible.

De algún lugar sale un gemido agudo, un grito de dolor y de agonía tan desgarrador que no soporto oírlo siquiera. Me tapo los oídos con las palmas de las manos, pero el aullido continúa hasta que unos brazos gruesos y musculosos me rodean y tiran de mí contra una camisa empapada en sangre.

—Shhh, Alinochka. Tranquilízate. No pasa nada.

Todo va a salir bien. —La voz ronca de Nikolai bien podría ser la de un desconocido. Lo mismo ocurre con su rostro cubierto de sangre cuando me zafo de él y retrocedo. No reconozco a este hombre que se ha arrodillado frente a mí... a este asesino violento que no puede ser mi hermano.

Temblando, me pongo en pie. Siento frío, mucho mucho frío. Adormilada, mi mirada pasa de Nikolai al bulto ensangrentado que hace nada era nuestra madre y luego al cadáver destripado que era nuestro padre.

Me ceden las piernas y, esta vez, cuando llega la oscuridad, me dejo llevar.

No quiero volver a ver la luz del día.

Capítulo 13

Presente, ubicación desconocida

Rompo el contacto visual con Alexei, me levanto de la mesa con un movimiento brusco y me dirijo a la borda, donde me agarro a la barandilla de madera y contemplo el océano azul, infinito, con el pecho agitado por la respiración entrecortada. Me asaltan los recuerdos; son tan densos y pesados que me asfixian incluso tras todos estos años.

Mi padre mató a mi madre.

Mi hermano mató a mi padre.

Lo vi todo, y no ha pasado un día desde aquella noche en que no haya pensado en ello, no lo he olvidado... ya sea de forma consciente o en mis pesadillas.

Unas manos cálidas se posan en mis hombros desde atrás y unos pulgares fuertes se me clavan en los músculos del cuello. Eso ayuda. La dolorosa tensión va menguando y los peores recuerdos se desvanecen, aunque la columna se me pone rígida por otro motivo... uno que no tiene nada que ver con aquella noche.

—Siento lo que les pasó a tus padres —dice Alexei en voz baja, que sigue con el masaje tranquilizante—. Ojalá lo hubiera sabido enseguida, pero tus hermanos lo encubrieron todo demasiado bien.

Sí, así fue. Para los amigos y conocidos de nuestra familia, mi padre murió de un ataque al corazón y mi madre falleció en un accidente de coche de camino al hospital. E incluso impidieron que estos hechos falsos aparecieran en la prensa gracias a la gran influencia que tiene mi familia, reduciendo así las especulaciones desagradables.

—¿Cómo descubriste la verdad, entonces? —pregunto, tratando de no pensar en el efecto calmante que tiene su tacto en mí—. ¿Fue por mi terapeuta, como sospechaba?

—Sí —responde sin remordimiento alguno ni culpa por esta terrible invasión de mi privacidad—. Tenía que saber lo que te pasaba para decidir qué hacer.

Entrecierro los ojos contra la luz del sol que se refleja en el agua.

—¿Y qué has decidido?

Se acerca más, aprieta su cuerpo contra mi espalda y se aferra a la barandilla con las dos manos, a ambos lados de mí, aprisionándome una vez más. Apoya la barbilla sobre mi cabeza y murmura:

—He decidido darte más tiempo. Tiempo y espacio para sanar.

Sí, claro. Porque es todo un santo.

—Tenías miedo de que me cortara las venas si te acercabas a mí.

Guarda silencio durante un rato antes de reconocer en voz baja:

—Eso también.

CAPÍTULO 14

—¿Cómo te encuentras? —pregunta Lyudmila suavemente mientras se sienta al borde de mi cama—. ¿Te traigo algo?

—Analgésicos —murmuro, cerrando los ojos contra la agonía punzante detrás de mis párpados—. Más analgésicos, por favor.

Me duele todo. La muñeca fracturada, el corte en el antebrazo que requirió veinte puntos de sutura, las costillas y el estómago magullados y, sobre todo, la cabeza. Son las secuelas de una conmoción cerebral, según me dijeron los médicos. Debí de golpearme la cabeza durante el accidente de coche, el que me hirió y mató a mi madre la semana anterior pasada.

Nadie sabe nada, por supuesto. No hubo ningún accidente de coche. Mis heridas son de la pelea con mi padre, la conmoción cerebral de cuando me empujó contra la pared y me desmayé. Además, estas lesiones no son la razón por la que no asistí al funeral de mis padres hace tres días, como piensa la opinión pública.

—Aquí las tienes, tómatelas. —Lyudmila me ayuda a sentarme y a tragar dos pastillas con un vaso de agua. Con el movimiento siento una punzada de dolor en las costillas y vuelvo a recostarme sobre la almohada con un gemido, tratando de reprimir la oleada de náuseas.

Me coloca suavemente un paño frío y húmedo en la frente para aliviar la presión más punzante y respiro entrecortadamente hasta que se me pasan las náuseas y empiezo a ordenar mis pensamientos. Me envuelve una cálida bruma. Estas pastillas son de las buenas, no los medicamentos flojos que he estado tomando para los dolores de cabeza desde que Alexei me concedió aquel aplazamiento de seis meses. Tampoco son la mierda inútil que me recetaron los médicos los primeros días después del «accidente» por la dichosa conmoción cerebral. Tuve que retorcerme de dolor durante tres días seguidos para que cedieran y me dieran analgésicos de verdad. Pero ahora los tengo, y son mi mejor y única defensa contra el dolor que amenaza con consumirme siempre que estoy despierta.

Las horas se convierten en minutos mientras me dejo llevar por el colocón, medio adormecida. Cuando se me empieza a despejar la mente, le pido a Lyudmila que me dé dos pastillas más y, cuando sale de la habitación, me tomo otras dos por mi cuenta.

No quiero pensar, no quiero procesar lo que pasó.

Solo quiero dejar la mente en blanco.

En algún momento, mis hermanos me visitan.

Konstantin, con el rostro pálido y contraído de dolor. Valery, tan frío e inescrutable como siempre. Nikolai, que tiene un aspecto horrible, la mandíbula cincelada con una barba incipiente y los ojos rodeados de sombras oscuras. Su visita me perturba tanto que no puedo dejar de llorar durante dos horas, y luego me duele tanto la cabeza que le pido a Lyudmila que llame al médico.

El médico viene, se asegura de que mi curación va por buen camino y me receta un analgésico más fuerte. Me pide que no me lo tome hasta más tarde, cuando las otras pastillas ya no estén en mi organismo, pero no le hago caso. En cuanto se va, me tomo las pastillas nuevas y, cuando me provocan vómitos, espero unos minutos y me las vuelvo a tomar, y consigo no echarlas. Me hacen efecto casi de inmediato. Mi mundo se vuelve borroso, suave y nebuloso, y el dolor mengua hasta convertirse en un recuerdo lejano. Lo mismo ocurre con las ganas de llorar. Ni siquiera recuerdo por qué lloraba.

Me duermo un rato después, pero despierto de una pesadilla con un grito que hace que Pavel y Konstantin —que se ha instalado temporalmente en el ático para vigilarme— entren corriendo en mi habitación. Cuando confirman que no hay peligro real, me interrogan sobre mi estado físico y mental antes de intercambiar miradas de preocupación y marcharse. Al cabo de un minuto, Lyudmila entra y me hace comer algo, luego me da otra dosis de pastillas, que yo complemento con una dosis de las mías unos minutos más tarde.

Cualquier cosa con tal de no estar lúcida.

Las horas se convierten en días mientras entro y salgo de la semiinconsciencia inducida por las drogas. Preferiría quedarme dormida del todo, pero cuando duermo es cuando vienen las pesadillas, así que los somníferos no me sirven. Me pregunto si estoy rompiendo mi promesa a Alexei al tomar toda esta medicación. Durante cinco meses, cumplí mi parte del trato. Después de mi desastroso decimoctavo cumpleaños, no fumé ni un porro ni me tomé nada que no me hubieran recetado. Pero lo que tomo ahora sí me lo han recetado.

Estas pastillas son legalmente mías… y las necesito.

Las necesito porque la alternativa es enfrentarme a la realidad y no soporto hacerlo.

Alexei vino otra vez, me lo ha dicho Lyudmila esta mañana. O quizá fue ayer, ya no sé qué día es. En cualquier caso, mis hermanos se negaron a dejarle entrar. Por lo visto, lleva pidiendo verme desde la mañana después de que ocurriera todo, pero han conseguido mantenerlo alejado.

Me duele la cabeza al pensar en todo eso, al pensar en él, aunque ya no hay motivos para tener miedo. La muerte de mi padre ha anulado el contrato de compromiso; Konstantin me lo dijo hace unos días. Nikolai dirige ahora el negocio familiar y no tiene ningún interés en aliarse con los Leonov. No hay razón para que vuelva a ver a Alexei, y me alegro. Creo que si el compromiso siguiera sobre la mesa, me tomaría ese frasco entero de pastillas para acabar con todo de una vez.

Ahora, más que nunca, no me imagino casándome con un hombre como mi padre. Ni siquiera aunque una pequeñísima y patética parte de mí desee sentir los brazos de Alexei rodeándome una vez más, experimentar el calor que arde entre nosotros en lugar del gélido entumecimiento que me envuelve cuando pienso en aquella noche... y en cualquier cosa, en realidad.

Es mejor que no piense en nada.

Cojo las pastillas y me trago dos más sin agua.

CON EL TIEMPO, LAS PASTILLAS SE ACABAN. NORMAL. Y mis hermanos, sádicos como son, se niegan a darme más hasta que acepte ir a terapia. Al parecer, ahora que han pasado varias semanas, mis heridas se han curado lo bastante como para no necesitar analgésicos constantes... o al menos eso es lo que les ha dicho el médico. Qué cabrón. ¿Qué sabrá él?

De cualquier forma, no tengo elección.

Por primera vez en semanas, me visto, me maquillo y bajo a la calle, donde me espera el coche. Me siento débil y con náuseas, me tiemblan las piernas y la cabeza me late con cada paso que doy. Cuando me subo al coche con los guardaespaldas habituales, estoy sudando la gota gorda y tengo el estómago revuelto de los nervios y la ansiedad.

Consigo serenarme un poco durante el trayecto, pero sigo hecha un lío cuando entro en el despacho de Yekaterina Belkova, la terapeuta. Es una mujer delgada y menuda, de cálidos ojos marrones y sonrisa atractiva. Para mi vergüenza, a la media hora de sesión rompo a llorar, a pesar de que solo hemos hablado de los primeros años de mi infancia, cuando el matrimonio de mis padres era solo ligeramente terrible.

Considerada, espera a que me recomponga y luego seguimos hablando. En lugar de la hora habitual, mis hermanos me han reservado hoy tiempo ilimitado con ella y, a medida que avanzamos, me alegro. No he hablado con ninguno de mis amigos desde aquella noche. No puedo, básicamente porque no tienen ni idea de lo que pasó de verdad. Tampoco puedo sincerarme con mis hermanos. No estamos tan unidos, emocionalmente hablando, y estoy segura de que ellos también sufren un trauma, a su manera. Lo último que quiero es aumentar su carga.

Por eso me alivia tanto hablar con esta mujer comprensiva y sin prejuicios, aunque seguiría prefiriendo las pastillas. No presiona, no indaga, solo hace preguntas reflexivas y escucha. Pasamos de un tema a otro y, no sé cómo, acabo hablándole de Alexei y del compromiso matrimonial que tanta ansiedad me ha provocado en los últimos tres años y medio, otra cosa que nunca les he contado a mis amigos ni he hablado en profundidad con mi familia.

Mis hermanos sabían que yo estaba en contra de dicho compromiso, pero nunca han entendido cuánto me aterrorizaba Alexei ni por qué. Pero Belkova sí lo entiende. Enseguida comprende lo terrible que habría sido para mí acabar como mi madre, atrapada en una relación de amor-odio con un hombre despiadado y violento.

—Debes de estar muy contenta de que el compromiso no siga en pie —dice en voz baja, y yo asiento con la cabeza, rodeándome el estómago con los brazos mientras vuelvo a sentir unos retortijones dolorosos.

Me mira con aquellos cálidos ojos marrones.

—¿Has hablado con él desde la muerte de tus padres?

«Muerte». Noto una presión en el pecho y las lágrimas ácidas vuelven a escocerme en los ojos. Eso de «muerte» es una forma muy aséptica de decirlo, demasiado simple y genérica.

Joder, ojalá tuviera las pastillas.

—Lo siento —dice, al intuir inmediatamente el origen de mi angustia—. ¿Te apetece hablar del tema? ¿Del... accidente?

Aprieto las manos hasta que los nudillos se me ponen blancos. El estómago se me revuelve con fuerza y el sudor frío me recorre todo el cuerpo, hasta la raíz del pelo. No sé si estoy preparada para hablar de ello, ni siquiera si me lo permiten. Por otra parte, ha dicho la última palabra con cuidado, tras una pausa. No se toma al pie de la letra la historia oficial, ya sea por algo que se me ha escapado a mí hoy o porque mis hermanos le han dado algún tipo de pista.

Trago saliva y me obligo a hablar a pesar del nudo que tengo en la garganta.

—¿Todo lo que diga aquí quedará entre nosotras? ¿Aunque no sea del todo… legal?

Me mira sin pestañear.

—Sí. No solo respeto la confidencialidad médico-paciente como parte de mi juramento profesional, sino que tengo un acuerdo especial con tu familia. Nada de lo que me cuentes, por inquietante que sea, saldrá de esta consulta. —Con delicadeza, añade—: Ni siquiera si se trata de un asesinato.

«Asesinato». Esa es la palabra correcta. O más precisamente, uxoricidio y parricidio.

Afloran los recuerdos, oscuros y tóxicos, y me doy la vuelta para respirar entrecortadamente mientras la bilis me sube por la garganta. Tal vez no esté preparada para hablar del tema, por mucho que quiera. Tal vez lo único que consiga sea consolidar las imágenes en mi mente, grabarlas más a fuego hasta que esa noche sea lo único en lo que pueda pensar y ninguna pastilla pueda ayudarme ya.

—No hace falta que hablemos de eso hoy si no estás preparada —dice Belkova en voz baja—. Depende totalmente de ti.

Sí, claro que sí. Yo lo controlo. El conocimiento me calma. Tal vez debería hablar de ello. Al fin y al cabo, para eso he venido. Tal vez contarle lo que presencié me libere del aplastante peso de esa carga, de la pena que me ahoga y envenena con cada aliento.

Quizá la doctora obre algo de magia y deje de pensar en lo agradable que sería tomarme todo el frasco de pastillas y no volver a sentirme así nunca más.

Me hinco las uñas en las palmas de las manos y me vuelvo hacia ella. La terapeuta espera pacientemente, sin decir nada, y poco a poco, entrecortadamente, empiezo a hablar. Le cuento mi encuentro con Alexei y cómo me hizo volver pronto a casa. Cómo oí a mis padres pelearse y llamé a mi hermano. Cómo fui a intervenir, sin esperarme a que llegara, y lo que ocurrió después. A medida que avanzo, las palabras se suceden con mayor rapidez hasta que salen de mí en un torrente, en un lodo espeso que ahora siento tan incontrolable como las lágrimas que me resbalan por las mejillas. Tan inevitable como la única verdad que no he podido soportar hasta este momento: saber que la última discusión de mis padres fue por mí.

—Eso no significa que sea culpa tuya —dice Belkova, inclinándose hacia delante. Tiene el rostro pálido, supongo que mi historia es demasiado incluso para ella. Continúa con decisión—: Tienes que saberlo. Cualquier cosa los hubiera hecho pelear.

Pero no fue cualquier cosa. Fue la amenaza de mamá de llevarme consigo. Fue ella diciéndole a papá que yo odiaba a Alexei. Y eso no es todo. Sacudo la cabeza con fuerza.

—Tendría que haber acudido enseguida. En cuanto

los oí pelear, debí intervenir en vez de llamar a Nikolai. Yo...

—Entonces tú también estarías muerta —dice con firmeza y convicción—. Esto no es culpa tuya. No tienes ninguna culpa de esto. Tu padre...

—¡Basta!

Me pongo en pie, temblando. ¿Por qué he pensado que esto me haría sentir mejor? ¿Hablar con esta desconocida que no puede entenderme? No hay ninguna garantía mágica que pueda ofrecerme, nada que pueda decir que le devuelva a la vida a ese bulto que había sido mi madre o que haga que mi hermano sea menos asesino que nuestro padre. Peor aún, está equivocada. Es cien por cien culpa mía. Hay muchas cosas que podría haber hecho de otra manera, muchas formas en las que podría haber evitado esto. Si me hubiera quedado en casa aquella noche, si le hubiera dicho a papá lo correcto antes de irme, si no hubiera estado en el instituto los meses anteriores... Todos esos «si» son infinitos, eternos, me hurgan en la mente y me arrancan trozos de alma. Durante semanas, he estado adormecida y con los pensamientos aletargados, pero cada minuto que paso sin la medicación, se vuelven más claros, nítidos y cortantes hasta que se me clavan como el cuchillo de papá.

Belkova vuelve a hablar, me dice más tonterías tranquilizadoras, pero sus palabras no me llegan, no calan. Me giro y salgo corriendo hacia el ascensor. No paro de correr hasta que estoy en el coche, e incluso entonces, mi corazón no deja de acelerarse, me tiemblan las manos mientras miro por la ventana sin ver nada, me vienen flashes de aquella noche sin cesar, uno tras otro, y me estallan todas las emociones que las pastillas han estado manteniendo a raya.

Solo soy ligeramente consciente de los bocinazos detrás de nosotros y del todoterreno negro que se detiene junto a nuestro coche. No me doy cuenta de que está pasando algo hasta que nos desviamos bruscamente y los guardaespaldas maldicen desenfundando las armas.

Desde el asiento del copiloto, Vankov le grita al conductor:

—¡No dejes que ese hijo de puta te obligue a salir de la…! —El coche negro nos embiste por la derecha y los frenos chirrían cuando giramos a la izquierda. De no ser por el cinturón de seguridad y por el guardaespaldas que tengo a mi lado, habría salido despedida por la ventana. Me agarro al asiento de delante con la fuerza que me da una repentina descarga de adrenalina.

Es un ataque.

Nos están atacando.

Una parte de mí no se lo puede creer. A ver, sí, tengo seguridad por una razón, pero aun así. Es pleno día y estamos a pocos minutos en coche del centro de Moscú. Hay que ser muy suicida para atacar a la familia Molotov tan abiertamente.

El conductor pisa el freno con tanta brusquedad que me da un latigazo en el cuello y el cinturón de seguridad se me clava en la caja torácica y me saca todo el aire de los pulmones. Nos detenemos de golpe. ¡Joder! Casi chocamos contra una furgoneta que ha aparecido de la nada para bloquear la carretera delante de nosotros. El conductor intenta dar marcha atrás, pero algo nos embiste por detrás y obliga al coche a detenerse de nuevo.

Encajonados. Estamos acorralados, me doy cuenta cuando los guardaespaldas vuelven a maldecir. Además de la furgoneta de delante, hay tres todoterrenos, uno a cada lado y otro detrás. Nos han sacado de la carretera principal y nos han metido en una calle lateral, pasando de todos los testigos. Se me acelera el pulso. Solo se me ocurre un enemigo nuestro que se atreviera a ser tan audaz, tan descarado...

Y ahí está.

La puerta de la furgoneta que da a nosotros se abre y sale nada más y nada menos que mi expretendiente, el mismísimo Alexei Leonov.

Vestido de negro cual ángel de la muerte, se acerca a mí con pasos largos y furiosos. La expresión le hace juego con la ropa, le brillan los ojos en la oscuridad y aprieta la mandíbula con fuerza.

Por un momento, estoy tan impresionada por su presencia —y por el calor que me recorre la piel— que no puedo mover ni un músculo. Luego, me invade el pánico cuando otros cinco hombres saltan de la furgoneta tras él y ocho más salen de los todoterrenos a ambos lados de nosotros, armados con rifles semiautomáticos.

Mis cuatro guardaespaldas no van a poder luchar contra ellos y ganar, ni de coña.

—Enfundad las armas —digo temblorosa, forcejeando con el cinturón de seguridad mientras mis guardaespaldas saltan del coche para enfrentarse al peligro—. No pasa nada. Le conozco.

Y sé que no dudará en matar a cualquiera que se interponga en su camino.

Vankov aprieta los dientes, pero hace lo que le ordeno. Los otros guardias siguen su ejemplo.

Mientras tanto, Alexei llega a mi puerta y la abre de un tirón. Sus ojos se clavan en mí.

—Sal. Ahora mismo.

Abro la puerta del lado opuesto y salgo del coche a toda prisa, con el corazón desbocado. Por primera vez en semanas, me siento viva. Viva y aterrorizada. Solo puedo empezar a adivinar lo que quiere Alexei, y ninguno de los supuestos es tranquilizador.

Ante mi pequeño desafío, entrecierra los ojos y rodea el coche con las mismas zancadas furiosas, alcanzándome antes de que pueda siquiera pensar en huir. Me agarra por el codo, me arrastra hasta la furgoneta y me empuja a una de las filas de asientos de la parte trasera, luego sube y cierra la puerta tras nosotros, aislándonos de los hombres de fuera.

En cuanto me suelta el codo, me escabullo por el asiento, lo más lejos posible de él en los estrechos confines del habitáculo de la furgoneta. Respiro rápida y superficialmente cuando sus ojos se clavan en mí, todavía entrecerrados, todavía furiosos.

Y entonces, sin más, se desata también la furia en mí.

—¿Qué coño crees que estás haciendo? —Dejo de encogerme contra la ventana y levanto la barbilla, mirándolo fijamente—. Mis hermanos...

—Que se jodan tus hermanos. —Aprieta más la mandíbula mientras apoya una mano en el asiento frente a nosotros y me deja atrapada—. Llevo semanas intentando verte.

—¿Y por eso has venido con un puto ejército para sacar el coche de la carretera?

—¿Preferirías que usara ese ejército para asaltar tu casa? Eso lo tenía programado para este domingo, pero por suerte, has salido antes de tu guarida.

Doy un grito ahogado, sorprendida. ¿Quería entrar por la fuerza en el ático a pesar de todos los guardias y las medidas de seguridad?

—¿Por qué? —es cuanto me atrevo a preguntar mientras miro fijamente su sombrío rostro.

Hace una mueca.

—¿Por qué crees? —Baja la mano y respira visiblemente. Parte de la rabia se disipa y su tono se suaviza ligeramente al decir—: Quería hablar contigo, darte mis condolencias por tu pérdida... y asegurarme de que estabas bien.

Mi pérdida. Ya. Por un segundo, casi lo había olvidado. Trago saliva, mengua mi rabia y su expresión se suaviza aún más.

Se inclina hacia delante, coloca la mano sobre mi

pierna y su tacto me impacta incluso a través de la gruesa capa del abrigo.

—Alinyonok... —Me mira fijamente a los ojos—. Siento lo del accidente. De verdad que lo siento.

«Accidente». Ni siquiera él lo sabe. Aparto la pierna de un tirón; la ira vuelve y se reaviva.

—¿Sientes que ibas a entrar a la fuerza en mi ático? ¿Por eso me has sacado de la carretera con todos estos coches? ¿Para expresar tus condolencias? —Alzo la voz con cada palabra—. ¿Por qué no puedes dejarme en paz de una puta vez? Se acabó. Hemos terminado. Este estúpido contrato está...

—En vigor hasta que yo diga lo contrario —dice, y se le endurece la expresión. La calidez que imaginaba en su voz ha desaparecido y su rostro vuelve a tener esas facciones crueles y duras—. Me importa una mierda lo que diga Nikolai. Te prometieron a mí y...

—¡No soy un puto objeto! —grito; todas mis emociones están en plena ebullición. Me estremezco y el estómago se me revuelve violentamente. Siento que me deshago, me fundo, que me desmorono poquito a poco, pedazo a pedazo. Como mamá. Como el sangriento trozo de carne que quedó de ella al final. Como las tripas de papá que se derramaron bajo el despiadado cuchillo de Nikolai. El cuchillo que, una vez más, veo dirigirse hacia mi cara, cortando una línea de fuego a lo largo de mi brazo... «¡Para! ¡Para! ¡Para!». La palabra resuena como una alarma en mis oídos y me doy cuenta de que la estoy gritando en voz alta, que con los puños doy golpes al único objeto disponible: el pecho de Alexei. No sé cómo, pero estoy encima de él, forcejeando, gritando algo incoherente. A lo lejos, le oigo maldecir y luego me rodea con los brazos para inmovilizarme. No sirve de nada. Su abrazo no hace más que enloquecerme. Pierdo el control, grito, sollozo y muerdo como un animal salvaje hasta que finalmente me derrumbo contra él; el cráneo me implosiona por un dolor agonizante.

No sé si me desmayo o si mi cerebro simplemente se apaga durante un rato, como un ordenador que debe reiniciarse, pero lo siguiente de lo que soy consciente es de que me llevan escaleras arriba hacia mi dormitorio. Me rodean voces masculinas enfadadas y reconozco ligeramente que son mis hermanos discutiendo con Alexei. Me doy cuenta de que es Alexei quien me lleva. Con cuidado, me deposita en la cama, donde me hago un ovillo, me agarro la cabeza y gimo. Siento como si una motosierra me cortara el cráneo y me rebanara el cerebro.

—Shhh, ya está. Toma. —Ahora es una voz de mujer. Lyudmila. Me pone dos pastillas en la mano y solo me quedan fuerzas para llevármelas a la boca y tragar en seco. Me pone un vaso de agua con pajita junto a la cara y doy unos sorbos antes de cerrar los ojos por el horrible dolor que siento.

—¿Lo ves? —La voz de Nikolai es dura y mordaz. Me llega a través del palpitante dolor de cabeza—. Esto es cosa tuya. Ya se estaba recuperando, estaba dejando la medicación, y ahora otra vez esta mierda. Tienes que mantenerte alejado de ella, ¿entiendes?

El tono de Alexei es igual de apasionado que el suyo.

—¿Qué coño le pasa? ¿La ha visto un médico? —pregunta, y yo abro los ojos lo suficiente para ver que está mirando a Nikolai, los dos frente a frente. Konstantin está a su lado, tenso, preparado para intervenir en caso de que las cosas se tuerzan, al igual que Pavel, que se asoma por la puerta como una mole.

—Eso no es de tu incumbencia, pero sí —dice Nikolai entre dientes—. Ahora lárgate de una puta vez antes de que la separe de ti para siempre.

La postura de Alexei cambia ligeramente, pero he estado rodeada de hombres peligrosos lo suficiente como para comprender la tensión letal de su postura... y para captar la amenaza en la forma en que se tensan los músculos de Alexei, como una cobra preparándose para atacar. Se me acelera el pulso y los nervios me revuelven el estómago.

—Parad —susurro, apoyándome con el codo. Luego más fuerte—: ¡Parad!

Todos los hombres se quedan petrificados y se giran para mirarme.

Alexei es el primero en moverse. Viene hacia mí, con sus largas zancadas solo le hacen falta tres pasos. Tiene el rostro tenso, preocupado.

—Alinyonok... —Se sienta al borde de la cama y se acerca a mí. Instintivamente, retrocedo y él se detiene. Le cambia la expresión mientras deja caer la mano. Algo parecido al dolor se asoma a sus ojos oscuros y, al momento, Konstantin y Nikolai lo agarran de los brazos para sacarlo de la cama.

—¡No! —grito mientras Alexei se zafa de ellos con un movimiento rápido y salvaje. El sonido de mi propia voz me envía una punzada de dolor a través de los globos oculares, y vuelvo a caer sobre la almohada con un gemido, presionando las palmas de las manos contra las sienes palpitantes.

Los tres vuelven a quedarse quietos. Entonces Alexei empieza a acercarse a mí, y mis hermanos se interponen en su camino, con una determinación sombría en el rostro. Me doy cuenta de que no dejarán que se acerque a mí, y él no se irá sin luchar.

La violencia es casi inevitable, y no soporto pensar en ella, en la posibilidad de que alguno de ellos salga herido.

—Dejad... —Lucho contra el dolor de cabeza, me incorporo y trago saliva contra una creciente oleada de náuseas—. Dejad que hable conmigo a solas. Por favor.

Nikolai me lanza una mirada penetrante mientras Konstantin pregunta, frunciendo el ceño:

—¿Estás segura?

—Sí. Por favor. Podéis... —Trago saliva convulsivamente—. Podéis quedaros al otro lado de la puerta.

Nikolai y Konstantin se miran y luego se apartan a regañadientes. Pero no salen de la habitación. Se detienen junto a la puerta y observan impasibles cómo Alexei vuelve a acercarse a mí. Se detiene junto a la cabecera de mi cama y abre la boca para hablar, pero yo le interrumpo:

—No te quiero —le digo, mirándolo fijamente a esos ojos del color de la medianoche. Mi voz es suave pero firme, pronuncio cada una de las palabras con nitidez a pesar de la neblina que empieza a envolverme la mente, embotando el dolor y difuminando los bordes insoportablemente afilados de la realidad—. No quiero este compromiso. No quiero salir contigo. No quiero nada de eso. Si te importo algo, vete de aquí ahora mismo y déjame en paz. No soy tuya. Nunca seré tuya por voluntad propia. Antes prefiero morir.

Se le tensa el rostro con cada palabra que pronuncio y aprieta la mandíbula hasta que los pequeños músculos junto a sus orejas palpitan violentamente. No dice nada y yo sigo guardando silencio. Se limita a mirarme y yo le sostengo la mirada sin pestañear, haciendo caso omiso a los martillazos que siento en la cabeza y al velo de la droga que me cubre la mente poco a poco. Cada palabra que digo se la digo de verdad, y él lo sabe. Se lo veo en los ojos, en la forma en que se oscurecen aún más, en cómo se le endurecen los rasgos hasta que no queda ni rastro de emoción en su rostro. Ni siquiera rabia.

Sin decir nada más, se da la vuelta y se va, y yo vuelvo a caer sobre la almohada, agotada. Cuando mis hermanos salen también de la habitación y le siguen, rompo a llorar, invadida por una pena que no tiene sentido... por una sensación de pérdida que no puedo

comprender y a la que no puedo poner nombre
tampoco.

CAPÍTULO 15

—El día de la furgoneta no sabías lo que había pasado aquella noche. Pensabas que había sido un accidente. Así que, ¿cuándo descubriste la verdad? ¿Hackeaste los registros de Belkova o simplemente la sobornaste? —pregunto con voz ronca, dándome la vuelta entre los brazos de Alexei.

Suelta la barandilla y retrocede, dándome un poco de espacio para respirar. Pero sé que solo es un espejismo.

Da igual lo que haya dicho, nunca me ha dado espacio de verdad. No en todos los años que se ha mantenido aparentemente alejado.

—Aquella noche entré en su despacho y leí sus notas —dice, como si eso fuera lo más normal del mundo. Como si fuera lo que hacen todos los hombres que desean a una mujer. Inclina la cabeza y me mira con una expresión inescrutable—. ¿Cómo te diste cuenta de que lo sabía?

—Por mis hermanos. Los oí hablar de un encontronazo contigo unos días después —le explico—. Supongo que les dijiste algo porque Konstantin se preguntaba cómo te habrías enterado. Él se inclinaba por la teoría del hacker.

La mirada de Alexei se vuelve especulativa.

—¿Por eso nunca has vuelto a ver a Belkova?

—Ni a Belkova ni a ningún otro loquero. —La sola posibilidad de que hubiera podido echar un vistazo al interior de mi cabeza bastaba para disuadirme de volver a hablar con uno, por mucho que mis hermanos me instaran a darle otra oportunidad a la terapia.

—Lo siento. —Parece arrepentido de verdad—. Eso no es lo que pretendía.

Resoplo.

—¿Y qué pretendías?

—Entender lo que había pasado. Para... —Se detiene y niega con la cabeza—. Eso no importa ahora.

—Ah, ¿no? —Una ráfaga de viento fresco y salado me revuelve el pelo y hace que el barco cabecee debajo de nosotros. Me agarro a la barandilla con una mano y con la otra me aparto el pelo de la cara. Se está fraguando una tormenta en el horizonte; alcanzo a ver los bordes irregulares de las nubes grises en la distancia, que tapan el azul brillante del cielo. Por ahora está lejos de nosotros, pero se está acercando. Lo noto. Igual que noto el peligro en el hombre que tengo delante. Mirándolo fijamente a la cara, le pregunto—: ¿Por qué me llevaste a casa aquel día?

Enarca las cejas.

—¿Qué querías que hiciera? Estabas histérica en la furgoneta y luego casi catatónica. Las opciones eran llevarte a casa o a un hospital, y créeme, me planteé seriamente la segunda opción.

Me río, aunque no me hace gracia.

—¿Y por qué no secuestrarme? Quiero decir, ya me tenías en tus garras.

—¿Es eso lo que querrías que hubiera hecho?

—Ojalá me hubieras dejado en paz, como te rogué.

Esboza una sonrisa.

—¿De verdad?

—¡Sí! —Inspiro para calmarme y modulo el tono—. Pues claro. Ya te he dicho que no te quiero en mi vida. Nunca te he querido.

—¿Qué vida? —Avanza medio paso y se inclina hacia mí, obligándome a apretar la espalda contra la barandilla. Los ojos le brillan con dureza—. No tenías vida. Como mucho, tenías una existencia.

—¡Gracias a ti! —Olvidando toda precaución, lo fulmino con la mirada—. Te aseguraste de que estuviera sola, hiciste todo lo posible para que así fuera.

—Y aun así no les dijiste nada a tus hermanos. —Inclina la cabeza—. ¿Por qué? ¿Es porque en el fondo querías mi atención? ¿Porque sabías que la echarías de menos si ya no la tuvieras?

Me quedo con la boca abierta.

—¿Cómo? ¡No! ¿Qué locura es esa? Nunca he querido... eso es mentira.

—¿Seguro? —Me aparta otro mechón de pelo de la cara y su tacto hace que me entren los calores a pesar del aire fresco que trae la tormenta. Retrocedo por instinto, y sus labios se curvan burlonamente ante mi reacción. Agarrándose de nuevo a la barandilla a ambos lados de mí, se inclina y dice suavemente—: No tenías ni idea de lo que querías, preciosa. Aún no lo sabes. Pero te lo enseñaré. Y cuando lo haga, te darás cuenta de lo equivocada que estabas al echarme hace tantos años. Comprenderás la verdad sobre nosotros tan bien como yo.

CAPÍTULO 16

3 AÑOS Y 4 MESES ANTES, NUEVA YORK

—Vendrás a mi estreno esta noche, ¿verdad? —pregunta Risha, tamborileando con sus uñas color topo sobre la mesa. Al ver que no respondo, se inclina con los ojos marrones entrecerrados y repite—: ¿Verdad?

—Sí, claro. Allí estaré. —Doy un sorbo a mi mimosa y vuelvo a mirar por la ventana. Sí. El hombre sigue ahí, merodeando al otro lado de la calle. Estoy segura de que no forma parte de mi equipo de seguridad, así que tiene que ser del suyo. Mierda.

—Eo. —Risha chasquea los dedos delante de mi cara—. Tierra llamando a Alina.

Parpadeo y vuelvo a centrarme en mi amiga.

—Perdona, ¿qué?

—Te he preguntado si vas a traer a alguien, para saber cuántos asientos reservarte y has pasado de mi cara. Otra vez. ¿Qué te pasa?

Me fuerzo a sonreír.

—Nada. Solo pensaba en los exámenes finales.

—Seguro que sacarás notazas —dice Risha y le hace señas al camarero con la mano. Mientras esperamos a que cruce el abarrotado restaurante, me pregunta—: ¿Y bien? ¿Vas a traer a alguien o no?

—No.

—Venga ya. ¿En serio?

—Vale. Se lo preguntaré a Natasha. Vuelve desde Moscú esta misma tarde. Si no tiene mucho *jet lag*, puede que...

—No me refería a eso. —Risha me lanza una mirada exasperada—. Me refiero a un chico. O a una chica que no sea una amiga platónica. O, joder, no sé, un oso. Quien sea, lo que sea que te vaya.

Sonrío.

—No me van los osos, lo prometo.

Me mira dubitativa.

—Si tú lo dices... ¿Qué te parece entonces mi amiga Lana? Ella...

—Tampoco me gustan las chicas.

Ella aprovecha que me estoy abriendo.

—¿Y los chicos? ¿Qué tal Julio? Él...

—No —digo, más tajante de lo que pretendía. Respiro—. Ni Julio, ni Raj, ni Dennis, ni Lana... basta de emparejarme con la peña. Te lo he dicho un millón de veces.

—Pero...

—Pero nada. No necesito ayuda para salir con nadie.

—Sí, claro —murmura Risha, pero en ese momento

llega el camarero y me salva de su acoso y derribo. Pedimos el almuerzo, crepes de trigo sarraceno para mí y una tortilla de claras de huevo para ella, y cuando se va el camarero, acribillo a Risha a preguntas sobre su próxima película y ella se olvida de mi falta de pareja.

Mientras habla, vuelvo a mirar por la ventana. El hombre se ha ido, pero no me siento aliviada. Solo está fuera de mi vista, lo sé. Él y quienquiera que Alexei haya contratado para acecharme.

Noto una punzada familiar en las sienes y respiro hondo, intentando concentrarme en la charla de Risha para evitar el dolor de cabeza. Este año he estado mejor, he pasado semanas enteras sin tomar ni un solo ibuprofeno y tengo la intención de seguir así. Esta es la primera primavera en años en la que me siento más o menos como antes, y no pienso dejar que los matones de Alexei me hagan tener una recaída.

No volví a clase después de aquellas terribles vacaciones de Navidad. Me quedé en Moscú, luchando contra unas migrañas debilitantes y una depresión tan profunda que no estaba segura de poder salir de ella. Pero conseguí salir al cabo de unos meses, gracias a un cóctel de antidepresivos y analgésicos especiales que redujeron la duración y la frecuencia de los ataques de migraña. Y gracias a que Alexei me dejó en paz, o eso creía entonces. No fue hasta que volví a la universidad el otoño siguiente e intenté reanudar mi vida normal cuando supe la verdad:

Si él no puede tenerme, nadie más podrá.

Al principio no salía con nadie. Ya tenía bastante

con intentar ponerme al día con todas las clases que me había perdido, y los dolores de cabeza recurrentes no ayudaban. Acabé cambiando la carrera de Informática por la de Economía y Ciencias Políticas porque mirar fijamente a una pantalla mientras escribía código durante horas y horas empeoraba las migrañas. Además, Economía y Ciencias Políticas me eran fáciles, y necesitaba lo fácil. Aunque mi depresión había mejorado lo suficiente como para tener un día a día funcional, seguía teniendo más días malos que buenos.

Al final del semestre de verano, sin embargo, me había puesto al día y estaba en proceso de graduarme con mis compañeros de clase. Y al comienzo del tercer año, por fin estaba preparada para tener citas, a pesar de la frecuente sensación de ser observada, que yo atribuía a la ansiedad y a la paranoia constantes.

El primer chico que me besó se cayó de un bar en la azotea la noche siguiente. Todo el mundo lo atribuía a que iba bebido, pero me impresionó tanto que no volví a salir con nadie hasta muchos meses después, cuando conocí a Jorge en una discoteca durante mis vacaciones de primavera en Bali. Era inteligente, divertido y tenía unos ojos tan oscuros que parecían casi negros. Me gustó de inmediato. Bailamos, nos enrollamos y quedamos en vernos en la playa a la mañana siguiente.

No apareció. Al día siguiente, me enteré de que había muerto la mañana del día que habíamos quedado. Al parecer, iba a la playa en su noto cuando le fallaron los frenos y cayó por un acantilado.

Un terrible accidente, volvió a decir la gente, pero

esta vez yo sabía que no era así. No era casualidad que los hombres siguieran desapareciendo y muriendo a mi alrededor.

Era él.

Alexei no había terminado conmigo.

Esa constatación desencadenó mi peor migraña en un año, de la que tardé varias semanas y dos cajas de pastillas en recuperarme. Me perdí el final del semestre de primavera y tuve que ir a clase en verano para compensarlo. También empecé a prestar más atención a lo que me rodeaba y dejé de considerar paranoia la sensación de que me vigilaban. Empecé a evaluar a todos los que me rodeaban como posibles acosadores, y ahora, de vez en cuando, los detecto: uno o varios hombres que me siguen y que no forman parte de mi equipo de seguridad habitual.

Me he planteado la posibilidad de hablar con mis hermanos al respecto, de contarles la amenaza que aún representa Alexei, pero las relaciones entre nuestras familias se han vuelto cada vez más tensas, ha habido varios casos de sabotaje empresarial que estuvieron a punto de desembocar en una guerra abierta, y no quiero que esa tensión llegue a un derramamiento de sangre por mi culpa. Ya tengo demasiadas muertes en mi conciencia. Además, creo que Alexei ya no me quiere. Nos hemos cruzado en varios actos en Moscú en los últimos años, y me ha ignorado como si no nos conociéramos de nada.

Este acoso es su forma de castigarme por romper

nuestro compromiso, nada más. Estoy prácticamente convencida.

Así que aquí estoy, a pocas semanas de mi graduación de la universidad y todavía virgen con cero perspectivas de perder esa virginidad. Sería triste si me importara de verdad, pero curiosamente, no me importa. En cierto modo, me ha quitado algo de presión. Después de volver a clase, sentí la necesidad de demostrarme a mí misma y a los demás que podía ser como el resto de la gente, que estaba totalmente recuperada. Ponerme al día con las clases era mi prioridad número uno, pero reanudar una vida social normal era la dos.

No quería tanto un novio como simplemente seguir adelante, olvidar el pasado con toda su fealdad. Ni siquiera me importaba no haber sentido casi nada cuando besé a esos dos chicos; solo quería vivir esa experiencia.

Pero resulta que no puedo… y, bueno, me parece bien. Me he dado cuenta de que algo murió en mí la noche que mataron a mis padres. O tal vez nunca estuvo vivo en primer lugar. Mi sexualidad empezó a despertarse cuando estuve prometida a Alexei y, desde entonces, siempre ha estado ligada a él y al miedo, el temor y la vergüenza. Hasta el día de hoy, todos mis sueños sexuales, todas mis fantasías oscuras y depravadas, lo tienen como protagonista. A pesar de las cosas horribles que ha hecho, sigo deseándole… y me odio por ello.

No sería justo salir con otro chico, aunque eso no le

pusiera en peligro de muerte. No sería justo acostarme con él mientras me imagino a mi acosador en su lugar.

—En serio, ¿me estás escuchando? —Risha chasquea los dedos de nuevo y yo le sonrío tímidamente.

—Lo siento. ¿Estabas diciendo...?

Suelta un suspiro exasperado.

—Mira, olvídalo. ¿Estás colocada o algo?

—O algo —murmuro, volviendo a mirar por la ventanilla.

Quizá debería colocarme para librarme de esta sensación de ansiedad.

Ahora que lo pienso, no parece un mal plan.

———

UN FLASH CEGADOR SE DISPARA CUANDO ME ACERCO AL baño y parpadeo varias veces, molesta. A los paparazzi no les intereso yo. Son Risha y las demás estrellas de su galardonada película independiente quienes deberían interesarles. Alargo la zancada, agradeciendo mentalmente al diseñador de mi vestido que incluyera una abertura hasta los muslos en la ajustada falda que llega al suelo, y no tardo en escapar de la joven reportera y su cámara. Una vez a salvo en el lujoso cuarto de baño, me encierro en uno de los retretes, saco el porro que acabo de robarle a Giles y le doy unas caladas.

Vale. Mucho mejor. Ya puedo sentir cómo se alivia la tensión de mis sienes.

Me fumo el resto del porro y tiro la colilla por el

váter. Luego me lavo las manos, me retoco el maquillaje y vuelvo a la fiesta antes de que Risha pueda acusarme de desaparecer.

La proyección está a punto de empezar, así que me dirijo a la sala. Todo el mundo está ya sentado, pero hay dos asientos vacíos en el centro de la fila central. Uno de ellos debe de ser el mío. Efectivamente, tiene una discreta etiqueta con mi nombre pegada al respaldo. La etiqueta del otro asiento vacío dice «Lion Holdings». Probablemente una de las empresas implicadas en la producción.

Las luces del cine se atenúan, un foco ilumina el escenario y aparece el director de la película. Pronuncia un discurso en el que agradece a todos su asistencia al estreno y su participación en la película. Solo escucho a medias sus palabras, la marihuana me hace sentir agradablemente tranquila. A continuación, aparecen los actores, empezando por Risha, que interpreta el papel principal. La aplaudo con entusiasmo y vuelvo a perder un poco el sentido cuando los demás actores pronuncian sus discursos de agradecimiento al director, al productor ejecutivo, a todos los demás productores, al equipo de efectos especiales, al equipo de diseño de vestuario, etcétera.

Por fin llega el momento de la película. El cine se queda a oscuras un instante y, cuando la enorme pantalla del escenario se ilumina con los créditos iniciales, un hombre alto y de hombros anchos entra en mi fila y ocupa el asiento vacío a mi lado. Lo miro, más por cortesía que por curiosidad, pero me quedo paralizada de asombro e incredulidad.

Sentado a mi lado, mirándome impasible, está nada más y nada menos que Alexei Leonov, mi expretendiente y actual acosador.

El monstruo que creía, o esperaba, que ya no me quisiera.

Capítulo 17

—El almuerzo está listo —anuncia Larson desde detrás de Alexei, y suspiro aliviada cuando mi captor retrocede y me libera una vez más.

El suelo se hunde bajo nuestros pies cuando nos dirigimos a la mesa, que ya está preparada con todo tipo de manjares. El viento me sopla con fuerza en el rostro, las olas se vuelven más bravas y el cielo se oscurece rápidamente. Casi tropiezo cuando el yate se inclina con brusquedad, pero Alexei me sujeta por los hombros con sus manos fuertes y cálidas. Sin soltarme, me lleva hasta la mesa, donde me acerca una silla antes de sentarse él. Mientras se cubre el regazo con una servilleta de tela, mira al cielo y dice:

—Más vale que nos demos prisa en comer. Parece que la tormenta nos va a alcanzar pronto.

Larson asiente y descorcha una botella de champán.

—Pasará rápido, pero será una tormenta fea. Será mejor que entréis cuando terminéis de comer.

Genial. Mar agitado, justo lo que necesitaba. Sin embargo, pensándolo en positivo, a pesar de las crecientes olas, se me está pasando el mareo. La droga que Alexei usó para dejarme inconsciente debe de estar desapareciendo ya del organismo... o tal vez estoy encontrando mi equilibrio.

Larson se dispone a verter el champán en la copa de cristal que tengo delante, pero le detengo tapando la copa con la mano.

—Para mí no, gracias. —Miro a Alexei, al otro lado de la mesa—. No tengo nada que celebrar.

Alexei no responde, pero hace una ligera mueca. Al notar que la tensión va en aumento, Larson llena rápidamente la copa de Alexei, coloca la botella en un cubo de hielo en el borde más alejado de la mesa y desaparece con mucho tacto.

Respiro para tranquilizarme y cojo el plato de bollitos de caviar, uno de los muchos platos tradicionales rusos que hay en la mesa. Enfrentarme a Alexei puede que no sea la mejor idea, pero no puedo evitarlo. Cada minuto que pasamos juntos me enerva más, me recuerda cosas que he estado intentando olvidar... como la forma en que estuvo planeando sobre mi vida durante tantos años antes de mover ficha.

La forma en que me controlaba, en cuerpo y mente, mucho antes de que fuera su cautiva de verdad.

Capítulo 18

Durante unos segundos, me limito a mirarlo fijamente y reparo en las duras facciones de su rostro iluminadas por la luz parpadeante de la pantalla. La película ha empezado, la inquietante música de la escena inicial me envuelve con su desconcertante belleza. Al final, consigo mover los labios para hablar.

—¿Qué haces aquí?

Apenas oye mis palabras, pero él me entiende. Le brillan los ojos en la oscuridad y esboza sonrisa burlona.

—Pues ver el estreno de la película, igual que tú. A fin de cuentas, mi empresa ha financiado gran parte de la producción.

«Lion Holdings. Leonov. Cómo no he caído antes».

Abro la boca y la cierro. Quizá sea la maría que me confunde, pero no se me ocurre ninguna respuesta que no parezca estúpida. La pregunta obvia es por qué ha financiado la película de mi amigo, pero ya me sé la respuesta.

Forma parte de su plan de venganza, de este elaborado y continuo castigo que ha ideado para mí. No le bastaba con que sus secuaces me acecharan a distancia y liquidaran a cualquiera que intentara acercarse a mí. No, no... Eso sería demasiado misericordioso, ¿verdad?, así que ha invadido mi vida de esta forma, más perturbadora todavía.

No espera mi respuesta. Se da la vuelta, se acomoda en el asiento y fija la mirada en la pantalla, como si de verdad hubiera venido por la película y no para volverme loca.

Estoy tan aturdida que no dejo de mirarle, observando su marcado perfil, percatándome de cómo le ha crecido el pelo por delante y cómo el esmoquin se le ciñe a los fuertes hombros y cómo ocupa todo el asiento y algo más, dominando hasta el último centímetro del espacio que le rodea. Demasiado tarde, me doy cuenta de que el corazón me late con fuerza y de que mis pulmones luchan por respirar de forma entrecortada, así que aparto la mirada y la fijo en la pantalla mientras intento superar la impresión y comprender lo que está ocurriendo.

Alexei Leonov ha financiado la película de Risha y ahora está aquí, sentado a mi lado. ¿Significa eso que ha decidido que me quiere otra vez? ¿O nunca ha dejado de desearme y solo estaba esperando al momento indicado?

¿Qué significa que se haya mantenido alejado

durante más de tres años y ahora lo tenga a menos de un palmo?

Quiero levantarme y correr, escapar a la seguridad de mi apartamento, pero no podría explicarle mi repentina marcha a Risha. O a Giles, que ha venido desde California para asistir al gran estreno de nuestro amigo en Estados Unidos. Ni a Natasha, que está durmiendo en mi cama para recuperarse del desfase horario y me someterá a un interrogatorio como vuelva a casa tres horas antes.

Además, no quiero darle a Alexei la satisfacción de saber lo profundamente que me ha inquietado. Que piense que no me molesta su presencia como a él parece molestarle la mía. Al fin y al cabo, soy una Molotov y hemos sobrevivido a todo, desde invasiones mongolas hasta el régimen comunista. ¿Qué es una película de dos horas al lado de tu enemigo, en comparación?

Respiro hondo e intento concentrarme en el drama que se despliega en la pantalla, pero es en vano. El aire que inhalo trae consigo un leve olor a su colonia y, aunque estamos demasiado lejos para sentir el calor de su cuerpo, soy muy consciente de él en un nivel primario y puramente animal, su proximidad hace que mis nervios vibren como cuerdas de guitarra. Peor aún, puedo notar el calor traicionero que se me acumula bajo la piel, me acelera el ritmo cardíaco y me empapa el tanga de seda. Esa parte carnal y sexual de mí que he ignorado alegremente en los últimos años ha vuelto a despertar, y por mucho que intente concentrarme en la película, solo puedo pensar en él. En sus manos. En su cuerpo.

Y en la forma en que me hizo sentir en mi decimoctavo cumpleaños, cuando aún estaba casi íntegra.

Un escalofrío me recorre entera cuando los recuerdos amenazan con invadir mi mente, y vuelvo a centrar la mirada en Alexei: opto por el mal menor. Él también gira la cabeza en aquel momento y nuestras miradas se cruzan. La luz parpadeante de la gran pantalla resalta y oculta alternativamente las marcadas líneas de su rostro, el peligroso brillo de sus ojos negros. Vuelvo a respirar entrecortadamente y a mis pulmones les cuesta absorber suficiente oxígeno; me siento mareada por el calor que me quema por dentro... por la intensidad del deseo que me hace palpitar con un dolor vacío.

Posa la mirada en mi garganta y luego desciende hasta mis clavículas y el escote generoso; el ceñido corpiño del vestido me levanta los pechos. Se me seca la boca y trago saliva. El sujetador incorporado es demasiado grueso, de modo que no se me marcan los pezones erectos, pero como respiro más deprisa, él lo nota. Se da cuenta de lo agitada que estoy, de lo cachonda que estoy.

Quiero apartar la mirada, fingir que no siento la atracción magnética que nos une, pero es imposible. Cuando sus ojos vuelven a clavarse en los míos, no puedo apartar la mirada más que para echar a volar. No puedo hacer más que quedarme allí sentada, temblorosa, mientras él se acerca lenta y deliberadamente y me pone la mano izquierda en el muslo derecho, justo donde se abre la falda, dejando al descubierto un trozo de piel desnuda.

Su contacto me sobresalta. La sensación de su mano sobre el muslo desnudo es como una descarga eléctrica, que abrasa todas las terminaciones nerviosas con una fuerza que me corta el aliento y hace que mi corazón parezca a punto de estallar. Solo la presencia de otras personas a nuestro alrededor impide que se me escape un grito ahogado, un jadeo. Una parte distante de mí aún es consciente de dónde estamos y de lo mal que está todo esto.

Porque está mal. Está muy mal. Es mi enemigo, mi acosador… un asesino de hombres inocentes. Debería temer su contacto, sentir repulsión por él, pero no me aparto cuando me introduce el pulgar bajo el suave terciopelo de mi vestido, forzando la abertura del muslo mientras me mira con unos ojos sedientos y perversos. No me levanto de un salto cuando me sube la mano lenta y juguetona por el muslo, por debajo del vestido. No huyo cuando con los dedos me roza el borde del tanga y luego se introduce bajo la seda húmeda hasta llegar a mi carne desnuda, caliente y mojada, palpitante de deseo.

Me quedo allí sentada como una estatua, congelada y ardiente, temblando de vergüenza y excitación, mientras la música de la película sube y baja, el público que nos rodea grita y aplaude todo lo que ocurre en la pantalla.

Estoy colocada. Todavía debo de estar drogada para dejar que ocurra esto. Sin embargo, sé que no lo estoy. Últimamente he adquirido una gran tolerancia a la hierba, y el porro que me he fumado antes ya no me nubla la mente. Pero me digo a mí misma que sí, que la droga es la razón por la que estoy aquí sentada, dejando que me toque en una zona tan íntima dentro de un cine lleno de gente, donde cualquiera puede vernos en cualquier momento y ver su mano en mi pierna, dentro de mi falda.

No, tiene que ser la maría. Me hace hacer esto, hace que le permita esto.

Clava los ojos en los míos cuando separa mis húmedos pliegues y roza con sus dedos mi clítoris dolorido. Es solo una ligera caricia, nada más, pero me tenso entera y se me agarrotan los pulmones por la fuerza de la sensación. Vuelve a frotar el mismo punto, esboza una sonrisa malvada, y me estremezco con un placer agudo y mordaz mientras la tensión agonizante y dulce me invade más y más, aumentando hasta un crescendo sensorial, que me lleva al borde de ese éxtasis oscuro y alucinante que solo he conocido en sus manos.

Las mismas manos grandes y fuertes que ahora me tocan con una habilidad y una delicadeza que no pueden —no deben— coexistir con toda la crueldad de la que son capaces… tras toda la sangre que han derramado.

Esa idea sombría idea me devuelve los pies a la tierra y le agarro la muñeca. Es fuerte y sólida, los huesos gruesos bajo el puño almidonado de su camisa, y estoy tan absorta en la sensación de tocarlo que tardo un momento en darme cuenta de que no se detiene, de que mi gesto, por débil que sea, es ignorado por completo. En lugar de eso, el deseo en sus ojos se vuelve más oscuro, más depredador, y su rostro adopta un aspecto demoníaco mientras mueve los dedos sobre mi clítoris con un movimiento más firme y decidido, ignorando por completo mi intento de apartarle mano. Al menos, creo que eso es lo que intento al tirar de su muñeca. Puede que también lo esté instando a moverse más deprisa, con más fuerza, para llevarme a ese límite tentador hasta que mi mente se rompa en pedacitos y lo olvide todo, incluso lo mucho que debería odiar esto.

Y lo odio. Juro que lo odio... hasta el mismo segundo en que me rompo. Cierro los ojos, rechino los dientes para contener un grito, y unas franjas de color púrpura y blanco me inundan la vista mientras mis músculos internos se contraen y se liberan en una serie de espasmos que hacen que un oscuro éxtasis recorra mi cuerpo, curvando los dedos de mis pies dentro de los tacones de aguja y erizando el vello en mis brazos desnudos.

El orgasmo es tan fuerte que parece eterno. No es hasta que las sensaciones van menguando que encuentro fuerzas para abrir los ojos y enfrentarme a él... a mi némesis que acaba de hacer que me corra.

Sigue mirándome fijamente, con esa hambre intacta en los ojos, con los dedos sobre mi carne hinchada, palpitante y demasiado sensible. La sangre me sube a la cara y aspiro, muerta de la vergüenza al darme cuenta de lo que acabo de hacer… de lo que he permitido que ocurriera y dónde.

Mi parálisis desaparece y le suelto la muñeca para ponerme en pie de un salto. Giro a la izquierda y me abro paso entre los espectadores de mi fila, sin prestar atención a sus quejas, con todos mis pensamientos centrados en escapar. Me disculparé con Risha más tarde, le diré que me ha entrado otra jaqueca. Me perdonará, siempre lo hace. Además, no es mentira. La vergüenza está dando lugar rápidamente a la conocida tensión visceral, toda la sangre que inundaba mi rostro empieza a martillearme por dentro del cráneo. Las agujas punzantes no tardarán en llegar, nublándome la vista y haciéndome desear la muerte, y la única esperanza que tengo de detener esto es tomarme las pastillas a tiempo.

Mis pastillas. Mi piso. Mi cama.

Me concentro en eso mientras salgo a la calle y pido el taxi más cercano, sin esperar a que mis guardaespaldas traigan el coche. No hay tiempo para eso, no cuando podría venir a por mí, exigiendo que continuemos, que le dé lo que ya me ha dado él dos veces. Que se lo dé todo: mi mente y mi cuerpo, mis sueños y esperanzas, mi alma. La forma en que mi madre se entregó por completo a mi padre, solo para acabar descubriendo que no era suficiente… que un monstruo no puede envainarse los colmillos, ni siquiera por la persona que ama.

Mi taxi ya se está alejando de la acera cuando Alexei

sale del edificio, con una expresión que hace juego con las líneas negras del esmoquin que se ciñe a su fuerte cuerpo. Recorre la calle con el ceño fruncido y le grito al conductor que acelere, que pise el acelerador antes de que sea demasiado tarde.

No es hasta que estamos a varias manzanas de distancia cuando me doy cuenta de que estoy llorando, de que las lágrimas me resbalan por la cara y estropean el maquillaje que con tanto esmero me he aplicado esta tarde. Y no es hasta que estoy en mi piso, echando a Natasha de mi cama mientras me trago frenéticamente un puñado de pastillas, que me pregunto qué coño voy a hacer ahora que Alexei sabe que aún le deseo.

Ahora que le he demostrado cuánto poder tiene sobre mí.

CAPÍTULO 19

PRESENTE, UBICACIÓN DESCONOCIDA

Bajo la vista al plato, le doy un mordisco al bollito de caviar y mastico despacio, intentando concentrarme en el intenso sabor salado de las huevas de salmón y en la suave grasilla de la mantequilla untada en la crujiente baguette francesa. Intento concentrarme en cualquier cosa menos en el tenso silencio que se extiende entre nosotros y en los recuerdos que se inmiscuyen en él, recuerdos que hacen que me arda la cara y se me acelere el corazón.

Como en el estreno de Risha. Como lo que pasó hace 3 años.

Incapaz de contenerme, alzo la vista del plato y me encuentro con la mirada de Alexei. Sonríe sombríamente y, de algún modo, sé que pensamos lo mismo, que su mente recorre el mismo camino y revive los mismos acontecimientos.

—Después del estreno de Risha —digo, tanto para romper el silencio como porque realmente quiero saberlo—, tenía miedo de que te entrometieras aún más a la fuerza en mi vida. O que hicieras algo así... —Señalo a mi alrededor para remarcar mi situación actual—, pero no lo hiciste. Volviste a dejarme en paz. ¿Por qué?

Coge la copa de champán y le da un sorbo.

—Porque no estabas preparada —dice en un tono uniforme, como si todo el mundo supiera que una mujer debe cumplir ciertos requisitos para ser secuestrada violentamente. Como si todo esto fuera perfectamente lógico y racional.

—¿Preparada para qué? —pregunto, igualando su tono—. ¿Para que me obligaras a meterme en tu cama?

—Ambos sabemos que la fuerza no será necesaria.

Me sonrojo más pero mantengo una voz fría.

—Si así puedes dormir por las noches...

—No tengo intención de dormir mucho esta noche.

Mierda. El rubor se me extiende por el cuello y el pecho y, de repente, siento los pechos limitados, demasiado apretados y constreñidos por el sujetador que llevo. La tela de encaje me roza los pezones, me los irrita, y me noto el tanga tan húmedo que me resulta incómodo. Incapaz de soportar su mirada oscura y burlona, devuelvo la vista a mi plato y me concentro en devorar el bollito de caviar, a pesar de que lo último que me apetece ahora es comer.

—Pediste a tus profesores una prórroga para los trabajos y los exámenes finales —dice, con un tono sombrío. Sobresaltada, le miro mientras continúa—. Fue el peor ataque de migraña que habías tenido en años, tan fuerte que no saliste de tu piso durante una semana después del estreno. Apenas pudiste hacer todas las tareas antes de graduarte.

Asiento lentamente. Debería sorprenderme o indignarme que lo sepa, pero estoy demasiado acostumbrada a su acecho.

—¿Por eso te mantuviste alejado los dos años siguientes?

Me mira por encima del borde de la copa.

—Nuestro pequeño encuentro aquella noche te hizo estallar; fue como un detonante que deshizo muchos de los progresos que habías hecho ya. Así fue como supe que no estabas preparada.

—Qué considerado eres…

Mis palabras destilan amargura, pero él se limita a darle otro sorbo al champán y a dejar la copa en el suelo, con la misma expresión.

—Sabía que llegaría un día en que las cosas serían diferentes —dice cuando el yate se inclina hacia un lado por una ola especialmente fuerte. Sujeta la copa antes de que vuelque y prosigue—: Sabía que te recuperarías y que, cuando lo hicieras, yo estaría allí, esperando. No me fue nada fácil ser paciente.

—Ah, ¿no? ¿Quieres un premio? ¿Una palmadita en la cabeza por tu contención?

Esboza una sonrisa malvada.

—Puedes darme una palmadita donde quieras, Alinyonok. Todas mis cabezas se mueren porque las toques.

Vuelvo a ponerme roja y se me contraen los

músculos internos con un dolor dulce y agudo. Maldito sea. Maldito sea. Maldito sea. Es culpa suya que sea tan inexperta y virginal que hasta sus insinuaciones me hagan sonrojar. Es culpa suya que nunca haya flirteado de verdad con un chico, sino que haya puesto una fachada fría e intocable en todas las fiestas y actos sociales. «Princesa de hielo», han empezado a llamarme en los últimos años, y ojalá pudiera ser así. Ojalá pudiera apagar la parte sexual de mí, la parte que solo él ha podido encender.

—Que te follen —es la brillante respuesta que consigo formular, y él suelta una risa baja y áspera.

—Pronto —promete, mientras coge un bollito de caviar—. Justo después de esta comida, de hecho. Ya es hora de que terminemos lo que empezamos el invierno pasado... hace ya mucho tiempo que pasó, ¿no te parece?

Capítulo 20

Detesto los diciembres en Rusia. Antes me encantaban, con todas las decoraciones de Año Nuevo en las calles y el ambiente festivo de todas las tiendas y restaurantes, pero desde el invierno que murieron mis padres, he aborrecido este mes. Por lo general, me voy a algún sitio; a Grecia, a Turquía o a las Islas Caimán, pero por alguna razón Nikolai nos pidió que toda nuestra familia se reuniera hoy en su *loft*, lo que me obligó a dejar a un lado la escapada para ir a esquiar a Suiza.

No me gusta estar en Moscú, sobre todo porque sé que él estará aquí.

Alexei.

No lo he visto en persona desde el estreno de Risha en Nueva York, pero sé que sigue cada uno de mis movimientos. Sus hombres siempre están en segundo plano, mirando, esperando. ¿A qué? No lo sé, pero me he acostumbrado tanto a su silenciosa y oculta presencia que es como si fueran mis propios guardaespaldas. Lo que me sorprende es que parece que es algo de lo que mis guardaespaldas no están al tanto. Bueno, de la mayoría. Un par de veces, Vankov dio la voz de alarma después de detectar que alguien me seguía, pero nunca ha podido pillar a nadie.

Los hombres de Alexei son buenos.

Después de mi último encuentro con él, estaba tan segura de que me presionaría aún más que, al final, decidí hablar con mis hermanos y pedirles ayuda. Sin embargo, lo seguí aplazando y, a medida que las semanas se convertían en meses, me di cuenta de que mis miedos carecían de fundamento. Alexei no ha terminado de jugar conmigo a este extraño juego del gato y el ratón a distancia. No me ha dejado sola —de hecho, he detectado a más de sus hombres a mi alrededor—, pero él se ha mantenido al margen y me ha dejado seguir con mi vida sin interponerse.

Me ha ayudado haber hecho todo lo posible por evitar estar donde está él. Después de que su aparición en Nueva York me pillara por sorpresa, he estado controlando sus movimientos con discreción. Aunque mis hermanos heredaron la mayor parte de la riqueza de nuestros padres, a mí me sobra el dinero; una parte la destiné a contratar una empresa de detectives privados, algo de lo que mis hermanos no están enterados. El trabajo de la empresa consiste en mantenerme informada acerca de todo sobre Alexei Leonov; así es como sé que durante el último año y medio ha estado trabajando por Asia Central y Oriente

Medio, expandiendo el imperio Leonov. Además, así es como también sé que la última semana volvió de Tayikistán para asistir al funeral de su hermana pequeña, Ksenia, que murió en un accidente de tráfico y dejó a un hijo pequeño.

Fue una tragedia horrible para la familia Leonov y por mucho que aborrezca a Alexei no puedo evitar empatizar con el dolor que debe estar sintiendo. No me puedo imaginar perder a alguno de mis hermanos. Durante toda la semana, he estado luchando contra un extraño impulso por contactar con él y... hacer algo. ¿Darle el pésame, tal vez? ¿Decirle que siento la pérdida?

No, eso no. Sé mejor que nadie lo inútiles que son esos clichés y que muchas veces es como echarle sal a una herida abierta y profunda. Así que no sé lo que quiero hacer, pero el impulso es como un picor en la piel que invade mis pensamientos en momentos aleatorios durante el día y me quita el sueño por la noche. Lo último que necesito es estar en la misma ciudad con Alexei, por si sucumbo ante este impulso en un momento de debilidad.

Por suerte, no voy a liarla esta noche porque tengo que darme prisa para llegar a casa de Nikolai. Sea lo que sea que quiera debe de ser algo serio porque, aunque mi hermano mediano ha desempeñado *de facto* el papel de cabeza de familia, nunca había estado al mando de una reunión familiar.

Cuando entro en el moderno y lujoso apartamento de Nikolai, todo el mundo ya está reunido en el salón.

Me gusta más que el ático que he heredado de nuestros padres, pero nunca se lo diría a Nikolai. Durante los últimos años, me ha estado presionando para que me mude con él o con uno de mis otros hermanos, pero me niego a vivir mi vida bajo su atenta mirada. Con que Pavel y Lyudmila, que todavía viven conmigo, tengan a mis hermanos al tanto de todo lo que siento y hago es más que suficiente. Vivir con Nikolai sería una idea muy mala, ya que no hemos congeniado desde aquella noche.

No soy capaz de olvidar lo que le vi hacer, y él lo sabe.

Sabe lo que veo cuando lo miro, y lo detesta.

—¿Coñac? —nos ofrece Valery después de los saludos de rigor y yo acepto mientras me siento en un sofá de dos plazas, enfrente de mis hermanos. Hace muchísimo frío fuera esa noche, por lo que me valgo de la bebida para calentarme por dentro.

—Bueno... —dice Nikolai cuando estamos todos sentados y con la bebida en la mano—. Como ya habréis oído, Ksenia Leonova murió la semana pasada.

Me quedo helada con la copa a medio camino de la boca, aunque tengo el pulso por las nubes. ¿Tiene algo que ver con Alexei? Me va a decir que el compromiso...

—Ninguno de nosotros la conocía —continúa Nikolai con indiferencia—. No se prodigaba mucho en sociedad, o eso pensábamos. Resulta que había asistido al menos a un evento donde nuestros caminos se cruzaron. —Fija la mirada en Valery—. En la celebración de tu vigésimo segundo cumpleaños, hace cinco años.

La cara de Valery muestra impasibilidad, como siempre, pero diría que está tan desconcertado como yo. No como Konstantin. A juzgar por su expresión de distracción y por la manera en la que mira el móvil cada dos segundos, ya ha escuchado todo esto.

—Más en concreto —dice Nikolai—, la conocí en tu fiesta, Valery. —Coge aire profundamente y nos mira a cada uno de nosotros, uno por uno—. Esa noche también me la tiré.

Doy un grito ahogado.

—¿Qué? Tú...

—En ese momento no sabía que era ella —añade Nikolai con una voz un poco más aguda—. Y seguiría sin saberlo si no hubiera recibido la llamada de su amiga hace dos días. Resulta que nuestro rollo de una noche, tan para el olvido como fue, tuvo consecuencias inesperadas.

La mirada de Valery se acentúa.

—Su hijo. Es tuyo, ¿verdad?

—Abro la boca, después la cierro; me quedo muda. Cómo no, tenía que ser Valery quien llegara a esa conclusión primero, una fracción de segundo antes que el resto de nosotros, o más bien solo antes que yo porque, una vez más, Konstantin sigue sin mostrar ninguna sorpresa, solo frunce el ceño y escribe algo en el móvil.

—Sí —dice Nikolai, y esta vez la tensión de su voz es palpable—. Según el diario que encontró la amiga de

Ksenia después de que muriera, su hijo, Miroslav, es mío.

Abro y cierro otra vez la boca, como un pececillo, después apuro la copa de coñac que tengo en la mano. El alcohol me va quemando el esófago mientras la mente se me acelera para procesar las implicaciones de todo aquello.

Un crío cuya existencia Nikolai desconocía.

Un niño que es tanto Leonov como Molotov.

Es increíble, imposible.

Era el sueño de mi padre, la razón de mi compromiso con Alexei.

Me empiezo a reír, sin poder contenerme. Me río tan fuerte que tengo que apoyar la copa vacía en la mesa y aun así no puedo parar. ¿Qué probabilidad había? ¿Qué puta probabilidad había? Durante una década, me he estado enfrentando a las consecuencias de que mi padre se obsesionara con la unión entre nuestras familias, el «puente sobre el abismo» que quería que construyera con Alexei, y todo este tiempo lo único que tenía que hacer era meter a Nikolai en la misma habitación que Ksenia. Su polla calenturienta se ocupó del resto.

—¿Sin condón? —pregunta Valery mientras ignora mi histeria y Nikolai le echa una mirada asesina.

—Claro que había un puto condón. No soy tonto. O estaba roto o ella lo manipuló. No tengo ni idea.

Me río más fuerte. Esto es maravilloso. Dios, esto es una puta maravilla.

Nikolai me echa una mirada letal.

—Te das cuenta de que es tu sobrino, ¿verdad? Un niño de cuatro años que acaba de perder a su madre y que ahora vive con su abuelo, Boris.

La risa se me queda atorada en la garganta. Boris Leonov, un hombre famoso por su crueldad. Mierda, ni siquiera he pensado en eso, ni tampoco en el hecho de que el niño tiene que estar extremadamente traumatizado al perder al único progenitor que ha conocido.

—Lo siento, no… —Dejo la frase a medias. Da igual por qué, cómo o qué podía haber pasado, ahora solo importa decidir qué hacer. Me echo hacia delante en la butaca—. Kolya, ¿qué vas a hacer?

—Trabajo en los planos de seguridad para el recinto de los Leonov —responde Konstantin en lugar de Nikolai, y me doy cuenta de por qué ha estado pegado al móvil—. Antes que nada, tenemos que averiguar cómo sacar al niño de allí.

—Y después esconderlo —dice Valery. Está claro que los tres se entienden bien entre ellos, aunque Valery se acaba de enterar del tema, igual que yo.

Me giro hacia él.

—¿Te refieres a secuestrarlo?

—Dudo de que los Leonov nos lo entreguen sin más —dice Nikolai.

—No, no lo harán. —Valery ladea la cabeza mientras escudriña a Nikolai—. ¿Saben que es tuyo?

—No —dice Konstantin—. Nikolai y yo nos ocupamos de su amiga antes de que todo lo que había visto en el diario pudiera llegar a sus oídos.

Se me contrae el pecho.

—¿A qué te refieres con que os «ocupasteis» de ella?

—A que, ahora mismo, va de camino a Nueva Zelanda con una nueva identidad —dice Nikolai.

Uf, podía haber sido mucho peor. De todas formas, nada de lo que está ocurriendo es bueno. De hecho, es justo lo contrario de lo que nuestro padre esperaba conseguir. Miro de un hermano a otro.

—Pero ¿esto no empezará una guerra con los Leonov?

—No si no lo descubren —responde Valery, y es obvio que es algo sobre lo que ya había reflexionado—. Si no saben que el niño es de Nikolai, no tienen por qué sospechar de él.

—Sobre todo si ni siquiera estoy en el país en el momento del secuestro —dice Nikolai.

Valery lo mira con cierta curiosidad.

—¿Dónde estarás?

—Estamos sopesando algunas alternativas —responde Konstantin en vez de Nikolai—. Algún lugar remoto será lo mejor, lo más lejos que podamos de aquí. Así, Nikolai puede pasar tiempo con su hijo, llegar a conocerlo sin que nadie se entrometa.

Parpadeo mirando a Nikolai.

—Pero ¿y qué hay del negocio? ¿Cómo vas a llevarlo si no estás en Moscú? —Sé que hay cantidad de cosas que se pueden hacer a distancia, pero mucho de lo que hace mi hermano depende del contacto personal, de los apretones de manos y de las cenas y de los tratos ultrasecretos que se hacen de puertas para adentro en cuartos bien protegidos con detectores de micrófonos.

—Eso es de lo que vamos a hablar aquí —dijo Nikolai—. He estado pensando sobre esto largo y tendido y solo veo una alternativa: tengo que dimitir temporalmente. —Mira a Valery y a Konstantin—. Entre vosotros dos os repartiréis mis funciones. —Me mira a mí—. A menos que, Alina, ¿tú querrías…?

—No, no, no hace falta —digo rápidamente—. Conmigo no cuentes.

Nikolai asiente, sin sorprenderse. Se nota bastante mi falta de interés en la empresa familiar.

—Muy bien. —Se gira hacia Valery—. Estoy pensando en que tú supervises el negocio en general y Konstantin tendrá vía libre respecto a todas las empresas relacionadas con la tecnología.

A Valery le brillan los ojos con frialdad.

—Por mí, perfecto.

—Y por mí —dice Konstantin con calma—. Ya he puesto algunas cosas en marcha. De momento, tenemos que averiguar cómo vulnerar la seguridad del complejo de los Leonov y sacar al hijo de Nikolai. Se me han ocurrido algunas ideas.

Todavía sigo en estado de *shock* cuando llego a casa de la reunión, un estado que perdura a medida que los días se convierten en semanas mientras mis hermanos trabajan con ahínco en el plan para librar a

Miroslav —o Slava, como lo llama todo el mundo— de los Leonov. No es una tarea fácil. Boris Leonov vive a las afueras, a una hora en coche, en una mansión que también podría ser una fortaleza militar, y ahí es donde está el niño.

«Slava», no «el niño», me corrijo. Incluso ahora, dos semanas después, me cuesta pensar en que el crío sea una persona que vive y respira.

Una persona que es tanto mi sobrino como el de Alexei.

Cada vez que lo pienso, se contrae algo en mi interior, como un dolor extraño que se apodera de mi pecho. A Alexei y a mí ahora nos une la sangre. Estamos vinculados de una manera que reemplaza cualquier contrato de compromiso. La única manera de que este vínculo se fortaleciera sería si Slava fuera nuestro, pero no lo es.

Es de Nikolai.

No volví a Suiza después de la reunión, aunque podía haberlo hecho. Nadie me necesita aquí, en Moscú. Todo el plan se está desarrollando sin mí, aunque insisto en que se me informe. Así es como sé que Nikolai ha comprado una vieja propiedad en las bonitas y alejadas montañas de Idaho, una finca que está renovando y convirtiendo en su propia fortaleza a una velocidad frenética. El objetivo es sacar a Slava lo más rápido posible, pero es igual de importante que se haga bien para procurar que los Leonov no sospechen de nosotros y tener un escondite preparado para cuando el crío esté por fin con nosotros.

Para ayudar en eso de disipar sospechas, revoloteo por la ciudad y me hago la sociable. Me visto y voy a fiestas, asisto a óperas y a *ballets*. Sonrío, río e impresiono tanto a amigos como a adversarios mientras intento procesar en todo momento lo que esto significa, cómo nos va a cambiar la vida… Y cómo va a reaccionar Alexei ante la pérdida de su sobrino tan poco tiempo después de la muerte de su hermana.

No sé por qué me preocupo por esto, no tiene sentido. Sé cómo son los Leonov, sobre todo Boris, el abuelo del niño. Slava estará mejor con nosotros, a pesar de lo retorcidos y desquiciados que estamos, y el secuestro es la mejor manera de conseguirlo. Si Nikolai intenta recurrir a las vías legales para reclamar sus derechos como padre, los Leonov ocultarán a Slava y lo harán desaparecer. Eso es lo que haríamos si estuviéramos en su pellejo. Así que este es el movimiento correcto, el único movimiento si no queremos que al hijo de Nikolai lo críe un hombre que tiene fama de ser un monstruo.

Lógicamente, soy consciente de todo esto. Lo he hablado hasta la saciedad con Pavel, con Lyudmila y con mis hermanos. Sin embargo, la lógica pasa a un segundo plano cuando intento imaginar cómo se sentirá Alexei cuando nuestro plan dé sus frutos. Cómo se debe de sentir ya, afligido por su hermana. Es un pensamiento que me despierta por la noche y repta hasta mi mente varias veces al día, tan intrusivo y persistente como los hombres de Alexei, que no dejan de perseguirme.

Ese pensamiento es la razón por la que accedí a asistir a la gala benéfica de Natasha, aun sabiendo que supuestamente Alexei estaría allí.

————————

ME TIEMBLAN LAS RODILLAS Y LA TENSIÓN SE ME acumula en las sienes conforme entro en el salón de baile e inspecciono lo que me rodea. Todo brilla: los diamantes que llevan las mujeres en las orejas y en los dedos, en las muñecas y en el cuello; los candelabros de cristal; las bandejas de acero inoxidable que, con destreza, llevan los uniformados camareros; los espejos que cubren las paredes y hacen que el evento parezca mucho más grandioso. Yo también brillo. Mi vestido de seda azul está cubierto de diminutos cristales por todo el corpiño; un pasador de diamante adorna mi delicado y resplandeciente recogido.

Por un segundo, me siento tentada de darme la vuelta e irme a casa, encender el ordenador y desaparecer entre el predecible y ordenado mundo de la programación. Ayer, para no obsesionarme con el evento de esta noche, saqué los antiguos materiales didácticos de Informática, los que no había abierto desde el primer semestre de universidad, pero que había conservado por alguna extraña razón. Y volví de golpe a sumirme en ese mundo. Curiosamente, fue como volver a casa y me muero por probar a escribir algunos programas sencillos, ahora que trabajar con un ordenador durante mucho tiempo no me hace estallar la cabeza. De hecho, la programación parece mucho menos perjudicial, en cuanto a dolores de cabeza se refiere, que estar aquí esta noche; siento que aumenta la tensión en mi cráneo mientras amenaza con transformarse en un dolor que conozco demasiado bien.

Debería irme. Venir aquí ha sido un error, un absurdo impulso que debería haber refrenado.

Me doy media vuelta para marcharme, pero Natasha me acaba de ver. Me saluda con la mano, viene corriendo hacia mí y yo esbozo una sonrisa radiante. Porque eso es lo que hago; sonrío, brillo, disimulo. Nadie, ni siquiera Natasha, sabe mi historia con Alexei o que lo evito como puedo. Como debería estar evitándolo esta noche, pero aquí estoy, poniéndome a tiro por voluntad propia.

Igual no aparece; eso es lo que espero ahora mismo.

Natasha y yo damos besos al aire y, antes de que pueda ponerle cualquier excusa, me arrastra hacia un círculo de personas; todas ansiosas por hablarme de la causa de esta noche: ofrecer tecnología educativa a las zonas rurales de Rusia. Cada rublo que se done se convertirá en portátiles, tabletas y otras herramientas de aprendizaje clave para los niños de comunidades que tal vez no tengan siquiera agua corriente o un lavabo dentro de casa.

Es por una buena causa, por lo que escribo un cheque de mi cuenta personal para apoyarla, además de prometer que cada uno de mis hermanos hará lo mismo. Así que técnicamente tengo libertad para irme y lo estoy a punto de hacer con rapidez, ya que todavía no he localizado a Alexei, pero Natasha me detiene de nuevo, esta vez para presentarme a algunos amigos de la universidad.

Cuando me libero de la conversación, ya ha pasado media hora, y estoy desesperada por huir. Cada segundo que pasa, me acerca más a la llegada de Alexei. A menos que no aparezca, pero no puedo darlo por hecho. Tengo que irme ahora, antes de que mi absurdo impulso me lleve a…

Y ahí está.

Nuestras miradas se cruzan mientras se abre camino entre la multitud, como un tiburón por el agua, dirigiéndose directamente hacia mí. Se me expanden los pulmones, me ocupan todo el pecho y me estrujan el corazón a tope. Me detengo a mitad de camino, el pie se me suelda al suelo y lo miro sin poder hacer nada mientras viene hacia mí, con una media sonrisa sarcástica en los labios.

¿Por qué? ¿Por qué he venido? ¿Cómo he podido ser tan tonta de pensar que necesitaba que lo acompañara en el duelo…?

—Qué placer tan inesperado —dice arrastrando las palabras, mientras se queda quieto, delante de mí, y se me queda la mente en blanco; todo lo que está a nuestro alrededor desaparece a medida que mis pensamientos se transforman en ruido blanco. Desde hace dos años y pico, mi empresa de detectives privados le ha seguido la pista y me ha abastecido con un flujo constante de fotos y vídeos, que he estudiado como si me fueran a examinar de todo. Y aun así no estoy preparada para verlo en persona de nuevo. Toda mi conciencia se centra en él, en el poder, el peligro y la cruel magnificencia que encarna Alexei Leonov con un esmoquin negro hecho a su perfecta medida.

«Qué placer». Ha hablado del placer. El calor se me arremolina bajo la piel y en lo más profundo de mi ser, lo que trae consigo un subidón de adrenalina. El ruido blanco se desvanece y de nuevo oigo el barullo de la música y de las risas, todas las conversaciones que nos rodean. A base de esfuerzo, despego la lengua del paladar.

—¿Qué haces aquí?

Uf, ¿por qué acabo de preguntarle eso? Gilipollas, gilipollas, gilipollas. Tendría que...

Se ríe y capto el tono burlón.

—Ah, pero si ya sabías que vendría. A menos que a tu empresa de detectives privados se le haya pasado por alto.

Se me acelera el pulso.

—No sé a lo que te...

Chasquea la lengua con desaprobación.

—Pensé que habíamos superado estas mentiras trilladas, Alinyonok. Yo te espío, tú me espías... ¿No es así como va este juego?

Respiro de forma agitada. Venir aquí ha sido un grandísimo error. ¿Qué me imaginaba yo que iba a pasar? ¿Por qué pensé que, al venir aquí y verlo, podía aliviar de alguna manera la culpa que me carcome cuando pienso en lo que mis hermanos quieren hacerle a su familia?

No puedo hacer nada para apaciguar el sufrimiento por la muerte de su hermana y la verdad es que no puedo prevenir la rabia al perder a su sobrino. Lo único que he conseguido al venir es ser como un cebo delante de él y demostrarle lo que no puede tener..., suponiendo que todavía quiera.

Es muy probable que no.

El pensamiento me estabiliza lo suficiente como para decir:

—Vale la pena no perder de vista a tu enemigo.

Suelta otra risa burlona.

—¿Crees que soy tu enemigo?

—Ya te digo yo que mi amigo no.

—Podría serlo. —Un brillo característico le ilumina los oscuros ojos—. Podría serlo todo para ti.

Doy un paso atrás. De repente, me flaquean las rodillas otra vez.

—Mira, yo... —Paro y me replanteo lo que estoy a punto de decir. Llegados a este punto de la conversación, mi única opción es la sinceridad radical —. Tienes razón. Sabía que ibas a estar aquí. Quería verte.

Baja los párpados y su mirada se vuelve cada vez más intensa.

—¿Por qué?

—Me enteré de lo de Ksenia.

Se estremece un poco y yo continúo, ansiosa por

librarme de las palabras antes de que me traicionen las agallas.

—Lo siento, de verdad que lo siento. Sé que nada puede borrar este tipo de dolor y lo siento mucho. Sé... —Paro y trago saliva con fuerza—. Sé lo que es perder a los tuyos.

Algunas microexpresiones se asoman a su rostro, tan rápido que tal vez estoy imaginando esta indefensa muestra de emoción. Sin embargo, cuando habla, se percibe que su voz es distinta. Más ronca, más áspera.

—Sé que lo sientes, Alinyonok. Gracias.

Me humedezco lo labios. No sé a dónde me lleva esto, pero no me parece bien huir, volver a nuestra pseudorrelación conflictiva y fingir como si esto no hubiera pasado.

Como si nunca lo hubiera visto igual que un ser humano y no como el demonio que me amarga la vida.

Mientras me devano los sesos para encontrar algo que decir, él se me adelanta.

—¿Tomamos algo? —me pregunta en voz baja mientras pilla un par de copas de champán de la bandeja de un camarero que pasa, y debo ir ya borracha porque cojo la copa que me da y no me opongo a que me lleve a una mesa vacía, cercana a nosotros.

Mientras nos sentamos, uno junto al otro, me doy cuenta de la locura que estoy haciendo y casi doy un salto para irme, pero hemos despertado la curiosidad de la gente que nos rodea, así que tengo que quedarme al menos un par de minutos. Lo que menos necesitamos ahora es que corran rumores y cuchicheos sobre nosotros en Moscú. Ya es bastante con que esté hablando con Alexei sabiendo lo conocida que es la enemistad entre nuestras familias; el hecho de estar sentada y salir corriendo un segundo después haría que le dieran más a la lengua.

Como no tengo nada mejor que hacer, me bebo casi todo el champán de golpe.

Esboza una sonrisa irónica.

—¿Tienes sed o qué?

—Un poco —murmuro, y él se ríe. A diferencia de antes, es un sonido de pura diversión y causa algo en mi interior; me prende una calidez en el pecho que no tiene nada que ver con la reacción que demuestra mi cuerpo hacia él.

Tampoco es que falte esa reacción. Mientras cruzo las piernas por debajo de la mesa, noto que algo se me desliza entre las bragas y eso me hace ruborizar.

—Bueno —dice ignorando el sonrojo, gracias a Dios —, ¿qué te trae por Moscú en esta época del año?

Me pongo rígida. Después, me obligo conscientemente a relajar los músculos. Me encojo de hombros, mostrando el aire más despreocupado que puedo, y con calma le doy un sorbo al champán.

—El Año Nuevo en familia, ¿qué va a ser, si no?

Ladea la cabeza, extrañado.

—¿Por qué este año y no los demás? Pensé que supuestamente estarías en Suiza.

Mierda. Debería haber sabido que esto acabaría siendo un interrogatorio. Por razones obvias, no puedo decir nada de que Nikolai convocara una reunión familiar, y no sé de qué otra forma justificar por qué cancelé la escapada para ir a esquiar. Así que me encojo de hombros de nuevo y dejo que saque sus propias conclusiones, algo que hace enseguida.

Se le ablanda la expresión a medida que se inclina hacia delante.

—¿Es porque te enteraste de lo de Ksenia? —Sus ojos buscan los míos y lo que ve hace que se le expandan las pupilas; los iris pasan de un marrón oscuro a un negro brillante e intenso. Baja la voz, que aumenta en intensidad y dice—: Alinyonok...

Trago saliva y desvío la mirada mientras la cara se me enciende todavía más. No por excitación o vergüenza, sino por culpabilidad. Una culpa que me aterra y me reconcome por dejarle pensar eso cuando está tan lejos de la realidad. Cuando mi familia está a punto de causar otra baja en la suya.

Para recomponerme, le doy un sorbo al champán antes de mirarlo de nuevo a los ojos.

—¿Cómo está...? —Cojo aire—. ¿Cómo está llevando todo esto tu familia? Tu hermana tenía un hijo, ¿verdad?

Asiente y su expresión se vuelve sombría.

—Slava. Acaba de cumplir cuatro años.

La culpa se apodera más de mí.

—Lo siento. Tiene que ser muy duro para él.

Alexei responde, tenso:

—No sé. Está con mi padre y, cuando lo veo, parece... distante. Aislado. Antes teníamos una relación más cercana, era su tío favorito, pero ahora no consigo que se abra del todo. Es como si… —Se queda callado y mueve la mano—. Da igual. Seguro que es por el *shock*. Con el tiempo se recuperará.

—Claro que sí. —Mis hermanos y yo nos aseguraremos de que así sea. Me muerdo el labio—. Perdiste a tu madre de pequeño, ¿verdad?

—Tenía cinco años cuando murió. Complicaciones en el parto de Ksenia —dice y, aunque su tono no transmite ninguna emoción, tengo que luchar contra un extraño impulso de inclinarme sobre la mesa y abrazarlo. Siempre he sabido que a él y a sus hermanos los había criado su padre, pero nunca había pensado mucho en el tema, salvo preguntarme vagamente si por eso es tan cruel… Si el hecho de que lo criara un monstruo lo había convertido en uno.

—Debe de ser igual de duro para ti —digo en voz baja.

Se encoge de hombros como quitándole importancia.

—Fue hace mucho tiempo. —Se inclina hacia delante para coger la copa—. ¿Y tú qué? Tu pérdida es mucho más reciente. ¿Cómo estás?

Ahora soy yo quien tuerce el gesto. Para recuperarme un poquito, me bebo el resto del champán y le hago un gesto a un camarero que pasa para pedirle otra copa. Cuando la deja en la mesa, trato de mostrarle a Alexei una sonrisa firme.

—Estoy bien. Para mí también es agua pasada.

—Me alegra oír eso —dice en voz baja y levanta la copa para brindar. Los ojos se le clavan en los míos—.

Por los que quisimos y ya no están, que descansen en paz.

—Por ellos —digo con ímpetu y hago chinchín, chocando mi copa contra la suya, antes de tragarme todo el líquido burbujeante. Noto un escozor detrás de los párpados y un sentimiento en la garganta que me ahoga, así que le hago un gesto a otro camarero, que trae más bebidas encima de la bandeja. Resulta que son chupitos de vodka, pero me da igual. Quiero algo, cualquier cosa que ahogue estos sentimientos, estos recuerdos.

Si tuviera las pastillas, las tomaría, pero están en casa, en el cajón de la mesilla. Hacía meses que no las necesitaba, así que dejé de llevarlas encima.

—Dos, por favor —le digo al camarero, que coloca un chupito delante de mí y otro delante de Alexei, quien me mira enarcando las cejas, pero no dice que no.

—Por la familia —digo mientras levanto el vasito de chupito para brindar cuando el camarero ya se ha ido.

—Por la familia —repite Alexei mientras hace chinchín, chocando su vasito con el mío.

Nos bebemos el chupito, y ese vodka carísimo va bajando suavemente, dejando un ardor agradable. La sensación de ahogo va menguando y me pregunto, un poco confundida, si el alcohol ha sido la respuesta todo este tiempo.

Puede que mi padre tuviera razón. Puede que sí que sea posible beber para ahogar las penas.

Estoy a punto de hacer un ademán para pedir otra

bebida cuando Alexei se estira y con su mano cubre la mía. Su palma es grande y cálida; su tacto es curiosamente reconfortante. Cojo aire; aunque se me acelera el pulso, el cuerpo se me aviva y muestra la reacción de siempre hacia él.

—¿Estás bien, Alinyonok? —pregunta en voz baja y, para mi sorpresa, me doy cuenta de que... de que el intenso dolor al que me he acostumbrado cada vez que pienso en mis padres ahora mismo es solo un malestar lejano, nublado por el alcohol y por el paso del tiempo, o por una mezcla de los dos. O igual no es nada de eso. Igual es él. Igual es su tacto y la cálida compasión que se asoma a sus oscuros ojos.

Igual es porque, en este momento, no somos enemigos y no me siento tan sola y asustada.

—Estoy bien. —Las palabras son solo un mero susurro en mis labios, pero me oye y sus labios se curvan en una sonrisa que siento muy dentro. Una suave y tierna sonrisa que transforma sus rígidas y vilmente esculpidas facciones en algo de una belleza tan impresionante que hace que una diminuta fisura me abra el corazón... Un desgarro que debería doler, pero no duele.

Me aprieta la mano con delicadeza antes de entrelazar nuestros dedos y, de nuevo, el salón de baile se desvanece y desaparece en un ligero resplandor que me nubla la vista mire donde mire..., salvo delante, donde está él sentado. Donde él me mira como si fuera el centro de su vista, de su mundo.

—¿Alina?

La voz femenina es delicada, al igual que el tacto que noto en el hombro, pero aun así me choca. Suelto la mano bruscamente, me pongo de pie y al girarme veo a Natasha.

—Uy —dice mientras parpadea—, no era mi intención asustarte. Te estaba llamando, pero supongo que no me has oído. —Mira hacia Alexei y una expresión extraña se asoma a su rostro.

—Alexei, me alegro de que hayas podido venir.

Mientras se pone de pie, su expresión recuerda a una nube de tormenta.

—Yo también.

Su tono frío parece contradecir sus palabras y mi amiga se pone un poco pálida. Mientras me lanza una mirada indescifrable, murmura que tiene que ir a revisar el cáterin y se va corriendo antes de que pueda preguntarle qué quería. Tampoco me importa mucho. No puedo estar aquí más tiempo, no después de lo que acaba de pasar.

—Me tengo que ir —digo con firmeza y me voy derecha hacia la salida, abriéndome paso entre la multitud todo lo rápido que me permiten los tacones. Hago caso omiso a las voces que me llaman, a todos los amigos y conocidos que buscan mi atención. Camino tan rápido que casi tropiezo con el bajo del vestido que me llega al suelo, y aun así sigue sin ser lo bastante rápido.

Cuando cruzo la puerta ornamentada y salgo al pasillo, Alexei está justo detrás de mí; con sus largas piernas me alcanza con facilidad.

—Alina, espera.

Aumento el ritmo y me dirijo prácticamente trotando hacia el vestíbulo; se me acelera la respiración. No me lo puedo creer. Qué tonta he sido. No me puedo creer que…

—He dicho que esperes. —Una mano de acero me rodea por el brazo mientras me detiene de un tirón y me hace girar.

Antes de que pueda parpadear, me arrastra hacia una puerta abierta que está cerca de nosotros y me mete en una habitación pequeña que resulta ser un armario ropero. Sin dejar de agarrarme, Alexei cierra la puerta y con eso nos aislamos del mundo. Entonces, y solo entonces, me suelta.

Acto seguido, me aparto.

—¿Qué cojones haces? Te he dicho que tengo que irme.

—No hasta que hablemos. —Con la mandíbula en tensión, viene hacia mí y me arrincona contra la pared.

El corazón me martillea con frenesí, pero levanto la barbilla y lo miro a los ojos.

—¿De qué tenemos que hablar?

Se le proyecta un torbellino de emociones en el rostro, cada una más oscura que la otra, y gruñe.

—De esto. —Y enganchándome el cuello con una mano y la cadera con la otra, presiona la boca sobre la mía.

CAPÍTULO 21

PRESENTE, UBICACIÓN DESCONOCIDA

—E so no debería haber ocurrido —digo; el rostro me arde al recordar lo que pasó aquella noche.

Alexei enarca las cejas.

—¿Qué parte? ¿Esa en la que te hacías la comprensiva con mi hermana, sabiendo que tú y tus hermanos estabais a punto de robarle a su hijo? O en la que nosotros...

—No estaba fingiendo.

Esa admisión pende entre nosotros, suspendida en la tensa atmósfera como una hoja rota en una tela de araña. No sé por qué lo he dicho. ¿Por qué debería importarme lo que piense sobre mis motivaciones? En cualquier caso, es mejor que crea que el odio, y solo el odio, es lo que me impulsa. Que es el caso. Tiene que serlo. ¿Y qué si sentí que tuvimos una conexión real durante ese breve instante de hace nueve meses?

Eso no cambia lo que hice después de aquella noche.

Eso no cambia la forma en que respondió.

Y, desde luego, no cambia dónde estamos hoy ni cuántas muertes pesan sobre mi conciencia.

CAPÍTULO 22

9 MESES ANTES, MOSCÚ

Nuestros labios impactan como olas embravecidas que chocan entre ellas, todo violencia y furia contenida. Está enfadado conmigo, y yo estoy enfadada conmigo misma, con esta debilidad mía que me empuja hacia un hombre del que debería hacer todo lo posible por escapar. No tenía que estar aquí esta noche. No tenía que estar cerca de él, pero he venido por voluntad propia. Y no solo para ofrecer mis condolencias.

He venido a verlo a él.

Después de años de verlo solo en fotos y vídeos, me han entrado ganas de esto. De él. De sentir que no solo sobrevivo, sino que vivo.

Me introduce la lengua en la boca mientras le hinco las uñas en el cráneo y con los dedos me agarro compulsivamente a su pelo, y se me cierran los ojos de golpe mientras mi cuerpo se incendia; la excitación que siento al instante me empapa la ropa interior y me endurece los pezones. Joder, sí, tengo hambre. Tengo ganas de su sabor, de su tacto, de la forma en que enciende hasta la última célula de mi ser.

Estoy hambrienta y enfadada, y siento que voy a explotar por el calor que se acumula en mi interior... por el deseo desesperado de atrincherarme en él hasta que estemos tan cerca que sea imposible saber dónde empieza uno y acaba el otro.

Gime en voz baja y su beso se vuelve más áspero, con los dientes me muerde el labio inferior, me hinca los dedos en la carne con una fuerza contundente. Debería dolerme, debería darme miedo la violencia de su deseo, pero no hace más que aumentar la ebullición de mi interior, intensificando todo lo que siento a la enésima potencia. Noto el sabor de la sangre cuando hundo los dientes en su labio como represalia, y no sé si es su sangre o la mía, ni me importa. Me quemo, me muero y, al mismo tiempo, estoy violenta e incandescentemente viva. Oigo los latidos de su corazón en el pecho, siento cada aliento que me roba... huelo el calor que surge entre nosotros, oscuro y salvaje como el bosque, con tonos almizcleños y masculinos y con un toque de algo inefablemente atractivo.

Respira de forma entrecortada y rompe el beso, pero me agarra el pelo con el puño y tira de él, echándome la cabeza hacia atrás para presionar con su boca húmeda y caliente la vulnerable curva de mi garganta. Me roza la piel con los dientes y luego la chupa, lo que me provoca escalofríos eróticos en el brazo y me arranca una serie de gemidos de la garganta. Al mismo tiempo, me recoge la falda con el otro puño y tira de ella hacia arriba; el aire fresco me envuelve los muslos recién expuestos.

Es como en mi decimoctavo cumpleaños, solo que ya no soy aquella chica ingenua y ansiosa..., y él ya no está dispuesto a ser paciente conmigo. Noto un hambre desenfrenada en su tacto, en la exigente dureza de su cuerpo. El grueso bulto de su erección me palpita contra el estómago, cálido y duro incluso a través de las capas de nuestra ropa, y se me encogen las entrañas con un dolor vacío en respuesta a un agudo deseo de algo que nunca he conocido.

Al notarlo, se echa hacia atrás y desliza la mano entre mis piernas para tocarme el sexo a través de la seda húmeda del tanga. Un gruñido grave y profundo retumba en su garganta mientras yo jadeo y abro los ojos de golpe.

—Lo sabía, joder. —Levanta la cabeza para clavarme una mirada oscura y ardiente—. Todavía me deseas. En cuanto te toco, te empapas de puro deseo.

Me ruborizo, se me aclara la mente un instante, pero él inclina la cabeza para devorarme la boca de nuevo, y me olvido por completo del pudor y la vergüenza cuando un torrente de sensaciones vuelve a inundarme. Sus hábiles dedos ya están debajo de mi tanga, separando mis resbaladizos pliegues hasta dar con el clítoris, donde inicia un ritmo perverso y alucinante. «El tercero», pienso confusamente mientras pasa la lengua sobre la mía, acariciándome, reclamándome, invadiéndome. Me va a provocar el tercer orgasmo.

Y así es. Sigue besándome mientras empiezo a ver chiribitas: el placer es cegador con tanta intensidad. El clímax me invade y despierta todas las terminaciones nerviosas de mi cuerpo, me hace convulsionar contra él con un grito ahogado. Pero esta vez no se detiene, no retira la mano de entre mis piernas ni levanta la cabeza para dejarme recuperar el aliento. Presiona el talón de la palma de la mano contra mi carne hinchada, lo que intensifica las réplicas del orgasmo, y me besa con tal frenesí que vuelvo a notar el sabor de la sangre.

Las sensaciones parejas —dolor y placer— son tan intensas que casi echo de menos la intensa presión de su dedo en mi interior y el leve ardor que lo acompaña. Casi, pero no del todo. Me tenso por instinto y aumenta la quemazón, al igual que la sensación tan desconocida de la tersura y la penetración. Se me corta la respiración y me agarro a sus hombros cuando un fogonazo de pensamiento racional atraviesa la neblina sensual de mi cerebro.

«No debería estar haciendo esto».

«No debería estar aquí, con él».

Alexei debe de notar que me pongo tensa, porque levanta la cabeza para mirarme fijamente, con esos ojos negros llenos de una sed oscura.

—Estás muy tersa, incluso para ser virgen —susurra con rudeza, y el rubor me invade de nuevo, noto como si me ardieran hasta las raíces del pelo. Su dedo sigue dentro de mí, penetrándome, pero ya no me duele, aunque sigue pareciéndome invasivo. Peor aún, siento que me mojo aún más y sé que él también puede notarlo.

—No te resistas, Alinyonok. Déjame entrar. —Sus ojos se clavan en los míos mientras su pulgar me rodea el clítoris al mismo tiempo que vuelve la punzada. Me está tanteando la entrada con un segundo dedo, comprendo ligeramente mientras me invade una oleada de vértigo y me doy cuenta de que he dejado de respirar.

«Dile que pare. Ahora. Antes de que sea demasiado tarde».

Pero no alcanzo a pronunciar las palabras lo bastante rápido. Me besa de nuevo, robándome el poco oxígeno que queda en mis pulmones, y me derrito contra él a pesar de la creciente incomodidad entre mis piernas. Dos dedos son demasiado, el escozor amenaza con convertirse en verdadero dolor, pero su pulgar sigue trazando círculos y el placer basta para confundir mis sentidos y enturbiar mis pensamientos. Estoy perdida en él, completamente absorta en las sensaciones que está evocando en mi cuerpo, y ni siquiera el agudo pellizco de dolor que siento cuando me penetra más con los dedos basta para hacerme retroceder, sobre todo cuando dobla los dedos y presiona en un punto que me devuelve esa tensión dulce y agonizante, y me empuja hacia otro clímax.

Con un grito ahogado contra sus labios, me corro;

el segundo orgasmo estalla en mi interior. Mis músculos internos se aprietan contra sus dedos invasores y me provocan otro pinchazo de dolor, junto con una serie de réplicas. Todavía siento espasmos por todo el cuerpo cuando saca los dedos y oigo el siseo metálico de una cremallera que se baja antes de arrancarme el tanga de un tirón. Aturdida, abro los ojos cuando deja de besarme y levanta la cabeza.

Respira con dificultad y tiene la mandíbula apretada, los pómulos afilados manchados de color cuando levanta la mano para mirarla. Sus dedos están teñidos de rojo, los mismos dedos que estaban dentro de mí. «Se han teñido con mi sangre», me percato con horror cuando aparta la mano y me mira, con sus ojos negros como el carbón y llenos de una posesividad aterradora.

—Eres mía —dice bruscamente en voz baja—. Toda mía.

Y antes de que pueda responder, vuelve a besarme. Me besa y me levanta contra la pared enganchando las manos bajo mis muslos y separándomelos de par en par. Sus pantalones de traje me rozan la parte interior de los muslos desnudos mientras aprieta la parte inferior de su cuerpo contra el mío, y algo grande, suave y duro se introduce entre mis pliegues, apenas unos milímetros dentro de mi dolorido e hinchado sexo. Es su polla, advierto sobresaltada. Es demasiado grande, mucho más que sus dedos, pero inmovilizada contra la pared como estoy, no puedo hacer nada para detener la penetración, para ralentizarla. Me invade el pánico, así como el conocimiento de lo que está ocurriendo, y consigo girar la cabeza, apartando los labios de su beso devorador mientras le aprieto los hombros.

—Alexei, por favor. —Me tiembla la voz—. Por favor, no…

Con un chirrido de bisagras, la puerta se abre y Alexei se pone rígido cuando Vankov entra en la habitación. Mi guardaespaldas evalúa la situación en un instante, desenfunda su pistola a la velocidad del rayo y apunta a Alexei.

—Aléjate de Alina Vladimirovna. ¡Ahora!

Un gruñido ronco de frustración vibra en el pecho de Alexei, y el asesinato brilla en sus ojos cuando vuelve a mirarme a la cara, sin moverse ni un solo milímetro.

—Ordénale que se vaya —dice con los dientes apretados—. Dile que esto es lo que quieres y que debe irse.

Pero no quiero esto. No puedo, no con el pánico que me constriñe la garganta. Sé exactamente lo que está viendo Vankov: yo contra la pared como una puta barata en un callejón, con el vestido levantado y Alexei entre mis piernas abiertas, y la vergüenza horrorizada apaga los vestigios del deseo. Ahora solo siento el dolor profundo allí donde Alexei me ha roto el himen con los dedos, y la enorme presión de su polla empujando contra mi entrada, amenazando con desgarrarme. Pero no es el dolor a lo que temo. Es todo lo demás.

Es saber que una vez que hagamos esto, ya no habrá

vuelta atrás... que puede que ya hayamos llegado al punto de no retorno.

—Suéltame. —Mi susurro desgarrado está destinado solo a los oídos de Alexei—. Por favor, suéltame.

Un músculo se tensa violentamente en su mandíbula mientras me mira fijamente.

—¿O qué? ¿Harás que me dispare?

—¡Aléjate de ella! Ahora. —El tono de Vankov es más agudo, más agitado. Por el rabillo del ojo, veo a mis otros dos guardaespaldas aparecer detrás de él, y me dan ganas de morirme en el acto.

Mi cara debe de reflejar mis pensamientos, porque Alexei tensa aún más las facciones y, sin decir nada más, me pone de pie y se sube la cremallera con un movimiento rápido y furioso. Sin embargo, no da un paso atrás. En lugar de eso, apoya una mano en la pared y se inclina sobre mí. Levanta la otra mano y me pone los dedos ensangrentados en los labios, marcándolos de rojo mientras dice en voz baja y dura:

—Mañana por la noche enviaré un coche a buscarte. Vendrás. Como no lo hagas, te arrepentirás.

Se aparta de la pared, pasa junto a mis guardaespaldas y desaparece en el pasillo.

———————

TODAVÍA TENGO EL SABOR A COBRE EN LOS LABIOS cuando me subo a la limusina y noto el dolor de mi himen roto en lo más profundo. No sé qué hacer, sobre todo a la luz de la invitación/amenaza de Alexei. ¿Qué ha querido decir con que me arrepentiré? De lo que me arrepiento ahora mismo es de haber ido al acto de Natasha y de todo lo que siguió. Es como si me hubiera vuelto loca temporalmente.

Obviamente, no tengo intención de subirme a ningún coche que envíe. Mi locura no llega tan lejos. Pero ¿qué hará cuando no aparezca? Quizá debería contarles a mis hermanos lo que ha pasado, avisarles por si acaso. Pero no. Si supieran que Alexei casi me folla en un armario y ahora me amenaza, no tendrían más remedio que ir a por él... y sería el peor momento de todos.

Mañana por la mañana, Nikolai saldrá de Moscú para una buena temporada. Se marcha a Estados Unidos para preparar su nuevo complejo de Idaho para la llegada de Slava dentro de tres semanas. Si mi estupidez lo estropeara, nunca me lo perdonaría.

Vankov me mira por el retrovisor y yo dirijo una dura mirada a los otros dos guardias.

—Como se sepa algo de este incidente, y sobre todo si llega a oídos de mis hermanos, los tres seréis despedidos en el acto. ¿Entendido?

Los tres asienten con el rostro impasible. Saben que no es una amenaza vana. Están en mi nómina, desde que recibí mi herencia unos meses después de la muerte de mis padres. Mis hermanos se opusieron al principio, alegando que era su deber protegerme, pero me mantuve firme. ¿Qué les importaba a ellos, repliqué, mientras tuviera un servicio de seguridad adecuado? Así que cedieron, aunque a regañadientes, y desde entonces soy la jefa oficial de mis guardaespaldas, y me aseguro de que me sean leales ante todo.

Sosegada, me reclino contra el asiento y me concentro en respirar hondo para calmar la frenética carrera de mi corazón y aliviar la tensión que me oprime las sienes. Tengo que averiguar qué hacer, cómo arreglar este lío que he montado, y no puedo hacerlo si estoy acurrucada en la cama con otro dolor de cabeza debilitante. He estado mucho mejor en los últimos meses, me he sentido mucho más fuerte, pero aquí estoy, a punto de venirme abajo otra vez.

No, a la mierda. No voy a dejar que suceda. Está claro que Alexei es mi criptonita, en más de un sentido, así que solo hay una solución racional.

Tengo que salir de su órbita, alejarme de él todo lo que pueda. Quizá me vaya a Suiza a esquiar en condiciones o acompañe a Natasha en sus próximas vacaciones en Tailandia. Pero ¿y si Alexei me sigue hasta allí para hacer lo que sea que esté amenazando? Tiene un jet privado y un ejército de matones a su servicio. En cualquier caso, le estaría facilitando que me secuestrara o haga lo que sea que pretenda. Lo que necesito es desaparecer por completo de su radar durante un tiempo, para que se olvide de lo que ha pasado esta noche y…

Me incorporo, electrizada. ¡Eso es! La escapada perfecta ha estado delante de mí todo este tiempo.

El nuevo complejo de Nikolai. Es lo más cerca que

puedo estar de desaparecer mientras permanezco en el mismo planeta.

Esta es. Esta es la solución a todos mis problemas.

Cuando Nikolai se vaya mañana, me iré con él y Alexei no me encontrará jamás.

Capítulo 23

—No tendrías que haber huido —dice Alexei mientras una ráfaga de viento salpica la mesa de agua de mar. O tal vez es el comienzo de la lluvia. Las olas aumentan de tamaño, el yate se balancea con más fuerza. Un relámpago en zigzag atraviesa el cielo que se oscurece rápidamente, seguido de un trueno que retumba hasta en los huesos. Pronto será demasiado peligroso estar aquí fuera. Yo, sin embargo, tengo mucho más miedo de lo que me espera debajo de la cubierta, en el dormitorio que Alexei pretende que compartamos. Entrelazo las manos sobre la mesa para estabilizarlas mientras él continúa—. Podríamos haber comido esto en un buen restaurante de Moscú.

Y con mucha menos sangre derramada. Él no lo dice, pero no hace falta: lo sé.

—¿Qué pensabas hacer? —pregunto, haciendo todo

lo posible por mantener la calma mientras me sirvo un vaso de agua de una jarra de cristal que hay sobre la mesa. Tengo la boca seca y el bollito de caviar que me he comido parece que se me ha quedado a medio camino de la garganta—. Si me hubiera quedado en Moscú, ¿qué habrías hecho cuando no subí a tu coche?

Una sonrisa retorcida se dibuja en sus labios.

—¿A ti qué te parece?

Me bebo la mitad del vaso antes de dejarlo en el suelo.

—Creo que eres un monstruo capaz de cualquier cosa.

—Qué bien me conoces.

La sequedad de su tono hace que me encoja por dentro. Porque tiene razón. No lo conozco. Al menos no tan bien como él me conoce a mí. Todo mi acecho hacia él era superficial, pensado para mantenerme al tanto de su paradero, mientras que él ha profundizado en todas las facetas de mi vida, por muy privada que sea. Ahora me arrepiento de no haberlo conocido mejor antes, cuando había mucho menos en juego. Ahora es mi captor, y no tengo ni idea de cuáles son sus puntos débiles, de cómo puedo manipularlo para que me conceda la libertad.

El hombre oscuro y poderoso sentado frente a mí es un misterio, un rompecabezas. Lo único que sé es que me desea y que ha llegado a extremos increíbles —y terribles— para conquistarme. Y todo porque… ¿qué? ¿Soy hermosa según algún estándar social arbitrario?

—¿Es una cuestión de estatus para ti? —pregunto, ladeando la cabeza. Quizá no sea demasiado tarde para intentar conocerlo, para entender qué le impulsa a actuar.

Frunce las cejas.

—¿A qué te refieres?

—A mí. Al compromiso. A toda esta obsesión tuya. —Sujeto la jarra cuando empieza a deslizarse hacia el borde de la mesa, ayudada por un charco de condensación y una ola alta que inclina el yate—. Dices que es por mi aspecto, pero Moscú está lleno de mujeres guapísimas. ¿Es porque soy una Molotov, quizá? ¿Me quieres porque soy decorativa y rica a la vez?

Que yo sepa, eso es lo único que me hace excepcional. La belleza no es nada especial en nuestros círculos; si tiras una piedra en una fiesta, acabará rebotando en una supermodelo. Pero, por regla general, esas mujeres no tienen mucho que ofrecer más allá de su cuerpo perfecto y un rostro simétrico. Yo sí. Tengo miles de millones en activos y el tipo de conexiones que solo conlleva el poder generacional. Los Leonov no necesitan eso, estrictamente hablando —ya tienen suficiente poder y riqueza por sí solos—, pero tenerme a mí seguiría siendo un golpe de gracia para Alexei.

Soy un caramelito que no se puede comprar y eso me convierte en el máximo símbolo de estatus, un premio digno de un hombre que lo tiene todo.

Alexei entrecierra los ojos.

—¿Eso es lo que...?

—¿Puedo retirar la mesa, señor?

La voz de una mujer desconocida que habla en ruso me hace levantar la vista. La mujer bajita, de mediana edad, con el pelo negro y liso hasta los hombros, está junto a la mesa, con un delantal alrededor de la cintura y un carrito de camarero a su lado.

—Sí, gracias, Vika —dice Alexei, luego hace una pausa y enarca una ceja mirándome—. A menos que aún tengas hambre, Alinyonok.

Por mucho que quisiera alargar esta comida todo lo que pueda, con la tormenta es cuestión de minutos que todos los platos empiecen a resbalar de la mesa y la comida salga volando. De mala gana, sacudo la cabeza.

—Ya he terminado.

La mujer, Vika, apila rápidamente todos los platos en el carro y lo lleva hacia la proa del yate, donde debe de estar la cocina.

—Gracias —le digo con cierta demora—. ¡Todo estaba delicioso!

No está de más caer bien a los empleados de Alexei.

Gira la cabeza y esboza una sonrisa que suaviza su rostro anguloso.

—Un placer —responde antes de empujar el carro y desaparecer de la vista.

Vuelvo mi atención a Alexei, con la esperanza de retomar la conversación, pero ya se ha levantado de la mesa.

—¿Vamos? —pregunta, rodeando la mesa y

tendiéndome la mano cuando se acerca otro rayo. Se me acelera el pulso y su rugido casi ahoga el estruendo de los truenos.

Ya está.

Mi indulto ha terminado.

Capítulo 24

Un indulto. Un refugio. Eso es lo que se supone que es la remota finca de montaña de Nikolai. Es un paréntesis en mi vida normal, un lugar seguro donde no tengo que preocuparme por Alexei. Entonces, ¿por qué me siento tan inquieta, tan intranquila? No puedo dejar de pensar en él, en lo que pasó en ese armario, y poco a poco me está volviendo loca.

Inquieta, le doy una última calada al porro y lo apago antes de salir del bosque. La maría ha mantenido a raya los dolores de cabeza en su mayor parte, así que no he tenido que recurrir a nada más fuerte. No sé por qué me duele la cabeza; no puedo imaginar un lugar más relajante que el nuevo complejo de Nikolai.

La mansión ultramoderna de mi hermano está encaramada a un acantilado, con unas vistas de montaña dignas de Instagram. Aunque mayo está a la vuelta de la esquina, acaba de nevar, y la nieve cruje bajo mis botas mientras rodeo la casa hasta la puerta principal. El aire es fresco y perfumado, tan fresco que casi me irrita los pulmones. Pero quizá ese sea el problema. El olor me recuerda a Alexei y a todo aquello de lo que he venido a escapar.

Inhalo otra bocanada de aire, abro la puerta y entro en casa, donde cuelgo el abrigo y me quito las botas y me calzo unos zapatos limpios, de tacón, porque incluso aquí me siento más cómoda con mi brillante coraza. De la cocina salen unos olores superapetecibles —Pavel está preparando la cena— y la voz aguda de un niño me avisa de la presencia de mi sobrino en el salón.

Mi humor se aligera al instante y sonrío mientras me dirijo hacia allí. Slava se ha convertido rápidamente en mi persona favorita. Es un clon diminuto de Nikolai, tímido y reticente, sobre todo con su padre, pero me encanta tenerlo cerca. Después de las primeras semanas, en las que, como es natural, nos miraba a todos con profunda desconfianza, ha empezado a encariñarse conmigo, así como con Pavel y Lyudmila. Nikolai es la excepción; por alguna razón, los dos no acaban de encontrar un lenguaje común, en parte porque él insiste en que hablemos con el niño en inglés, para que pueda adaptarse a su nueva vida en Estados Unidos. Personalmente, no creo que eso sea tan importante como que Slava acepte a su padre, pero Nikolai no me hace caso. No tenemos exactamente una relación estrecha ahora mismo.

Encuentro a Slava en el salón, como era de esperar, pero en lugar de Lyudmila, que ha asumido el papel de niñera, es Nikolai quien está con él. Mi hermano se pasea frente al sofá donde está sentado Slava, intentando que su hijo repita algunas palabras en inglés, y fracasa estrepitosamente. Slava le mira sin comprender, obstinadamente desinteresado. No me sorprende. Slava también ha ignorado mis intentos de enseñarle el idioma.

—Quizá deberíamos buscarle un profesor norteamericano —digo en inglés, acercándome para sentarme en un sillón frente al sofá—. Quizá responda mejor a alguien que no hable su lengua materna.

Nikolai deja de pasearse y me mira fríamente.

—No necesitamos a un desconocido entrando y saliendo a todas horas.

—¿Y si es interino y vive aquí?

Resopla.

—Eso es peor todavía.

—¿Por qué? —Un momento, ¿por qué estoy insistiendo yo en esto? No me importa si Slava aprende inglés o no. Eso es importante para mi hermano, no para mí—. Da igual. Olvídalo.

Curiosamente, es eso último lo que parece convencer a Nikolai de la idoneidad de mi ocurrencia.

—En realidad... —Mira a su hijo, que ahora lo mira con recelo—. Podríamos poner un anuncio en un periódico local, a ver si contesta algún profesor del pueblo. Si lo anunciamos en papel, nada de redes, y lo hacemos discretamente, podría ser bastante seguro.

Me encojo de hombros.

—Como quieras. —Él decide, sea como sea. Solo

quiero que Slava se adapte y nos acepte como su nueva familia, y si aprender inglés con un profesor nos lo facilita, estoy totalmente de acuerdo.

Capto la mirada de Slava, le dirijo una cálida sonrisa y le digo:

—*Privet* —«Hola» en ruso.

Slava no me devuelve la sonrisa —nunca lo hace cuando Nikolai está cerca—, pero noto que se relaja un poco. En muchos sentidos, seguimos siendo unos desconocidos para él, y la barrera artificial del idioma no ayuda. Nos aseguramos de que su secuestro fuera lo menos traumático posible —lo robaron en mitad de la noche con la ayuda de tranquilizante infantil, así que, desde su punto de vista, acaba de despertarse aquí—, pero eso no niega el hecho de que lo hayan arrancado de todo y de todos los que conoce. Ojalá pudiera conseguir que Nikolai lo entendiera y fuera amable y paciente, pero siempre que mi hermano está cerca de su hijo se muestra rígido y duro, como si careciera de empatía.

Es como si el fantasma de nuestro padre hubiera habitado su cuerpo, echando al traste cualquier oportunidad que Nikolai tuviera de entablar una relación con su propio hijo. Tal vez como castigo por su asesinato.

Me estremezco cuando me invaden los recuerdos oscuros, y tengo que esforzarme para mantener una sonrisa cálida y amable. Slava no tiene la culpa de que su nueva familia sea tan desastrosa como la anterior. Está mejor con nosotros que con los Leonov —o eso tengo que creer—, pero esperaba que el hijo de Nikolai fuera feliz de verdad aquí. Hasta ahora, no ha sido el caso.

Me levanto, me acerco al sofá y le tiendo una mano a mi sobrino.

—Ven, Slavochka —digo en ruso, pasando olímpicamente del ceño fruncido de mi hermano—. Tengo un juego nuevo que quiero enseñarte.

Y mientras Slava salta ansiosamente del sofá y rodea mi mano con su palmita, el corazón se me encoge con una punzada de dolor... uno que, por alguna razón, me hace pensar en un hombre que no está cerca de aquí.

Un hombre del que he escapado.

CAPÍTULO 25

PRESENTE, UBICACIÓN DESCONOCIDA

«N o tengo escapatoria».

Las palabras retumban en mi mente mientras Alexei me lleva por las escaleras hasta nuestro camarote; con la mano me agarra el codo con firmeza, supongo que para evitar que me caiga mientras las olas crecientes embisten el yate. Pero, en realidad, es para asegurarse de que no haga una tontería tipo echarme a correr. Sé que nota el impulso de pánico que hay en mi interior, y que oye mi respiración rápida y superficial.

Ya está.

Se acabó lo que se daba. Después de más de una década, nuestro juego del gato y el ratón está llegando a su fin.

Cuando llegamos al final de la escalera, un trueno me hace dar un respingo, y él me mira, con las cejas enarcadas.

—¿Te dan miedo las tormentas eléctricas, Alinyonok?

Me das miedo tú y lo que vayas a hacerme. Las palabras me bailan en la punta de la lengua, pero me las trago. No quiero que sepa lo cobarde que soy, cómo deseo egoístamente que, a pesar de todo, mis hermanos vengan a buscarme.

Pero Alexei lo sabe, por supuesto. Le brillan mucho los ojos cuando se detiene frente a la puerta de la cabaña.

—¿Te arrepientes de nuestro trato? —pregunta con un tono suave y burlón, mientras me mira fijamente. Sabe la respuesta, la única que puedo darle.

—No. —¿Cómo podría arrepentirme, cuando era la única manera? ¿Si la alternativa significaba que Nikolai perdería a su hijo y, muy probablemente, también su vida? Por no hablar de lo que podría haberle pasado a Chloe, a Pavel y a Lyudmila.

Lo único que lamento es no haber dado un paso al frente y haber accedido al trato antes, antes del baño de sangre que acabó con la vida de tantos hombres de mi hermano.

Capítulo 26

Avanzo a caballo hacia el siguiente jefe y le asesto un golpe con la espada. La criatura chilla y cae, pero en lugar de brotarle sangre de la herida del pecho, se le cae la cabeza.

Ups. Eso no tendría que haber pasado.

Anoto el error, para poder revisar mi código mañana, cuando tenga la mente fresca. Sigo intentando dominar el C++, pero gracias a las últimas herramientas de desarrollo, los gráficos del videojuego que estoy creando tienen un aspecto asombroso, y de momento ya he superado una batalla contra un jefe. Fijo que mis antiguos compañeros de Informática se reirían de mis penosos esfuerzos, pero estoy orgullosa de lo lejos que he llegado en los últimos meses.

Ayuda el hecho de que, además de disfrutar de la hermosa naturaleza, hay poco que hacer en la remota finca de montaña de Nikolai. Bueno, poco que hacer aparte de obsesionarme con Alexei. Si no tuviera que trabajar en este juego, puede que me volviera loca. Y voy en camino…

Llega a mis oídos el ruido de algo que se estrella contra el suelo, seguido de los gemidos de una mujer.

Pongo los ojos en blanco. Cómo no. Nikolai se está follando a Chloe otra vez, seguramente en su despacho. Pobre chica. Desde el momento en que mi hermano vio su solicitud para el puesto de profesora, se ha obsesionado con ella hasta el punto de que me he sentido obligada a advertirle sobre los hombres Molotov y sus peligrosas fijaciones. Tampoco ha servido de mucho. Solo han pasado un par de meses, pero ya la ha intimidado para que se case con él.

Hago todo lo que está en mi mano para silenciar los sonidos sexuales, pero es imposible. Incluso amortiguados por las paredes, los ruidos llegan hasta mí y me recuerdan todo lo que he intentado olvidar. Como el hecho de que Alexei está ahora en Estados Unidos, que lleva semanas acercándose cada vez más. Mi empresa de detectives no ha podido seguir todos sus movimientos, pero sé que anda por ahí. He visto los correos electrónicos en la bandeja de entrada de Nikolai en los que habla de una amenaza inminente. A pesar de nuestros esfuerzos por despistar a los Leonov, Alexei sospecha que mi familia está implicada en el secuestro de Slava y busca a Nikolai… y a mí. Mis hermanos han intentado ocultármelo, como si fuera una niña pequeña, pero no lo soy. Sé de lo que es capaz Alexei, y sé que no se rendirá.

Uf. Ya estoy otra vez pensando en él,

preocupándome, obsesionándome. Supongo que mi hermano no es el único Molotov por aquí que se obsesiona con las cosas.

Con esfuerzo, vuelvo a centrarme en el juego y edito unas cuantas líneas de código torpes para hacerlas algo más elegantes y fluidas. Estoy tan absorta en mi tarea que, cuando la pantalla del portátil se me oscurece de repente, me quedo mirándola incrédula durante un momento. Precisamente se me tiene que estropear el ordenador ahora... ¿Cuándo fue la última vez que le di a «guardar»?

Espero que el portátil se reinicie solo en cuestión de segundos, pero no es así. Frustrada, pulso el botón de encendido.

Nada.

¿Qué narices...?

Compruebo que está enchufado, y lo está. Es imposible que se haya quedado sin batería.

Por instinto, cojo el móvil, que tengo boca abajo sobre el escritorio.

La pantalla está negra, no responde. No arranca, haga lo que haga.

Me da un vuelco el corazón y un escalofrío me recorre todo el cuerpo.

Que uno de mis aparatos electrónicos muera es un accidente. Dos es un patrón. Un patrón que solo puede significar...

Un golpe en la puerta de mi habitación hace que la adrenalina fluya por mis venas. Me pongo en pie de un salto.

—¡Alina! —exclama Pavel, tenso—. Abre.

Voy corriendo. Con el corazón palpitante, abro la puerta de un tirón y veo a Pavel y a Lyudmila, que sostiene en brazos a Slava, que parece dormido.

—Los tres tenéis que bajar a la sala de seguridad —dice Pavel, sombrío. Está hablando en inglés, quizá para que Slava no lo entienda—. He perdido contacto con los guardias.

Se me disparan los niveles de adrenalina.

—Tienes que llamar a Nikolai y a Chloe. Están en su despacho.

—Ya estoy en ello. —Se acerca al despacho de Nikolai y aporrea la puerta mientras Lyudmila corre por el pasillo hacia las escaleras. Corro tras ella, ignorando la incomodidad de hacerlo con tacones altos. No me he cambiado después de cenar, así que aún llevo puesto el vestido rojo de noche; un pequeño lujo, porque podría haberme puesto ya la ropa de dormir.

La habitación segura está debajo del garaje, y tanto Lyudmila como yo conocemos el código. Como ella lleva a Slava en brazos, tecleo los números en una cajita gris de la pared. Con un silbidito, un trozo cuadrado del suelo que hay cerca de nosotros se levanta, separándose del resto, y un cuadrado más pequeño situado en el centro se desliza hacia un lado; entonces vemos una especie de asa. Tiro de ella y la pesada puerta metálica se levanta, se abate hacia mí y deja al descubierto una escalera desplegable debajo. Me arrodillo y pulso un botón en el lateral de la escalera, que se despliega en el espacio inferior: un búnker del tamaño de un pisito, con suministros suficientes para albergar a varias personas durante seis semanas.

Mientras, no me permito pensar en quién o qué hay ahí fuera. Solo me concentro en ponernos a salvo y aparto de mi mente la sensación incipiente de náuseas.

—Tú primero —le digo a Lyudmila, mientras tomo a Slava en brazos. Me tiemblan las manos, pero mi voz es firme—: Te lo bajo.

Ella hace lo que le digo y Slava se retuerce en mis brazos, ahora completamente despierto.

—¿Qué pasa? —me pregunta en ruso, con los ojos grandes y temerosos—. ¿Por qué estamos aquí? Lyudmila dice que es un simulacro, pero ¿qué es un simulacro? ¿Es algo malo?

—No, no, Slavochka, un simulacro no es nada malo. —Desplazo la mayor parte de su peso sobre mi cadera izquierda y le doy unas palmaditas tranquilizadoras en la espalda. Su tacto, pequeño pero robusto y cálido, me ayuda a mantener la calma—. Solo estamos practicando qué hacer si alguna vez hay un problema, ¿vale?

Parpadea varias veces.

—¿Qué tipo de problema?

—Ah, ya sabes... —Me devano los sesos buscando algo que no asuste a un niño de casi cinco años, pero se me adelanta.

—¿Como si viene un supervillano?

Le sonrío.

—Eso mismo. —Gracias a Dios por los cómics y la

obsesión de los niños por ellos—. Así sabremos qué hacer en caso de que venga un supervillano.

Slava saca pecho.

—Puedo ganarle. Soy fuerte como Superman.

—Sí, claro que sí. —Este niño es una monada. No puedo creer que no lo haya conocido durante sus primeros cuatro años de vida. Y si yo me siento así, no puedo imaginar cómo está manejando Nikolai esta idea tan devastadora, sobre todo ahora que él y Slava están estrechando lazos.

—¡Lista! —exclama Lyudmila desde abajo.

Pongo a Slava de pie con cuidado y me agacho frente a él.

—Parte del ejercicio consiste en bajar por esta escalera. ¿Crees que estás preparado?

Asiente con la cabeza.

—Sé trepar.

—Vale, bien. —Le doy un apretoncillo en el hombro —. Ahora va, baja. Sé rápido pero ve con cuidado, ¿vale? Lyudmila te espera abajo.

Baja por la escalera como un monito y, al cabo de unos segundos, Lyudmila grita que ya lo tiene. El alivio me invade y me apresuro a bajar también por la escalera, descendiendo a la habitación segura.

Lyudmila me agarra del brazo en cuanto mis pies tocan el suelo.

—No funciona ninguno de los monitores —me susurra al oído. Retrocede y señala con la cabeza la pared de pantallas que deberían mostrar las imágenes de las cámaras del exterior, pero en las que ahora solo hay interferencias.

Joder. Se me acelera el corazón al recordar que el móvil y el ordenador han dejado de funcionar.

Debe de ser cosa del pulso electromagnético. Tiene que serlo, aunque no se ha ido la luz de la casa. Konstantin, como experto en tecnología y paranoico que es, se preocupó por la posibilidad de un ataque de este calado, así que nuestras líneas eléctricas principales están enterradas bajo tierra y reforzadas con carcasas metálicas, y el generador de reserva está dentro de una jaula de Faraday. Pero nuestros teléfonos, portátiles, cámaras y drones —todos los aparatos electrónicos que estaban a la intemperie— debieron de acabar fritos por el pulso electromagnético, y solo se me ocurre un enemigo que pudiera tener acceso a un arma tan avanzada.

Los Leonov.

Alexei nos ha encontrado.

Un lejano estallido de disparos me hace saltar.

Joder. Ya no hay ninguna duda.

Esto es un ataque.

Es real.

Y está ocurriendo ahora mismo.

Empiezo a caminar en un esfuerzo inútil por controlar la ansiedad. Además de una cocina diminuta pero totalmente equipada, el búnker cuenta con una cama de matrimonio, dos futones, un pequeño cuarto de baño y una despensa. En teoría, hay espacio de sobra, pero siento claustrofobia; me siento atrapada como una rata en una jaula.

Solo pasan unos minutos antes de que aparezca Chloe, pero me parece una eternidad. Baja por la escalera y cierra la trampilla del techo tras de sí. Tampoco se ha quitado el traje de noche, y el vestido blanco resplandece bajo las brillantes luces del techo, al igual que su tez suave y bronceada. En general, tiene el aspecto ligeramente sudoroso y ruborizado de alguien que acaba de mantener un sexo increíble y, por un instante, siento una punzada de celos aguda e ilógica.

Pero no. Menuda tontería. No quiero sexo. No quiero amor ni matrimonio, y menos con un hombre tan peligroso y obsesivo como mi hermano. Solo quiero que me dejen en paz.

En cuanto Chloe llega abajo, Slava corre hacia ella. No me sorprende. Ahora es, con diferencia, su persona favorita; es otra de las razones por las que Nikolai ha decidido obligarla a casarse. Tienes muchas otras grandes cualidades, como su afinidad por los niños. A mí también me cae muy bien; nos hemos hecho amigas en las últimas semanas.

—Siéntate, por favor —me pide Lyudmila en voz baja cuando paso junto a ella, así que me obligo a detenerme y tomar asiento en el futón frente a la cama donde Chloe se ha sentado con Slava. Él está en su regazo, abrazado a su cuello, y siento otra oleada irracional de celos, esta vez porque quiero ser yo quien lo abrace, quien se reconforte con su pequeño y cálido peso.

—Lyudmila le ha dicho que es solo un simulacro —le cuento en inglés, manteniendo la voz baja. Espero que Slava no me entienda. Gracias a Chloe, mi sobrino sabe ahora un puñado de palabras y algunas frases básicas en inglés, pero aún está lejos de dominarlo—. Se lo está tomando bien, ¿no te parece?

Chloe traga saliva y levanta la vista cuando se oyen más disparos a lo lejos. Su voz es solo ligeramente temblorosa.

—Sí. Lo está haciendo muy bien.

Yo soy un manojo de nervios… y ella también. Da golpecitos con el pie descalzo en el suelo y el ruidito me golpea el cerebro como un martillo.

—Por favor, no hagas eso —le digo, y ella se detiene, pero empieza a morderse el labio inferior.

Lyudmila, que está sentada en el otro futón, me lanza una mirada de reproche. Está tan pálida como yo, pero aguanta, aunque Pavel está ahí fuera, en peligro, igual que Nikolai.

«Lo mismo que Alexei, si es que está detrás de todo esto».

Respiro e intento controlarme, pero no me sale muy bien. Siento como si tuviera la cabeza aprisionada en una prensa que me aprieta más a cada segundo que pasa. No sé qué está pasando ahí fuera, pero me lo imagino. Tenemos un par de decenas de guardias patrullando la zona, todos ellos muy bien entrenados, y Nikolai y Pavel valen cada uno por lo menos una decena de hombres. Pero siguen siendo humanos, siguen siendo falibles. Si los atacantes han venido con una tropa numerosa...

Más disparos a lo lejos. Chloe se estremece y abraza más fuerte a Slava. Lyudmila da un brinco. Siento el cuello y los hombros como si me los hubieran fundido con metal mientras permanezco sentada, rígida, intentando no moverme.

Tap. Tap. Tap. Tap. Tap. Tap.

Maldita sea. Chloe vuelve a dar golpecitos con el pie en el suelo. Intento concentrarme en otra cosa, en lo que sea, pero el sonido me está volviendo loca, mezclado con el ritmo frenético de mis latidos y el palpitar de mis sienes.

Le lanzo una mirada fulminante, pero ella no se percata. Supongo que tendré que decírselo.

—Basta, Chloe.

Mi tono es más agudo de lo que pretendía y ella levanta la cabeza, con sus grandes ojos marrones asustados.

—Lo siento. —Mueve a Slava de una rodilla a la otra—. Estoy preocupada por ellos.

¿Está preocupada? Todo mi cuerpo es un nervio en carne viva y siento un nudo tan grueso en el estómago que podría hasta vomitar.

Los Leonov nos han encontrado.

Estoy casi segura de que son las tropas de Alexei las que están ahí fuera.

Lyudmila me mira con compasión y yo respiro entrecortadamente. Estamos en una habitación segura, pero no me siento segura para nada. ¿Cómo voy a sentirme segura si hay una guerra encima de nosotras? ¿Cuando puede haber hombres desangrándose ahí fuera? ¿Cuando sospecho que, al menos en parte, es culpa mía?

Tap. Tap. Tap. Tap. Tap. Tap.

Me pongo en pie.

—¿Puedes parar de una puta vez?

En otras circunstancias, sería comprensiva con la angustia de Chloe, pero siento que mi caja torácica se dobla sobre sí misma y el dolor de cabeza empeora por momentos. Hace poco tuve otro episodio grave, que me obligó a recurrir a las pastillas, y aún no lo he superado del todo. Cada día lucho contra el impulso de tomarme una pastilla o dos... o diez. Es muy tentador tragarse los analgésicos y flotar, olvidar el miedo y la duda siempre presentes.

¿He puesto en peligro a mi hermano y a su nueva familia escondiéndome con ellos?

¿Habría estado Alexei tan decidido a localizar el recinto de Nikolai si no sospechara que estoy aquí?

Chloe se tensa y me doy cuenta de que está a punto de replicar cuando Lyudmila se vuelve hacia mí. A pesar de su palidez, su voz es calmada y tranquilizadora cuando me dice en ruso:

—No es culpa de la chica. Solo tiene miedo por Nikolai.

Y es natural, no la culpo. Estoy aterrorizada por mi hermano, y por Pavel y todos los guardias. Y por Alexei.

El palpitar de las sienes se intensifica bruscamente y

vuelvo a hundirme en el futón, respirando entrecortadamente. Es una estupidez pensar en eso, en el peligro que corre Alexei cuando él es el peligro, pero no puedo evitarlo. Me tiembla la mano al pasármela por el pelo antes de alisarme el vestido.

Dios, soy un puto desastre.

El futón se comprime a mi lado y al alzar la vista veo a Chloe, sin Slava, que ahora está sentado solo en la cama, observándonos con curiosidad.

—¿Estás bien? —me pregunta en voz baja.

La miro fijamente en silencio y ella continúa, impertérrita.

—¿Ocurre algo más? Pareces inusualmente agitada, aunque entiendo que tienes buenas razones para estar así.

Estoy a punto de responder, pero al final niego con la cabeza. Ella no sabe nada de mí y Alexei, y no es el momento de ahondar en el tema. Además, aunque estoy convencida de que es Alexei quien está ahí fuera, no se ha confirmado oficialmente. Todavía podría ser algún otro enemigo nuestro… o incluso de Chloe.

—No es nada —digo con fuerza—. Me duele mucho la cabeza, nada más.

Su cálida mirada es empática. Conoce mis dolores de cabeza. Me cubre la mano con la suya, su delgada palma cálida sobre mi piel helada.

—¿Tienes aquí la medicación?

—No.

Su mirada se desvía inmediatamente hacia la escalera que sube al garaje.

—Ni se te ocurra —le digo secamente—. Si quiero, ya lo conseguiré yo misma. Pero ninguna de las dos debería...

Una explosión ensordecedora sacude la habitación, hace parpadear la luz del techo y llueven trozos de yeso. Se me acelera el pulso y un terror helado me invade por dentro. Por instinto, me pongo en pie de un salto, al igual que Chloe y Lyudmila. En la cama, Slava tiene los ojos muy abiertos por el miedo. Nuestra mentira del simulacro de seguridad tiene que ser cada vez menos creíble.

Me dirijo hacia él, pero Chloe se me adelanta. Lo agarra, se lo acomoda en la cadera y, antes de que pueda decir nada, oigo su voz delgada y aguda hablando en inglés, como le ha enseñado ella estos dos últimos meses.

—Mamá Chloe, ¿dónde está papá? Esto no me gusta. Quiero que venga conmigo.

Le abraza más fuerte, como la madre adoptiva en la que se ha convertido.

—Yo también, cariño. Yo también. Pero no te preocupes. Todo irá bien. Tu papá llegará pronto. Solo tenemos que esperar.

Sus palabras pretenden ser tranquilizadoras y puede que para Slava lo sean. Sin embargo, lo único en lo que puedo pensar es que acaba de estallar una explosión potencialmente mortal. Que en este mismo momento, alguien que me importa podría estar ahí fuera, yaciendo en pedazos. Podría ser Nikolai. Podría ser Pavel. Podría ser... Ay, Dios... Alexei.

Tengo que hacer algo. Si son las tropas de Alexei las que están ahí fuera, no puedo dejar que esto continúe. Tengo que detener esto. Tengo que...

Lyudmila se acerca a mí. Me rodea los hombros con el brazo, inclina la cabeza hacia mí y murmura en ruso:

—Ni se te ocurra. No harás más que estorbar. Alexei está aquí por el niño, y tu hermano no va a renunciar a él, ya lo sabes. Sea lo que sea que creas que puedes hacer, no puedes. Y yo tampoco. Lo mejor que podemos hacer es quedarnos aquí, donde mi marido y tu hermano no tengan que preocuparse por nosotros.

Tiene razón, pero, a la vez, está equivocada. A diferencia de Chloe, ella sabe lo del compromiso, pero no se da cuenta de que Alexei y yo tenemos otra historia, que Slava puede no ser la razón principal por la que Alexei está aquí, si es que está aquí. En lo que sí tiene razón es en que sería una tontería abandonar la seguridad de este búnker, para interponerse en el camino de lo que sea que esté pasando por encima de nosotros. Lyudmila y yo tenemos buena puntería, gracias al entrenamiento de Pavel, pero nunca hemos estado en combate. Fijo que seríamos un lastre ahí fuera y...

—¿Qué crees que ha provocado eso? —pregunta Chloe de repente. Al darse cuenta de que está asustando a Slava, lo abraza más fuerte y continúa con una voz más firme—: Me refiero a la explosión. ¿Creéis que...?

Curiosamente, su pánico me tranquiliza un poco.

—Podría ser una granada propulsada por cohete —

digo, tratando de disimular el terror que siento con un tono de voz plano y sin emoción mientras me aparto de Lyudmila. Tengo que serenarme, por el bien de todos—. Puede que la hayan lanzado contra el garaje para acabar con nuestros vehículos y eliminar la opción de escapar. O eso, o han colocado explosivos de forma manual en la entrada del garaje, lo que significaría que ya están aquí, dentro de casa.

Para mi sorpresa, las palabras que salen de mi boca tienen algún tipo de sentido. Intento pensar racionalmente, analizar más a fondo la situación.

Si están en casa, tenemos que prepararnos.

Tratando de no dejarme llevar por las emociones que amenazan con ahogarme, me acerco a la pared de monitores.

Chloe parece estar en la misma onda porque pregunta:

—¿Hay armas aquí abajo? He estado varias veces en un campo de tiro, así que puedo... —Se detiene al verme presionar la pared con la palma de la mano, que se desliza y deja al descubierto una amplia colección de armas.

—Mi hermano lo tiene todo previsto —digo mientras meto la mano y cojo una Glock. Esta es una de las muchas armerías escondidas por toda la casa. Nikolai me las enseñó todas cuando llegamos—. Es poco probable que encuentren esta habitación pronto, pero si dan con ella, estaremos preparadas —continúo mientras cargo el arma.

Chloe deja a Slava en el suelo y se dirige hacia la armería, pero el niño la abraza por las piernas.

—Quiero a papá. —Se le saltan las lágrimas y echa la cabeza hacia atrás para mirarla—. ¿Dónde está?

Noto una punzada de dolor en el pecho. Quiero ir a tranquilizarlo, pero Chloe ya está en ello. Le acaricia el pelo oscuro, con una expresión suave y una voz ligeramente afligida.

—No lo sé, cariño, pero estoy segura de que lo veremos pronto. De momento, tenemos que estar preparados, ¿vale? Para que tu papá sepa que no fallamos en este simulacro y que podemos cuidarnos solos; que todos somos fuertes, como Superman.

Slava deja escapar un bufido pero le suelta las piernas a Chloe, lo que le permite moverse.

—Buen chico —murmura y mira a Lyudmila, que ahora también se está armando. Por alguna razón, eso vuelve a activar a Chloe. Su voz sube de volumen—. ¿Qué coño hacemos aquí abajo? Deberíamos estar ahí fuera, ayudándoles. —Entonces se controla un poco, modera el tono y coge una pistola—. Tal vez una de nosotras puede quedarse aquí para vigilar...

Otra explosión retumba en la sala de seguridad, hace que se desprenda más yeso sobre nuestra cabeza y rompe la frágil fachada de calma que he creado. El terror me llena el estómago de fragmentos de cristal y una nueva descarga de adrenalina me satura las venas cuando las luces parpadean varias veces antes de apagarse por completo, dejándonos a oscuras, con el único ruido de los disparos amortiguados, lejos.

Nikolai. Alexei.

No. Joder, no. No puedo pensar en que ninguno de ellos salga herido ahora mismo. O Pavel o cualquiera de nuestros guardias. Tengo que concentrarme en lo que puedo controlar. Me doy la vuelta, avanzando a tientas por la oscuridad hacia donde he visto a los demás por última vez, cuando me llega la voz tensa de Chloe:

—¿Slava? Slava, ¿dónde estás? Alina, Lyudmila, ¿estáis ahí? ¿Dónde está Slava? No encuentro a Slava.

Los fragmentos de cristal se expanden y me llenan el pecho.

—Estaba a tu lado. —Cambio al ruso y alzo la voz—. ¡Slava! Slavochka, ¿dónde estás?

No hay respuesta.

El pánico de Chloe se refleja en su voz.

—¡Slava! Esto no es un juego. No estamos jugando al escondite. Lyudmila, ¿lo ves?

Lyudmila responde en su inglés poco gramatical y parece igual de preocupada.

—No. Quizá se ha hecho daño. Ahora busco alguna luz.

Sí, tal vez unas linternas. Buena idea. Avanzo a tientas hacia los cajones del fondo, donde se supone que están, cuando oigo a Chloe gritar:

—¿Slava? ¡Slava, ven aquí!

¿Lo ha encontrado? Me giro y parpadeo ante la débil luz que viene del otro lado de la habitación. Chloe ya se dirige hacia ella, gritando el nombre de

Slava, y para mi horror, me doy cuenta de dónde procede la luz.

La escalera que sube al garaje.

La trampilla del techo debe de estar abierta.

Chloe ya está trepando por la escalera. Corro tras ella.

—¡Chloe, espera!

Lyudmila se materializa delante de mí y me corta el paso justo cuando un olor agudo y acre llega a mis fosas nasales.

Humo.

Viene de arriba.

El garaje o la casa están ardiendo.

—Espera —me espeta Lyudmila—. Tenemos que...

La empujo a un lado.

—¡Déjame pasar! Slava está...

—¡No podemos salir corriendo! —Me agarra del brazo—. Necesitamos un plan.

Tengo un plan, pero no le va a gustar. Me tiembla todo el cuerpo, mi piel está tan helada que bien podría ser un día de invierno en lugar de una noche de septiembre inusualmente cálida.

—Quédate aquí —le digo; mis palabras se confunden unas con otras—. Sé exactamente lo que hay que hacer.

Me zafo de ella antes de que pueda replicar y corro hacia la escalera. Sigo teniendo la pistola en la mano, y su peso frío me asquea y me tranquiliza a la vez. Me agarro la falda larga con la mano libre, me la subo hasta los muslos y trepo por la escalera, ignorando cómo se enganchan los tacones en cada peldaño.

Cuanto más subo, más fuerte es el olor a humo y, cuando salgo al garaje, me arden los ojos y la garganta. Me arrodillo y aspiro una bocanada de aire relativamente limpio, luego contengo la respiración mientras me levanto y contemplo la escena que tengo delante.

Parece sacada de una zona de guerra: humo y llamas parpadeantes, coches cubiertos de una capa blanca de yeso roto, con las ventanillas destrozadas por la fuerza de la explosión. La explosión ha abierto un enorme agujero en la gran puerta metálica del garaje; a su paso no ha dejado nada más que bordes destrozados y fuego.

Ese fuego ilumina lo suficiente para ver el vestido blanco de Chloe en el camino de entrada; su postura es toda tensión cuando se detiene bruscamente.

Me agacho para aspirar otra bocanada de aire medio limpio y corro tras ella, con los talones crujiendo sobre cristales rotos y yeso. Me arde la garganta, me lloran los ojos y me duele la cabeza, pero sigo adelante, sigo avanzando hacia la escena que sé que me destrozará de una forma u otra.

El tiempo parece ralentizarse, cada paso requiere un esfuerzo desmesurado, cada segundo se alarga hasta convertirse en una eternidad a medida que se vislumbra el enfrentamiento mortal en el camino de entrada.

Mi hermano y Alexei se están apuntando el uno al otro con sus armas.

Y en medio, Slava, con los ojos muy abiertos por el miedo y la incomprensión.

Algo frío y claro dentro de mi mente tamiza las implicaciones. Ya no se oyen disparos, así que los hombres de Alexei deben de haber neutralizado a los guardias de Nikolai en el perímetro del complejo. ¿Y Pavel? Se supone que protege la casa. ¿Está vivo? Por favor, que esté vivo.

Alargo las zancadas, pero es como si avanzara sobre melaza. La entrada parece imposiblemente lejana cuando Chloe saca su pistola y apunta a Alexei.

—¡Suelta el arma y retrocede! —Su voz es un graznido tembloroso y ronco por el humo.

«¡No, tonta! Te matará», quiero gritarle, pero tengo los pulmones en carne viva por la falta de aire, y necesito hasta la última pizca de oxígeno para llegar hasta allí y detener la pesadilla que está a punto de desatarse.

La mirada de Alexei se desvía hacia ella. «No. Por favor, no lo hagas». Para mi alivio, no se mueve.

—Ven aquí, Slavchik —dice en ruso. Su voz profunda y desconcertantemente tranquila me produce escalofríos—. Rápido.

La respuesta gruñona de mi hermano es en inglés.

—Mi hijo no se irá a ninguna parte contigo. Slavochka, ponte detrás de mí. ¡Ahora!

Apenas oigo las palabras por encima del rugido de los latidos de mi corazón. Las llamas de la entrada se acercan cada vez más y danzan en mi campo de visión. En el camino de entrada, mi sobrino es la viva imagen de la confusión; su mirada rebota entre los dos hombres que conoce.

—¿Tío Lyosha? ¿Papá?

Como la valiente idiota que es, Chloe se adelanta.

—Slavochka… Por favor, ven conmigo. Mamá Chloe te necesita aquí.

Mi sobrino vacila, como si supiera lo que va a pasar cuando ya no esté entre los dos hombres armados hasta la muerte, pero toma una decisión. Cuando Chloe da otro paso cauteloso hacia delante, él se lanza hacia ella, moviendo las piernecitas con fuerza, y ella lo agarra del brazo y lo empuja detrás de ella.

¡Ra-ta-ta-ta-ta!

Tropiezo y me apoyo contra un coche mientras el horror me deja como un flan y me nubla la vista. Tardo un segundo en darme cuenta de que me he imaginado la explosión de disparos, de que todo en el camino de entrada sigue como estaba.

Aspiro una bocanada de humo cuando mis torturados pulmones se rinden; solo estoy lo bastante cerca de la entrada para que el aire vuelva a ser respirable. Me alejo del coche y contengo la tos al oír la áspera carcajada de Alexei.

—Mamá Chloe, ¿no? —balbucea en inglés. El sonido de su voz, oscura y burlona, hace que me vuelvan a flaquear las rodillas—. Cariño…, como muevas un músculo más, te volaré los sesos y luego los de tu maridito. Por cierto, felicidades por la boda. Supongo que ha sido muy reciente.

Todavía estoy intentando mover las piernas cuando mi hermano responde en un tono letalmente suave:

—No es asunto tuyo, joder. Ahora vete antes de que pinte el suelo con tus sesos. Como parece que somos familia y todo eso, te dejaré marchar antes de que lleguen los guardias.

—¿Qué guardias? —Incluso a través del humo, capto un destello de los dientes blancos de Alexei cuando los enseña en una sonrisa afilada y cruel—. Ahora solo estamos aquí mis hombres y yo. Y estás chalado si crees que me voy a ir sin lo que he venido a buscar. Entrega al hijo de mi hermana y a Alina, y quizá, solo quizá, os deje vivir a ti y a tu preciosa novia. Viendo que estamos a punto de ser una familia aún más cercana y todo…

El corazón me da un vuelco y casi me pierdo las siguientes palabras de mi hermano, pronunciadas con una voz aún más suave:

—Tienes exactamente treinta segundos para callarte e irte antes de que abra fuego.

Alexei vuelve a mirar a Chloe.

—¿Con ella y el niño aquí? No lo creo. Además, mis francotiradores os tienen a los dos en el punto de mira.

—Mentira —dice mi hermano fríamente—. No tienen un tiro claro.

La sonrisa de Alexei es puro salvajismo.

—¿No? ¿Nos apostamos algo? En cualquier caso, lo único que tengo que hacer es esperar y mis hombres derribarán al tirador de tu tejado, momento en el que estarás completamente rodeado y yo me llevaré lo que he venido a buscar.

Recupero la fuerza en las piernas. El tirador en el tejado debe de ser Pavel. Todavía está vivo. Me impulso hacia delante mientras la voz de Nikolai se vuelve hielo puro.

—No si estás muerto para entonces. Te quedan veinte segundos. Diecinueve. Dieciocho…

Alexei entrecierra los ojos y leo la muerte de mi hermano en sus negras profundidades, y en la tensa postura de Nikolai alcanzo a ver la muerte de Alexei. La violencia inunda el aire, sus espesos y nocivos vapores son tan tóxicos como el humo que se arremolina a mi alrededor.

Es ahora o nunca.

Nos hemos quedado sin tiempo ya.

Cubro el último metro para irrumpir en la vista.

—¡Para! —Me lloran los ojos por el humo mientras cruzo el agujero irregular que ha dejado la explosión, con la pistola a un lado y la mirada fija en el hombre del que llevo casi media vida intentando escapar—. Para, Alexei, por favor. Slava no irá a ninguna parte, lo sabes. Mi hermano no renunciará a su hijo. Y él no es… —Se me quiebra la voz al darme cuenta de lo que estoy haciendo—. No es a él a quien quieres.

A mi lado, Chloe suelta un suspiro, pero no le hago ni caso y clavo mis ojos en los de Alexei. Su mirada me abrasa a su vez, y su hambre oscura y voraz es visible incluso desde esta distancia. Se me acelera el corazón.

Vestido con una equipación táctica negra y con el arma en las manos, mi némesis parece tan letal como sé que es, pero incluso ahora, una pequeña parte de mí suspira por él... y una parte aún más pequeña, una que no quiero reconocer, llora de gratitud al verlo con vida.

—Alina, vuelve. —La voz de mi hermano es como un cuchillo, pero también paso de él. Esto es entre Alexei y yo.

Una especie de calma entumecida me envuelve mientras alzo la pistola y le apunto. Mi voz es uniforme cuando anuncio:

—Puedes escoger. Sé que tienes una puntería excelente, pero mi hermano también la tiene, y yo también. Y Lyudmila, que está ahí dentro. —Hago un gesto con la cabeza hacia el oscuro garaje. Voy de farol, pero no puedo dejar que Alexei lo sepa. Con un esfuerzo sobrehumano, prosigo con el mismo tono uniforme—: Quizá puedas abatir a uno o dos de nosotros antes de que te alcancen nuestras balas... y puede que tus francotiradores te echen una mano..., pero nadie va a salir indemne. Puede que tengas la ventaja de las tropa que nos rodea, pero aquí mismo te superamos en número. Además... —Consigo inyectar sarcasmo en mi voz—. ¿De qué te sirvo muerta, no?

—Alina, cállate y vuelve dentro —dice Nikolai con dureza—. No tienes que...

—Iré contigo —continúo como si mi hermano no hubiera hablado—. Cumpliré el contrato del compromiso. Y, a cambio, retirarás a tus hombres y te olvidarás de mi sobrino. Su hogar está aquí, con su padre y Chloe... ya lo ves.

La mirada de Alexei se desvía hacia Chloe durante un brevísimo instante, contemplando cómo Slava se aferra a ella mientras lo protege con su cuerpecito, tan feroz como una mamá osa. Los ojos del niño están muy abiertos y asustados; todos hemos estado hablando en inglés, así que no entiende los pormenores de la situación, pero debe de intuirlo por la tensión en nuestras posturas y por las armas con las que nos apuntamos los unos a los otros.

Como Alexei intente llevarse a su sobrino además de a mí, esto será una escabechina y el trauma irreparable que sufrirá el niño pesará sobre su conciencia.

Alexei vuelve a mirarme a la cara y me estremezco al ver la furia —y el deseo voraz— que hay en ella. Sin embargo, su voz refleja la mía en su uniformidad.

—De acuerdo. Trato hecho. —Suelta el arma y camina hacia mí.

—¡No lo hagas, joder! —exclama Nikolai—. Puedo con él.

—Tal vez. —El pulso me late enfermizamente en las sienes mientras dejo el arma en el suelo—. O quizá muráis los dos. Y quizá mueran Chloe y Slava, también. Piénsalo.

—No pienso dejar que hagas esto —dice Nikolai, tenso.

La sonrisa que brota de mis labios me recubre la lengua de amargura.

—No es tu decisión, hermano. Ni tampoco la mía. Todo ese asunto del destino en el que crees... Bueno, digamos que el mío se decidió cuando tenía quince años y ya es hora de que deje de huir de él. Tú y Konstantin ya me habéis protegido suficiente.

Antes de que pueda seguir discutiendo, me apresuro a acercarme a Alexei, que me agarra el codo con fuerza en cuanto estoy a su alcance y me atrae hacia él, aprisionándome a su lado con aire posesivo. Incluso con el humo persistente en las fosas nasales, capto ese olor a bosque salvaje, y mi cuerpo vibra ante su proximidad, noto escalofríos y fogonazos de calor en la piel mientras lucho por dominar la compleja mezcla de emociones que siempre me genera la cercanía a Alexei.

Después de todo este tiempo, todos estos años, él está aquí.

Ha venido a reclamarme.

En el fondo, siempre he sabido que vendría.

Al otro lado del camino, el gesto de mi hermano se retuerce de furia. Se dirige hacia nosotros, pero se detiene cuando Alexei aprieta el gatillo.

—No, Kolya —digo con voz ronca mientras Alexei empieza a arrastrarme hacia la línea de árboles, con el arma apuntando aún a Nikolai. Cada palabra es un clavo más en mi ataúd, pero sigo adelante, alzando la voz a medida que aumenta la distancia entre mi hermano y yo—. Estaré bien. Cuida de Chloe y Slava, y nos vemos en Moscú algún día, ¿vale? Y dile a Konstantin que no me busque. No quiero que se derrame sangre en mi nombre.

Grito las últimas palabras mientras el oscuro bosque se cierra a nuestro alrededor y me deja a merced de mi captor, el hombre con el que acabo de aceptar casarme.

Mi peor pesadilla hecha realidad.

CAPÍTULO 27

Alexei abre la puerta del camarote y me lleva dentro con la mano en el codo. En los dos minutos que hemos tardado en llegar, la tormenta ha arreciado; la lluvia torrencial azota ahora las ventanas y los relámpagos caen dos veces seguidas. Los truenos se suceden un segundo después, y doy otro brinco aunque ya los esperaba, señal de lo nerviosa que estoy.

Pues ya está.

Se acabó huir, esconderse y demorarlo todo.

Después de más de una década, ha llegado mi día de ajustar cuentas.

Alexei me gira hacia él antes de soltarme el brazo. Con el sol oculto tras las densas nubes, el camarote está envuelto en sombras, la luz del día que se filtra por las ventanas es demasiado débil para disiparlas. Demasiado gris para ahuyentar la oscuridad que me rodea o el miedo que me retuerce por dentro y me acelera el pulso.

El miedo… y el deseo.

Trago saliva con dificultad y retrocedo cuando otro rayo ilumina el camarote por un instante, resaltando las líneas afiladas y tensas del rostro de Alexei y el deseo abrasador de sus ojos.

—No tienes ni idea de cuánto tiempo llevo deseándote —dice en voz baja y gutural mientras se lleva la mano al dobladillo de su camiseta negra. Con un movimiento rápido, se la quita por la cabeza y la deja caer al suelo. Su voz se convierte en un gruñido áspero—. Cuánto tiempo te he esperado…

Toda la saliva de mi boca se evapora mientras el camarote se inclina a nuestro alrededor, el yate mecido por las olas cada vez más grandes.

—No es precisamente esperar si te follas a otras mujeres. —Creo que sueno coherente, pero no puedo estar segura. El corazón me golpea las costillas y la piel me arde como si tuviera fiebre. Nunca he visto a Alexei sin camiseta, ni siquiera en las fotos de mis detectives privados, y las líneas poderosas y masculinas de su torso superan todo lo que mi imaginación ha evocado a lo largo de los años.

Unos hombros gruesos y musculosos, unos pectorales fuertes y definidos que se van estrechando hasta llegar a una cintura delgada, con todos los músculos abdominales bien delineados. Al igual que sus brazos, su pecho está decorado con tatuajes que forman un intrincado dibujo oscuro sobre su piel morena. El vello negro se arremolina alrededor de sus pezones y cubre la parte central de su pecho, y más abajo, una línea más gruesa de vello divide en dos la parte inferior de su abdomen antes de desaparecer dentro de sus vaqueros de tiro bajo.

Nunca he pensado en Alexei Leonov en términos de belleza, pero es guapo. Terrible y apuesto, como la representación misma de un demonio hecha por un escultor.

Sus abdominales se ondulan y suelta una risa corta y áspera.

—¿Crees que me he estado follando a otras mujeres?

Me obligo a mirarlo a la cara.

—¿No te has follado a otras tías?

La expresión de sus duros rasgos me deja sin aliento.

—No, bella mía. Desde el momento en que firmamos nuestro contrato de compromiso, no he besado a otra mujer.

Trago saliva, retrocedo por instinto otra vez, y él viene tras de mí, cada zancada como el acecho mortal de un depredador. Se me acelera el pulso cuando toco la cama con las rodillas y él se cierne sobre mí.

Me agarra las mejillas, me hace un mohín con los labios y se inclina hacia mí, con sus ojos de ónice clavados en mí.

—Quería hacerlo —dice con una voz áspera y oscura—. Claro que he querido, joder. Tantas veces quise olvidarte, alejarme y encontrar a otra persona… a quien fuera. Pero no hay nadie más para mí. Lo supe desde el momento en que te vi en aquel pasillo frente al despacho de tu padre, cuando aún eras una puta niña... una niña vestida y maquillada para parecer una adulta.

Me empuja sobre la cama, y estoy tan aturdida que no opongo resistencia mientras me cubre con su cuerpo grande y duro, inmovilizándome. Se apoya en un codo y enreda la otra mano en mi pelo. Su mirada me quema mientras continúa.

—Creía que tenías dieciocho, diecisiete en el peor de los casos, pero ni siquiera tenías catorce. Y te deseaba, joder. ¿Sabes en qué me convertía eso?

Parpadeo y le miro, con las manos agarrando las sábanas a ambos lados.

—No... yo...

—En un puto pervertido. En un pedófilo no mejor que ese dichoso profesor tuyo.

Se me corta la respiración.

—¿Por eso lo mataste?

—Te tocó. —La rabia se enciende en sus ojos y reverbera en su voz—. Vi cómo te tocaba. Todos esos meses, me esforcé por olvidarte, diciéndome a mí mismo que eras demasiado joven, que era imperdonable desearte, y ahí estaba él, deseándote sin ningún tipo de vergüenza. Tocándote como si tuviera derecho a hacerlo.

No sé cómo, pero encuentro una pizca de sarcasmo.

—Y ese derecho tendría que haber sido tuyo, ¿no?

—Exacto. —Sus ojos brillan en el interior sombrío del camarote mientras su voz se vuelve peligrosamente sedosa—. Fue entonces cuando supe que tenía que organizar nuestro compromiso.

Sus palabras me aturden de nuevo, hasta el punto de que tardo un segundo en encontrar las palabras.

—¿Tú... tú lo organizaste todo? ¿No fueron nuestros padres? Pero...

—A ver, creían que había sido idea suya. —Un relámpago ilumina su afilada sonrisa—. Tu padre, en particular, estaba convencido de que todo era obra suya... de que estaba manipulando a mi familia para que hiciera lo que él quería. —Me suelta el pelo y me agarra la mandíbula con la mano. Un trueno retumba en la habitación y, cuando se desvanece, continúa con la ternura de su tacto en marcado contraste con la oscuridad de sus palabras—. El compromiso era la mejor forma de asegurarme de que fueras mía cuando fueras adulta, de que ningún otro hombre aparte de mí te tuviera jamás. La alternativa, secuestrarte y mantenerte encerrada hasta que tuvieras edad suficiente, iba a ser mi plan B, pero por suerte para ti, no tuve que ponerlo en práctica. —Tuerce la boca—. O quizá por mala suerte. Todavía me arrepiento de no haberte llevado conmigo el día que cumpliste los dieciocho.

Se me contraen los pulmones con cada palabra que pronuncia hasta que mi respiración es tan superficial que no puedo aspirar suficiente aire. Es como si la tormenta de fuera absorbiera todo el oxígeno del camarote, el viento racheado penetrara por las ventanas y trajera un frío que invadiera todo mi cuerpo y me congelara por dentro.

Alexei fue quien orquestó el compromiso.

No había sido un acuerdo comercial que hubiera aceptado a regañadientes solo porque yo fuera guapa. Era algo que había querido desde el principio, algo que había orquestado él. Después del fiasco de mi fiesta de dieciocho años, sabía que me deseaba y que tenía intención de casarse conmigo, pero seguía pensando que se aprovechaba de una mala situación. Atribuí su acecho a la lujuria mezclada con algún deseo perverso de cumplir los deseos de su padre, pero resulta que no era nada de eso.

Cuando yo era solo una niña, decidió que me quería, y ligó mi vida a la suya con una crueldad que enorgullecería a Maquiavelo, una crueldad tanto más aterradora porque él mismo solo tenía diecinueve años.

Si pudo hacerlo entonces, ¿de qué es capaz ahora que tiene treinta?

¿Hasta dónde llegará para asegurarse de que siga siendo suya?

Como si leyera mis pensamientos, Alexei desplaza la parte inferior de su cuerpo hasta colocarse directamente sobre el mío. Algo duro me aprieta el muslo, me acelera el pulso y enciende una llama familiar en mi interior, un calor que ahuyenta parte del frío que siento.

—Ahora te tengo —susurra con brusquedad, pasándome el pulgar por la mejilla—. Te tengo y no te dejaré marchar. Así que acéptalo, Alinyonok. Puedes luchar si quieres, pero no servirá de nada.

No, claro que no. Otro relámpago ilumina la habitación y revela el calor volcánico de sus ojos oscuros y la intención despiadada de la dureza de sus rasgos. Ya no tiene paciencia. Hace once años, escogió este destino para nosotros, para mí, y no hay escapatoria.

—Te odio —susurro mirándolo fijamente. Me arden los ojos y la garganta de lágrimas no derramadas, pero fuerzo las palabras porque son la única arma que me queda—. Por el compromiso y por todo lo que has hecho desde entonces, siempre te odiaré.

Se le tensa el rostro, como si le hubiera propinado un golpe físico, pero luego sonríe de nuevo y es una sonrisa cruel y oscura.

—Que así sea. Pero durante el resto del día, me vas a amar...

Y moviendo la mano para rodearme la garganta, aplasta sus labios contra los míos.

Capítulo 28

Presente, ubicación desconocida

¿Es amor si no es tu elección?

¿Es a la fuerza si la abrazas?

Algún día pensaré en ello. Un día, encontraré las respuestas.

Ese día no es hoy.

Mientras la tormenta arrecia en el exterior y las olas sacuden el yate de un lado a otro, lo único de lo que soy consciente es de la vorágine que crece en mi interior, del modo en que el beso de Alexei me absorbe en un vórtice de deseo carnal.

Me agarra la garganta con una mano y explora mi boca con la misma crueldad con la que se empecinó en capturarme. Me introduce la lengua hasta el fondo y percibo un ligero aroma a champán en su aliento, saboreo su victoria sobre mí mientras mi cuerpo se enciende con un fuego que me resulta familiar. Instintivamente, levanto las manos para aferrarme a los duros músculos de sus hombros. Su piel desnuda es cálida y suave bajo mis palmas, y me sorprendo recorriendo con mis manos sus potentes brazos, sus costados, su espalda, buscando más mientras correspondo al beso sin poder evitarlo.

No me sujeta la garganta con tanta fuerza como para impedirme respirar, pero la cabeza me sigue dando vueltas por la falta de oxígeno cuando se asienta con más firmeza sobre mí, y su peso duro y pesado impide que mis pulmones aspiren suficiente aire. O quizá me está robando todo el aire con su beso, como el demonio que es. En cualquier caso, me siento atrapada en un oscuro sueño; una pesadilla erótica en la que mi cuerpo se niega a cumplir mis órdenes.

Debería estar forcejeando. Debería estar arañando y pataleando para escapar, pero en lugar de eso, me arqueo febrilmente hacia él, separo los muslos para acunar el duro bulto de sus vaqueros contra la parte de mí que late y palpita con un deseo desesperado por él.

Un gruñido le retumba en la garganta y aparta los labios, respirando con dificultad. Me mira con sus ardientes ojos de ónice, se recoloca para apoyarse en el codo de la mano con que me sujeta el cuello y engancha la otra mano en el corpiño de mi vestido. Con brusquedad, tira de él, rasgando la exquisita tela junto con mi sujetador para dejar mis pechos al descubierto ante su mirada.

Cuando sus ojos vuelven a encontrarse con los míos, son tan voraces que me estremezco por dentro.

—Tú… —Su voz es baja y ronca—. Tú, Alinyonok, lo eres todo.

Sin darme tiempo a responder, inclina la cabeza y cierra los labios en torno a mi pezón izquierdo. Su boca es suave y húmeda, su aliento me abrasa, y cuando sus mejillas se ahuecan por la succión, siento un tirón de respuesta en lo más profundo de mi ser. Jadeo por la fuerza, por la repentina tensión erótica, y él repite la acción con mi otro pezón antes de enganchar las manos en los bordes rasgados de mi vestido y rasgarlo aún más, desnudando mi estómago tembloroso a sus labios y lengua voraces.

Joder. Joder. Joder.

Aprieto los ojos y entierro los dedos en su pelo mientras recorre mi cuerpo con la boca abierta, desgarrando por el camino lo que queda de mi vestido. Sé adónde va y sé que debería detenerlo, pero no puedo. Sencillamente, no puedo. Cada célula de mi cuerpo está al límite, cada músculo tan tenso que tiembla. Unas oleadas de calor irradian desde mi interior mientras me rodea el ombligo con la lengua y luego baja, baja… Dios mío. Le agarro el pelo con los puños mientras me arranca el tanga, y su aliento caliente baña mi tierna carne antes de que sus labios empiecen a presionar mi sexo.

Se da un festín a base de mordisquitos, usando más los labios que la lengua, y todo me supera; es mucho más de lo que imaginaba y las sensaciones son chocantes y exquisitamente profundas. Solo explora mis pliegues exteriores, no el palpitante centro nervioso de mi interior, pero siento cada beso, cada lametón, cada suave roce de sus dientes como si lo hiciera directamente sobre mi clítoris. El placer, dulce y agudo, me recorre, aumentando la tensión, y a la vez se me antoja demasiado e insuficiente.

—Por favor... —Arqueo las caderas, necesito más. Buscando más—. Alexei, por favor...

No me hace caso. Me aprieta los muslos con sus fuertes manos y continúa con el tierno tormento a mi carne, los besos y mordisquitos son tan suaves que hacen enloquecer. Jadeo y le hinco las uñas en el cuero cabelludo, pero él sigue a lo suyo y la tensión crece hasta hacerme vibrar, hasta que unos gemidos y unas súplicas incoherentes se me escapan de la garganta. Solo entonces separa mis pliegues con la lengua y, por fin, presiona su boca donde más lo necesito: directamente sobre mi dolorido y palpitante clítoris.

Jadeo, haciendo fuerza contra su agarre mientras el placer se dispara de una forma abrumadora que roza el dolor. Su lengua es suave y húmeda, peligrosamente hábil. Estoy insoportablemente cerca del clímax y él me mantiene ahí, en equilibrio sobre el filo de la navaja, entre la agonía y el éxtasis. Voy a morir. Va a matarme, lo noto. Estoy ardiendo, sudando, temblando, con el corazón latiéndome tan fuerte que está a punto de estallar, y entonces me introduce un dedo dentro, cada vez más profundo en mi empapada estrechez, y lo curva como ha hecho antes..., y yo exploto.

Me corro con tanta fuerza que veo relámpagos detrás de mis párpados cerrados, y hasta el último nervio de mi cuerpo tiembla mientras una oleada tras otra de éxtasis se abate sobre mí, provocándome espasmos en los músculos internos y dejando mi mente total y completamente en blanco.

Sigo dejándome llevar por los frutos del placer cuando él se coloca encima de mí y vuelve a cubrirme con su cuerpo. El orgasmo ha sido tan intenso que me siento como si me hubieran drogado, y los párpados me pesan un kilo cuando los abro para mirarle a la cara. Tiene la mandíbula tensa y la frente salpicada de gotitas de sudor mientras se acomoda sobre mí y me agarra las muñecas con una mano fuerte para sujetármelas por encima de la cabeza. Su expresión es implacable, decidida, y una punzada de inquietud penetra en la niebla sensual que me envuelve cuando, con una claridad creciente, recuerdo el punzante dolor que sentí cuando me rompió el himen con los dedos.

—Alexei... —Me humedezco los labios y se me aceleran los latidos al recordar la enorme presión de su polla empezando a empujar en mi interior junto antes de que irrumpieran mis guardaespaldas—. Alexei, yo...

Me besa. Es un beso dulce y tierno, nada que ver con la forma en que me ha devorado poco antes. Me saboreo en sus labios, y el recuerdo de lo que me ha hecho y del increíble placer que he experimentado reaviva el calor en mi interior y alivia la tensión acumulada en mis músculos. Sus labios son suaves sobre los míos, las caricias de su lengua son mansas y tranquilizadoras, y me sorprendo derritiéndome contra él a pesar del miedo... incluso cuando siento la punta suave y ancha de su polla empujando en el sexo.

Es tan grande como recuerdo de nuestro último

encuentro, pero esta vez no duele, al menos al principio. Empieza como una tirantez ignota y la lubricación natural de mi cuerpo le facilita la entrada. Pero luego…, ay, Dios, la tirantez aumenta y escuece cuando mi carne se resiste a una penetración más profunda. Me tenso, se me corta la respiración e intento apartarme de su beso, pero me agarra la mandíbula con la mano libre y me obliga a mirarle.

Respiro entrecortadamente y le miro mientras un destello cegador ilumina el camarote, seguido de un trueno. La lluvia es ahora un tamborileo constante que casi ahoga mi pulso. Con las muñecas sujetas por encima de la cabeza, el vestido rasgado por la mitad y su polla hundida parcialmente dentro de mí, nunca me había sentido tan vulnerable, tan indefensa. Más a su merced.

Su pecho también se mueve por lo agitado de su respiración, tiene la mandíbula tensa por el esfuerzo de contenerse, de no empujar como sin duda reclama su instinto masculino. Una gota de sudor le resbala por un lado de la cara mientras dice con voz ronca:

—Alinyonok… No quiero hacerte daño, pero…

—Mentiroso —susurro con una exhalación temblorosa. Claro que quiere hacerme daño. ¿Cómo no va a quererlo? Por huir de él, por desaparecer, por rechazarle durante todos estos años…, no es posible que no quiera hacerme daño o castigarme, aunque sea un poquito.

Se le enciende los ojos y sé que tengo razón. Conscientemente o no, no solo quiere poseerme, quiere hacerme pagar por todo. Y en cierto modo, yo también lo quiero. Porque me lo merezco. Porque lo necesito.

Si hubiera sido menos cobarde, podríamos haber estado aquí hace años, sin tanto sufrimiento vivido y sin todas esas muertes.

Ahora que nos miramos fijamente, veo el momento exacto en que se quiebra su férreo autocontrol. Un escalofrío recorre su potente cuerpo y, con un gruñido gutural, se abalanza sobre mí y me penetra hasta el fondo de una sola embestida brutal. La sacudida me recorre el cuerpo, me corta la respiración y se me tensan los músculos. Esta invasión despiadada es más que tirantez, y las lágrimas que he estado conteniendo se me escapan por el rabillo del ojo mientras me retuerzo contra él; todos mis tejidos internos luchan por adaptarse a su inmensa envergadura. El dolor acalla los últimos restos de calor en mi interior y dejan una fría y amarga sensación de transgresión…, la siento como una especie de victoria.

Lo último que quiero es disfrutar de esto.

Sin embargo…, consigue detenerse, con los dientes apretados mientras se mantiene quieto, con la polla metida hasta el fondo. Detiene la mirada en las lágrimas que me han resbalado por las sienes, maldice y cierra los ojos. Cuando los abre, brillan con una determinación sombría.

—No —gruñe—. Buen intento, pero esto no va a ser así.

Sin dejar de sujetarme las muñecas, traslada su peso

a ese codo y mete la mano libre entre nuestros cuerpos, bajándola hasta donde estamos unidos. Sin dudarlo, encuentra mi clítoris y lo presiona, haciendo que se me corte la respiración por un motivo distinto. Ya no es dolor lo que recorre mis terminaciones nerviosas y hace que mis músculos internos se contraigan alrededor de su gruesa polla, ni tampoco es precisamente placer. Pero cuando empieza a mover los dedos trazando pequeños círculos, noto que muevo las caderas al mismo ritmo, persiguiendo más aquella sensación de distracción, esa presión que no elimina la dolorosa plenitud de mi interior, pero la hace tolerable. La hace... ¡ah, joder!

Cierro los ojos, no quiero que vea la derrota en mi mirada, pero él lo sabe igualmente. Siempre lo sabe. Posa los labios en mis pestañas, luego en mis sienes para absorber mis lágrimas, y con los dedos acelera el ritmo. Con una paciencia demoníaca y sobrenatural, me excita y hace que mi cuerpo se derrita en contra de mi voluntad. Al poco, regresa el calor de mi interior, al igual que la tensión. No debería poder responder otra vez, no con este cuerpo tan despiadadamente lleno, pero no puedo evitarlo. Respiro entre jadeos, el cerebro se me llena de endorfinas mientras muevo los brazos en un esfuerzo inútil por soltarme las muñecas, y la tensión erótica crece, reemplaza el dolor y lo ahoga todo salvo el convencimiento de que he perdido esta batalla... y de que, al final, también perderé la guerra.

—Mírame —me ordena con voz ronca, y no tengo más remedio que obedecer.

Abro los ojos y le sostengo la mirada mientras empieza a moverse dentro de mí, llenándome de embestidas duras y enérgicas, con el rostro tenso por el esfuerzo de controlarse. Entonces, aquel control antinatural vuelve a resquebrajarse y me penetra con todo el salvajismo que ha mantenido tan cuidadosamente a raya. Cada embestida feroz con la polla me llena y me destruye, me eleva cada vez hasta que se me nubla la vista y suelto la respiración entre dientes. Hasta que todos los músculos de mi cuerpo sufren espasmos y se liberan mientras grito su nombre..., mientras él gime y empuja aún más hondo antes de estremecerse sobre mí con su propio y fuerte orgasmo.

Hasta que no haya duda de que ha ganado... y ahora soy suya.

CAPÍTULO 29

PRESENTE, UBICACIÓN DESCONOCIDA

Cuando Alexei me lleva al cuarto de baño contiguo, la tormenta ya ha pasado y las olas golpean suavemente el casco. A través del ojo de buey que hay junto a la bañera, atisbo el claro cielo nocturno salpicado de estrellas antes de que Alexei accione el interruptor de la luz con el codo e inunde la habitación de una luz más brillante.

Alguien debe de habernos preparado el baño, porque la bañera está llena. Imagino que el agua estará fría ya. Supongo que Alexei ha llegado a la misma conclusión, porque me lleva directamente a la ducha, donde me pone de pie con cuidado y abre el grifo.

Me estremezco ante el frescor inicial del chorro y retrocedo, pero acabo dando un respingo cuando los omóplatos entran en contacto con las frías baldosas. Me apoyo en la pared de todas formas; me siento las piernas demasiado débiles para soportar mi peso. Me muerdo el labio, cierro los ojos e intento contener la respiración, tratando de no pensar en el dolor palpitante que siento en lo más hondo de mi ser.

Tres veces. Tres veces me ha follado hoy, exprimiendo todo el placer de mi cuerpo dolorido y agotado y dándome solo unos minutos de respiro entremedias. Supongo que no debería sorprenderme. Si me ha dicho la verdad cuando me ha contado que no se ha acostado con otras mujeres desde nuestro compromiso, tiene que compensar una década de carencia sexual.

Aún no sé si me lo creo. O tal vez no quiero creérmelo. Porque las implicaciones de eso son tan aterradoras como saber que fue él quien orquestó toda esta pesadilla de compromiso. Que él ha sido el titiritero, y no un títere como yo pensaba que era.

—Mira, ya está caliente. —El roce con la mano me saca de mis pensamientos y abro los ojos cuando me coloca justo bajo la alcachofa. El agua está ahora a la temperatura perfecta.

Parpadeo varias veces, me aparto el agua de la cara con ambas manos y él suelta una carcajada feliz; los ojos oscuros le brillan mientras me contempla. ¿Por qué no? Soy su posesión favorita ahora mismo, el juguete que ha estado buscando durante tantos años.

—Bueno, ¿y qué plan tienes? —pregunto, porque tengo que hacerlo. Intento mantener la vista en su cara y no en su cuerpo desnudo, por magnífico que sea. No quiero que piense que quiero un cuarto asalto—. ¿Vas a tenerme en este barco para siempre? ¿Me follarás hasta que, literalmente, no pueda ni caminar?

Me recorre con la mirada los pechos, el vientre, el vértice de mi sexo..., y cuando sus ojos vuelven a encontrarse con los míos, su sonrisa es la más oscura hasta ahora.

—No, bella mía. Bueno, sí a lo último, pero no a lo primero. Por muy divertidas que sean estas vacaciones, tendré que volver a Moscú pasado un tiempo, y tú vendrás conmigo.

Aunque sé que lo más probable es que esté jugando conmigo, se enciende una chispita de esperanza.

—Ah, ¿sí? ¿Cuándo nos vamos?

Si me lleva de vuelta a Rusia, mis hermanos me encontrarán, esconda donde me esconda, por mucho que yo le pidiera a Nikolai que no me buscara. Encontrarán la forma de arrebatarme de él y tal vez, solo tal vez...

Extiende la mano sobre mi vientre, con la palma tan grande que las yemas de los dedos me rozan toda la cadera.

—Cuando me hayas dado un hijo que sustituya al que tu familia nos ha robado —responde en voz baja, con los ojos brillantes como joyas negras—. Entonces es cuando te traeré de vuelta. Y entonces tampoco querrás huir.

Me quedo petrificada y gélida, a pesar del agua caliente que nos cae encima. No tomo la píldora —nunca he tenido motivos para tomarla—, y ahora que ya no estoy tan abrumada por las sensaciones, me percato de que no he visto ni he notado condón alguno durante ninguna de las tres veces que me ha follado.

Me ha follado a pelo, repetidamente, y pretende volver a hacerlo... hasta que, al final, me quede embarazada. Hasta que estemos una vez más unidos por la sangre, solo a través de nuestro hijo, un vínculo infinitamente más fuerte.

—No —susurro, mirándole fijamente mientras lágrimas de desesperación me inundan los ojos de nuevo—. No, por favor, Alexei... no lo hagas.

Me coge la mandíbula y me levanta la cara.

—Tengo que hacerlo —me dice con un tono casi arrepentido, y aprieta los labios contra los míos, besándome con tanta ternura como si no acabara de dinamitar mi mundo entero.

Como si no me hubiera sumido todavía más en mi peor pesadilla y hubiera apagado la poca esperanza que me quedaba.

ANTICIPO

¡Gracias por leer esta historia! Si quieres dejar una reseña, te lo agradeceré enormemente. La historia de Alina y Alexei continúa en *Hermosas cadenas*.

¿Quieres que te avise de mis novedades? Inscríbete en mi lista de correo electrónico en www.annazaires.com/book-series/espanol.

Y ahora, por favor, pasa la página para leer unos fragmentos de *Atrápame* y *Secuestrada*.

Extracto de Atrápame de Anna Zaires

Es mi enemigo.... y mi misión.

Una noche, solo tenía que ser eso. Una noche de pasión desenfrenada.

Cuando se estrelle su avión, debería terminar todo. En cambio, no es más que el principio.

Traicioné a Lucas Kent y ahora me lo hará pagar.

_____

Lo primero que hago al llegar a casa es llamar a mi jefe y trasladarle todo lo que he descubierto.

—Así que es lo que yo sospechaba —dice Vasiliy Obenko cuando termino—. Van a usar a Esguerra para armar a los putos rebeldes de Donetsk.

—Sí. —Me quito los zapatos y entro a la cocina para prepararme un té—. Y Buschekov ha exigido exclusividad, así que Esguerra está ahora totalmente aliado con los rusos.

Obenko lanza una ristra de insultos, la mayoría de los cuales incluye alguna combinación de putos, putas e hijos. Lo ignoro mientras echo agua a un hervidor eléctrico y lo enciendo.

—Vale —dice Obenko cuando se calma un poco—. Vas a verlo esta noche, ¿verdad?

Respiro hondo. Ahora llega la parte incómoda.

—No exactamente.

—¿«No exactamente»? —La voz de Obenko se vuelve peligrosamente suave—. ¿Qué cojones significa eso?

—Me ofrecí, pero no estaba interesado. —Siempre es mejor decir la verdad en este tipo de situaciones—. Dijo que se iban pronto y que estaba muy cansado.

Obenko empieza a maldecir de nuevo. Aprovecho el tiempo para abrir el envoltorio de una bolsita de té, ponerla en una taza y echarle agua hirviendo.

—¿Estás segura de que no lo vas a volver a ver? —pregunta cuando acaba con los insultos.

—Razonablemente segura, sí. —Soplo el té para enfriarlo—. No estaba interesado y punto.

Obenko se queda callado unos instantes.

—Vale —dice por fin—. La has cagado, pero ya resolveremos eso más tarde. De momento tenemos que averiguar qué hacer con Esguerra y las armas que van a inundar el país.

—¿Eliminarle? —sugiero. Mi té todavía está un poco caliente, pero aun así le doy un sorbo y disfruto del calor que me baja por la garganta. Es un placer muy simple, pero las mejores cosas de la vida siempre son muy simples. El olor de las lilas que florecen en primavera, el suave pelaje de un gato, el jugoso dulzor de una fresa madura... En los últimos años he aprendido a atesorar estas cosas, a exprimir cada gota de alegría en la vida.

—Del dicho al hecho hay mucho trecho. —Obenko parece frustrado—. Está más protegido que Putin.

—Ya. —Doy otro sorbo al té y cierro los ojos, esta vez paladeando el sabor—. Estoy segura de que encontrarás la forma.

—¿Cuándo ha dicho que se iba?

—No lo ha dicho. Solo ha dicho que pronto.

—Vale. —De repente, Obenko se impacienta—. Si contacta contigo, avísame de inmediato.

Y, antes de que pueda responder, cuelga.

———

Como tengo la tarde libre, decido disfrutar de un baño. Mi bañera, como el resto del apartamento, es pequeña y lóbrega, pero las he visto peores. Engalano la fealdad de ese baño estrecho con un par de velas perfumadas en el lavabo y burbujas en el agua y entonces me meto en la bañera; dejo escapar un suspiro de felicidad cuando me envuelve el calor.

Si pudiera elegir, siempre haría calor. Quienquiera

que dijese que en el infierno hace mucho calor se equivocaba. El infierno es muy muy frío. Frío como un invierno ruso.

Estoy disfrutando en remojo cuando suena timbre. Se me disparan los latidos al instante y la adrenalina se me propaga por las venas.

No espero a nadie; lo que significa que solo pueden ser problemas.

Salgo de la bañera de un salto, me envuelvo en una toalla y corro hasta la sala principal del estudio. La ropa que me he quitado sigue en la cama, pero no tengo tiempo de ponérmela. En lugar de eso, me pongo un albornoz y cojo un arma del cajón de la mesita de noche.

Entonces respiro hondo y me acerco a la puerta, arma en ristre.

—¿Sí? —digo, y me paro a un par de pasos de la entrada. La puerta es de acero reforzado, pero la cerradura no. Podrían disparar a través de ella.

—Soy Lucas Kent. —La voz profunda, hablando en inglés, me sobresalta tanto que el arma me tiembla en la mano. El pulso se me vuelve a acelerar y me tiemblan las piernas.

¿Qué hace aquí? ¿Sabe algo Esguerra? ¿Alguien me ha traicionado? No dejo de darle vueltas a esas preguntas y el corazón me late desbocado, pero justo entonces se me ocurre el procedimiento más lógico.

—¿Qué pasa? —pregunto, procurando que mi voz no pierda su firmeza. Hay una explicación para la presencia de Kent sin que quiera matarme: Esguerra ha cambiado de opinión. En cuyo caso, tengo que actuar como la inocente civil que se supone que soy.

—Quiero hablar contigo —dice Kent, y oigo en su voz un deje divertido—. ¿Vas a abrir la puerta o vamos a seguir hablando a través de ocho centímetros de acero?

«Mierda». Eso no suena a que Esguerra lo haya enviado a por mí.

Barajo rápidamente mis opciones. Puedo quedarme encerrada en el apartamento y esperar que no consiga entrar —o cogerme cuando salga, algo que es inevitable porque en algún momento tendré que salir— o puedo correr el riesgo de suponer que no sabe quién soy y actuar con normalidad.

—¿Por qué quieres hablar conmigo? —pregunto para ganar tiempo. Es una pregunta lógica. Cualquier mujer en esta situación sería precavida, no solo si tiene algo que ocultar—. ¿Qué quieres?

—A ti.

Esas dos palabras, pronunciadas con su voz profunda, me asestan un golpe. Los pulmones dejan de funcionarme y miro a la puerta, poseída por un pánico irracional. No me equivocaba, cuando me preguntaba si yo le atraía. Sí, al parecer la razón por la que no dejaba de mirarme era tan simple como la naturaleza misma.

Sí. Me desea.

Me esfuerzo por respirar. Debería ser un alivio. No hay motivo para entrar en pánico. Los hombres me han deseado desde que tenía quince años y he aprendido a lidiar con ello, a volver su lujuria a mi favor. Esto no es diferente.

«Salvo que Kent es más duro y más peligroso que la mayoría».

No. Silencio esa vocecilla y respiro hondo mientras bajo el arma. Al hacerlo, vislumbro mi imagen en el espejo del pasillo. Los ojos azules abiertos como platos en una cara pálida, el cabello recogido de cualquier manera con varios rizos húmedos que me caen por el cuello. Con el albornoz abrochado y el arma en la mano, no me parezco en nada a la chica elegante que había intentado seducir al jefe de Kent.

Tomo una decisión y grito:

—¡Un momento!

Podría intentar negarle a Lucas Kent la entrada a mi apartamento —no sería muy sospechoso tratándose de una mujer sola—, pero lo más sensato sería aprovechar esta oportunidad para conseguir algo de información.

Como mínimo, puedo intentar averiguar cuándo se va Esguerra y contárselo a Obenko, para compensar parte del fracaso anterior.

Con rapidez, escondo el arma en un cajón bajo el espejo del pasillo y me suelto el pelo para dejar que los gruesos y rubios mechones me caigan por la espalda. Ya me he quitado el maquillaje, pero tengo la piel suave y mis pestañas son marrones al natural, así que tampoco estoy tan mal. En cualquier caso, así parezco más joven e inocente.

Más como «la chica de al lado», como les gusta decir a los estadounidenses.

Ya segura de estar presentable, me acerco a la puerta y abro la cerradura, tratando de no hacer caso del fuerte y frenético latido de mi corazón.

———

Atrápame ya está disponible. Para saber más, visita www.annazaires.com/book-series/espanol/.

Extracto de Secuestrada de
Anna Zaires

Me secuestró. Me llevó a una isla privada.

Nunca pensé que pudiera pasarme algo así. Nunca imaginé que ese encuentro fortuito en la víspera de mi decimoctavo cumpleaños pudiera cambiarme la vida de una forma tan drástica.

Ahora le pertenezco. A Julian. Un hombre que tan despiadado como atractivo, un hombre cuyo simple roce enciende la chispa de mi deseo. Un hombre cuya ternura encuentro más desgarradora que su crueldad.

Mi secuestrador es un enigma. No sé quién es o por qué me raptó. Hay cierta oscuridad en su interior, una oscuridad que me asusta al mismo tiempo que me atrae.

Me llamo Nora Leston, y esta es mi historia.

———

Leah me recoge a las nueve.

Va vestida para salir de fiesta: unos vaqueros ceñidos oscuros, un top brillante sin tirantes de color negro y botas de tacón hasta las rodillas. Lleva la melena rubia completamente lisa y suave, que le cae por la espalda como una cascada radiante.

Sin embargo, yo aún llevo puestas las zapatillas de deporte. Tengo los zapatos de tacón dentro de la mochila que dejaré en el coche de Leah. Un jersey grueso esconde el top sexi que llevo. No me he maquillado y llevo la melena castaña recogida en una coleta.

Salgo de casa así para no levantar sospechas. Digo a mis padres que me voy con Leah a casa de una amiga. Mi madre sonríe y me dice que me lo pase bien.

Ahora que casi tengo dieciocho años, no tengo toque de queda. Bueno, quizá sí, pero no es oficial. Siempre y cuando llegue a casa antes de que mis padres empiecen a preocuparse, o por lo menos les diga dónde voy a estar, no pasa nada.

Cuando subo al coche de Leah empiezo a transformarme.

Me quito el jersey, que revela el ajustado top que llevo debajo. Me he puesto un sujetador con relleno para aprovechar al máximo mis encantos, algo pequeños. Los tirantes del sujetador están diseñados inteligentemente para ser bonitos, así que no me da vergüenza que se me vean. No tengo unas botas tan llamativas como las de Leah, pero he conseguido sacar a hurtadillas mi mejor par de zapatos negros de tacón. Me añaden unos diez centímetros de altura. Y como necesito hasta el último centímetro, me los pongo.

Después, saco mi neceser de maquillaje y bajo el visor para mirarme al espejo.

Unos rasgos familiares me devuelven la mirada. Mis ojos grandes y marrones y las cejas negras y muy definidas dominan mi pequeño rostro. Rob me dijo una vez que parecía exótica, y sí, algo así es. Aunque solo tengo una cuarta parte de latina, siempre estoy algo bronceada y mis pestañas son más largas de lo normal. Leah dice que son postizas, pero son auténticas.

No tengo ningún problema con mi aspecto, aunque a veces me gustaría ser más alta. Es por los genes mexicanos. Mi abuela era bajita y yo también lo soy, aunque mis padres tienen una altura normal. Y no me preocupa, lo que pasa es que a Jake le gustan las altas. Creo que ni siquiera me ve en el pasillo porque estoy por debajo del nivel de su vista.

Suspiro, me pongo brillo de labios y sombra de ojos. No me paso con el maquillaje porque a mí me funciona más lo sencillo.

Leah sube el volumen de la radio y las nuevas canciones pop llenan el coche. Sonrío y empiezo a cantar con Rihanna. Leah se une y ahora las dos estamos cantando a voz en grito la de S&M.

Sin casi darme cuenta, ya hemos llegado al grupo.

Nos acercamos como si fuéramos las reinas del

mambo. Leah sonríe al portero y le enseñamos nuestros carnets. Nos dejan pasar, sin problemas.

Nunca habíamos estado antes en este club. Está en una parte del centro de Chicago más vieja y deteriorada.

—¿Cómo descubriste este sitio? —grito a Leah para que me oiga por encima de la música.

—Me lo dijo Ralph —grita ella y yo pongo los ojos en blanco.

Ralph es el exnovio de mi amiga. Rompieron cuando él empezó a comportarse de forma extraña, pero, por algún motivo, siguen en contacto. Creo que ahora él está metido en las drogas o algo así. No lo sé seguro y Leah no me lo quiere contar por lealtad a él. Es un tío muy turbio, y que estemos aquí porque nos lo haya recomendado él no me tranquiliza en absoluto.

Pero, bueno, da igual. La zona de fuera no es lo mejor, pero la música es buena y me gusta la gente variada que hay.

Estamos aquí para pasárnoslo bien y eso es exactamente lo que hacemos durante la hora siguiente. Leah consigue que un par de tíos nos inviten a unos chupitos. No nos tomamos más de una copa. Leah porque tiene que llevar el coche y yo porque no metabolizo bien el alcohol. Puede que seamos jóvenes, pero no somos tontas.

Después de los chupitos, bailamos. Los dos chicos que nos han invitado bailan con nosotras, pero poco a poco nos vamos alejando de ellos. Tampoco son tan monos. Leah encuentra a unos buenorros de edad universitaria y nos ponemos a su lado. Entabla conversación con uno y yo sonrío al verla en acción. Se le da muy bien esto del flirteo.

En esas que la vejiga me dice que tengo que ir al baño. Así que los dejo y allá que voy.

Ya de vuelta, pido al camarero un vaso de agua. Después de bailar me ha entrado sed.

El chico me lo da y me lo bebo de un trago. Cuando termino, dejo el vaso en la barra y levanto la vista.

Me topo con un par de ojos azules y penetrantes.

Está sentado al otro lado de la barra, a unos tres metros de mí. Y me está mirando.

Le devuelvo la mirada, no puedo evitarlo. Es el hombre más guapo que haya visto en mi vida.

Tiene el pelo oscuro y un poco rizado. Su rostro es de facciones duras y masculinas, con rasgos simétricos. Tiene las cejas rectas y oscuras por encima de los ojos, que son increíblemente claros. Y una boca que podría pertenecer a un ángel caído.

De repente me acaloro al imaginar esa boca rozando mi piel y mis labios. Si fuera propensa a ponerme roja, ahora mismo me habría puesto como un tomate.

Él se levanta y camina hacia mí sin dejar de mirarme. Anda sin prisa, tranquilo. Se lo ve muy seguro de sí mismo. ¿Y por qué no iba a estarlo? Es muy guapo y lo sabe.

Al acercarse, me doy cuenta de que es grande. Es

alto y fornido. No sé qué edad tiene, pero supongo que se acerca más a los treinta que a los veinte. Es un hombre, no un chiquillo.

Se coloca a mi lado y tengo que acordarme de respirar.

—¿Cómo te llamas? —pregunta en una voz baja, pero audible por encima de la música. Oigo su tono profundo a pesar de este entorno tan ruidoso.

—Nora —respondo con voz queda, mirándolo. Me he quedado fascinada y estoy segura de que él lo sabe.

Sonríe. Al separar esos labios tan sensuales deja entrever unos dientes blancos y rectos.

—Nora. Me gusta.

Como él no se presenta, me armo de valor y le pregunto:

—¿Cómo te llamas?

—Puedes llamarme Julian —dice, y miro cómo mueve los labios. Nunca me había fascinado tanto la boca de un hombre.

—¿Cuántos años tienes, Nora? —me pregunta a continuación.

Parpadeo.

—Veintiuno.

Se le ensombrece la expresión.

—No me mientas.

—Casi dieciocho —admito a regañadientes. Espero que no se lo diga al camarero y me echen de aquí.

Asiente, como si hubiera confirmado sus sospechas. Entonces levanta la mano y me toca el rostro.

Suavemente, con cuidado. Me roza el labio inferior con el pulgar como si sintiera curiosidad por su textura.

Estoy tan sorprendida que me quedo allí plantada. Nadie me lo había hecho antes, nadie me había tocado así, como si nada, de aquella forma tan posesiva. Siento frío y calor a la vez, y un escalofrío de miedo me recorre la espalda. No vacila en sus gestos. No pide permiso ni se detiene a ver si lo dejo tocarme.

Me toca sin más. Como si tuviera derecho a hacerlo. Como si yo le perteneciera.

Con la respiración agitada y entrecortada, doy un paso atrás.

—Tengo que irme —susurro, y él vuelve a asentir, mirándome con una expresión inescrutable en su hermoso rostro.

Sé que me deja ir y me siento agradecida porque algo en mi interior me dice que podría haber ido más allá, que no sigue las normas establecidas.

Que seguramente sea la persona más peligrosa que he conocido jamás.

Me doy la vuelta y me abro paso entre la muchedumbre. Me tiemblan las manos y el pulso me late con fuerza en la garganta.

Tengo que salir de allí, así que cojo a Leah y le pido que me lleve a casa en coche.

Al salir de la discoteca, miro hacia atrás y vuelvo a verlo. Sigue mirándome.

A su mirada se asoma una oscura promesa; algo que me hace estremecer.

Secuestrada ya está disponible. Para saber más, visita
www.annazaires.com/book-series/espanol/.

Sobre la autora

Anna Zaires es una autora de novelas eróticas contemporáneas y de romance fantástico, cuyos libros han sido éxitos de ventas en el New York Times y el USA Today, y han llegado al primer puesto en las listas internacionales. Se enamoró de los libros a los cinco años, cuando su abuela la enseñó a leer. Poco después escribiría su primera historia. Desde entonces, vive parcialmente en un mundo de fantasía donde los únicos límites son los de su imaginación. Actualmente vive en Florida y está felizmente casada con Dima Zales —escritor de novelas fantásticas y de ciencia ficción—, con quien trabaja estrechamente en todas sus novelas.

Si quieres saber más, pásate por www.annazaires.com/book-series/espanol.